Kontaktadresse nach EU-Produktsicherheitsverordnung:
produktsicherheit@droemer-knaur.de

Von Regine Kölpin sind bereits folgende Titel erschienen:
Oma zeigt Flagge
Oma geht campen

Über die Autorin:
Regine Kölpin wurde 1964 in Oberhausen geboren, lebt aber seit ihrer Kindheit in Friesland an der Nordseeküste. Sie schreibt Romane und Kurzgeschichten für Erwachsene, Kinder und Jugendliche, gibt auch Anthologien heraus und leitet Schreibworkshops, unter anderem an einer großen Fernsehakademie. Die Autorin wurde mehrfach ausgezeichnet.
Regine Kölpin ist verheiratet mit dem Musiker Frank Kölpin. Sie haben fünf erwachsene Kinder und mehrere Enkel und stehen gern gemeinsam mit ihren musikalischen Leseprogrammen auf der Bühne. Die Schriftstellerin lebt ihr Großfamiliendasein in einem idyllischen Dorf mit großem Haus und Garten. Sie genießt die Nähe zur Nordsee, den Blick auf eine Kornmühle und über die Wiesen, wo es sich wunderbar schreiben und lesen lässt. Mehr über Regine Kölpin unter: www.regine-koelpin.de

Regine Kölpin

Oma wird Oma

Roman

KNAUR

Besuchen Sie uns im Internet:
www.knaur.de

Originalausgabe April 2018
Knaur Taschenbuch
© 2018 Knaur Verlag
Ein Imprint der Verlagsgruppe
Droemer Knaur GmbH & Co. KG, München
Alle Rechte vorbehalten. Das Werk darf – auch teilweise –
nur mit Genehmigung des Verlags wiedergegeben werden.
Die Nutzung unserer Werke für Text- und Data-Mining
im Sinne von § 44b UrhG behalten wir uns explizit vor.
Redaktion: lüra – Klemt & Mues GbR, Wuppertal
Covergestaltung: semper smile Werbeagentur, München
Coverabbildung: © Shutterstock/NadyaEugene; OLIVER-stockphoto;
E. O.; papillondream; Evgeny Karandaev; oriontrail
Illustrationen im Innenteil:
Leuchtturm: Macrovector / Shutterstock.com
Möwen: Totsaa.arch Studio / Shutterstock.com
Satz: Adobe InDesign im Verlag
Printed in Germany
ISBN 978-3-426-52120-5

6 8 7 5

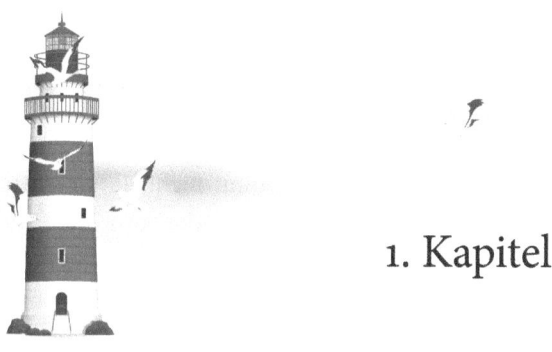

1. Kapitel

So also sah der Weg in ein neues Leben aus. Irgendwie hatte Suse Schadewald sich das anders vorgestellt. Ruhiger, beschaulicher. Stattdessen saß sie bei zwar herrlichem Sonnenschein in der Inselbahn von Wangerooge, aber im falschen Waggon. Im absolut falschen Waggon. Anstelle von Ruhe und Beschaulichkeit war sie zwischen kreischenden Kindern, Rucksäcken, Bollerwagen und Buggys eingepfercht, die jede freie Fläche in Anspruch nahmen. Dazwischen tummelten sich etliche Hundebesitzer. Ihre Befehle an die Vierbeiner unterschieden sich nur unwesentlich von denen der Eltern an die Kinder. Suse versuchte, die Umgebung auszublenden, und konzentrierte sich auf die draußen vorbeiziehende Wangerooger Landschaft. Wenigstens einen Hauch des neuen Freiheitsgefühls bewahren, das sie zu Hause in ihrer Vorfreude noch so wunderbar gespürt hatte. Es gelang ihr zwar nicht, aber es gab kein Zurück mehr. Alle Brücken in Jever waren abgerissen, ein Großteil der Möbel verkauft. Sie wollte auf der Insel noch einmal von vorn beginnen.

Dieser Neubeginn gestaltete sich allerdings etwas anders, als ihr Sohn Dirk und sein Täubchen Minou es sich vorgestellt hatten. Nach München hatte sie mit ihnen umziehen sollen! Was sollte sie denn da? Sie war Friesin durch und durch, außerdem verpflanzte man sich in ihrem Alter nicht mehr woanders hin. Sie war schließlich mündig und konnte tun und lassen, was sie wollte. Und eines wollte sie bestimmt nicht: in einem tristen Zimmer im Seniorenheim in einer fremden Großstadt vor sich hin faulen und auf ihr Ende warten. Sie ließ sich doch nicht hochnehmen! Dirk hatte zwar von einer schnuckeligen Seniorenwohnanlage gesprochen, aber sie kannte seine Frau Minou. Die würde keinen Cent zu viel für die Schwiegermutter opfern! O nein, das wäre nicht schnuckelig, sondern primitiv geworden. Nicht mit ihr! Sie würde nun leben, und zwar richtig. Punkt. Und das in Friesland auf einer Insel und nicht im Süden der Republik, wo man nicht »Moin« sondern »Grüß Gott« sagte. Wo man Hax'n aß und keinen Grünkohl.

Dirk war böse gewesen, als er vor drei Tagen gen München verschwunden war, und hatte doch glatt gesagt: »Du bist so stur, Mutter! Ein bisschen verstehe ich Lena, warum sie sich nicht mehr meldet. Einfach machst du es uns wirklich nicht!«

Das hatte gesessen, und der Stachel bohrte noch immer in Suse. Das Thema Lena war eigentlich tabu, und wenn Dirk es trotzdem aus der Versenkung holte, musste er ernsthaft betroffen sein.

Suse schüttelte den Kopf. Über ihre Tochter Lena wollte sie jetzt schon gar nicht nachdenken. Trotz des Inselsonnenscheins war ihre Laune derzeit sowieso nicht die allerbeste.

Dirk und Minou, das war immer eine Sache für sich gewesen. Minous Mahlzeiten bestanden aus verschiedenen Arten von Salatblättern. Reden konnte Suse mit ihrer langbeinigen Schwiegertochter nicht, weil es kaum Themen gab, die sie beide interessierten. Ab und zu debattierten sie über die herannahenden Tiefdruckgebiete, immerhin gab es davon in Friesland genug, sodass sie nicht ständig schweigend nebeneinandersaßen, wenn

Dirk und seine Frau bei Suse zu Besuch weilten. So waren dann auch die Tiefs Frieda, Paula oder Maja bei ihr zu Gast. Suse dankte den Wetterfröschen jedes Mal aufs Neue, dass sie bisher nicht auf die Idee gekommen waren, eine der Schlechtwetterfronten nach Minou zu benennen, denn das hätte zu einer häuslichen Katastrophe geführt, vor allem deshalb, weil es der Wahrheit sehr nahe kam. Minou verbreitete schlechte Laune und war nun zum Glück sehr weit weg.

Suse beschlich aber auch die Furcht, mit ihrer Trotzreaktion einen Fehler gemacht zu haben. In Jever hatte Suse zumindest ihre Bekannten vom Bridge-Nachmittag und von der Wassergymnastik 60+ gehabt, hier auf Wangerooge kannte sie niemanden.

Egal, da muss ich jetzt durch, dachte sie mit einem gequälten Lächeln auf dem Gesicht, während sie aus dem Fenster der bunten Inselbahn auf die Salzwiesen starrte. Gleich darauf schaute sie sich in der Bahn um. Sämtlichen Mitreisenden hing ein seliges Lächeln im Gesicht. Sie waren im Urlaubsmodus und nicht wie Suse auf der Flucht oder beim Aufbruch in ein neues Leben. Je nachdem, wie man es sah.

Positiv denken war nun angesagt.

Suse ließ die Augen weiter durch den Waggon schweifen. Der Krach, die schlechte Luft und die ständigen Kommentare der Eltern und Hundefreunde waren unerträglich.

Ihr Blick blieb auf einem Mann in ihrem Alter hängen. Also noch nicht endgültig ein Greis, aber auch nicht mehr ganz jung. Er wirkte, als würde er zum Lachen in den Keller gehen. Vornübergebeugt hockte er mit einem leidenden Gesichtsausdruck auf der anderen Gangseite, neben ihm drei kleine Kinder. Suse schätzte sie auf ungefähr sieben, fünf und zwei. Erst dachte sie, was für eine nette kleine Halbfamilie (es fehlte schließlich die Mutter), doch dann glitt der Kleinste von der Bank und kroch auf allen Vieren durch die Reihen. Er betätigte sich als Wadenkrauler, was sicher nicht alle der Mitreisenden amüsant fanden.

Andere Eltern finden es meist nur amüsant, wenn sich die eigenen Kinder daneben benehmen, dachte Suse gehässig. Es sagte aber keiner etwas, zudem sie meist selbst damit beschäftigt waren, ihren Nachwuchs irgendwie bei Laune zu halten. Nur die Hunde wedelten mit dem Schwanz, und einige versuchten, dem Kleinen das Gesicht abzuschlecken.

Suse hoffte, dass auf Wangerooge nicht ausschließlich unfähige Eltern ihren Nachwuchs über die Insel schoben und ihr so den Alltag zur Hölle machen würden. Also, wenn *sie* Oma wäre …

Bist du aber nicht, Suse Schadewald. Deine Kinder möchten sich nicht vermehren! Suse erschrak vor sich selbst und schaute sich unauffällig um, ob sie die Worte etwa laut ausgesprochen hatte. Sie neigte hin und wieder zu Selbstgesprächen, aber dieses Mal hatte sie es zum Glück wohl nur gedacht. Wieder versuchte sie, sich auf den wunderbaren Ausblick über die Insel zu konzentrieren, doch es war unmöglich.

»Laurentius, schau doch mal die Ente neben dem Gleis«, quietschte die Stimme einer Mutter. Laurentius interessierte sich aber nicht für die Ente, Laurentius malte lieber mit dem Finger an der Scheibe.

»Emma, lass das!« Was Emma tat, erschloss sich Suse nicht, weil das Mädchen (Suse glaubte, dass es eines war und kein Hund) hinter ihrem Rücken saß. Sie wollte es auch gar nicht wissen. Sie wollte einfach ihre Ruhe, Herrgott nochmal! Sie hatte definitiv den falschen Zeitpunkt für ihren Umzug gewählt. Es war unmöglich, sich mental auszuklinken und das Geschehen um sich herum zu ignorieren.

Eben leckte eine Dackelhündin dem Wadenkraulerjungen übers Gesicht. »Lass das, Amaryllis!« (Ansage an die Dackeldame), während ein spitzgedackelter Bernadodel, eine Hundekreation aus Spitz, Dackel, Bernhardiner und Pudel, sich sehr für einen kleinen Kreischer im Buggy interessierte. »Henri, kommst du wohl her!« (Ansage des Hundeherrchens an seinen Vierbeiner.)

»Mathilda, nicht!« (Ansage des älteren Vaters an das Mädchen, das den spitzgedackelten Bernadodel Henri wegstieß.)

Suse schloss die Augen. Es konnte nicht mehr lange dauern, bis sie im Inselbahnhof einfuhren.

»Suse, jetzt reicht es!«

Sie fuhr erschrocken hoch, aber zum Glück war sie nicht gemeint, sondern ein weißer Pudelwelpe mit rosa Haarspange, der vom Schoß seiner Besitzerin gesprungen war. Deren Frisur hatte sich der ihres Hundes auf wundersame Weise angepasst, nur war ihre Spange blau. Die kleine Suse bewegte sich schwanzwedelnd auf den überforderten Dreifachvater zu, der seiner momentanen Mimik nach zu urteilen wohl am liebsten aus dem fahrenden Zug gesprungen wäre.

Dabei müsste er seinem Sohn doch einfach nur sagen, dass er sich gefälligst auf die Holzbank setzen und still sein soll, dachte Suse.

Ein Umzug im Herbst wäre wirklich günstiger gewesen, aber sie hätte es nach Dirks Umzug keinen Tag länger in Jever ausgehalten. Nun hoffte sie nur noch, dass das Umzugsunternehmen die neue Wohnung am Steingarten schon so eingerichtet hatte, wie sie es wünschte. Ihre Anweisungen waren klar und deutlich gewesen. Am wichtigsten war natürlich ihr Telefonanschluss. Und bitte mit ihrem wunderbaren altmodischen Telefon, das noch eine Drehscheibe besaß und ein glänzendes schwarzes Gehäuse. Suse hasste diese neumodischen Teile, mit denen man in der Wohnung herumspazieren konnte. Für ein echtes Telefonat zu Hause musste man sich ohne Ablenkung Zeit nehmen. Das mit dem Anschluss würde schon geklappt haben, denn Suse hatte es sich zur Gewohnheit gemacht, stets alles klar und deutlich kundzutun. Und zu Dirk hatte sie »Nein« gesagt, als er sie mit nach München hatte nehmen wollen. Und Nein blieb Nein, auch wenn es einem das Herz brach.

Ihr Blick schweifte wieder zu dem älteren Herrn, der weiterhin vergeblich versuchte, seine Brut zu bändigen. Mittlerweile turnte auch die kleine Mathilda kichernd im Gang herum. Sie hatte keinen Blick für die Schönheit der Salzwiesen und die Dünenketten im Hintergrund. Ein junges Mädchen, das mit ihren kurzen blauen Haaren einer Comic-Figur glich, strich der Kleinen freundlich lächelnd über den Kopf.

Suse war froh, als Mathilda sich in die andere Richtung trollte, sie war von den hohen Tönen schon fast taub. Der veraltete Vater war damit beschäftigt, den mittleren Jungen auf seinem Schoß zu bändigen, der seiner Schwester am liebsten nachlaufen wollte.

Ihr Banknachbar zur Rechten wiederum stopfte seinem Kleinen im Buggy immer wieder den Schnuller, der mit einer Holzkette am Pulli befestigt war, in den Schnabel. Er hatte was von einem fütternden Vogel.

Suse schloss abermals die Augen. Was interessierten sie die unfähigen Väter dieser Welt?

»Max, jetzt kommst du aber her!«, hörte Suse. Der alte Vater bequemte sich nun endlich, den Wadenkrauler wieder einzufangen.

Suse schüttelte den Kopf. Warum setzte der Mann in seinem fortgeschrittenen Alter noch Kinder in die Welt, wenn er damit maßlos überfordert war?

Bald hatte sie es geschafft, bald war sie am ersehnten Ziel und in ihrem neuen Leben angekommen. Nur noch diese Zugfahrt überstehen!

»O nein!«, hörte sie im nächsten Moment und öffnete die Augen rasch wieder.

Der ältere Vater sah peinlich berührt auf ein Häufchen mitten im Gang. Der Wadenkrauler war kalkweiß.

»Max hat gekotzt! Max hat gekotzt!«, sang das Mädchen und hüpfte zu seinem Vater. »Das ist voll ekelig!«

»Da läuft Ihnen wohl gerade alles aus dem Ruder«, entfuhr es Suse, und sie sprang auf. Dieses Drama konnte sie nicht mehr mit ansehen. Kurzentschlossen holte sie ihre Tempotaschentücher aus der Tasche und warf sie auf das stinkende Häufchen. Als die Packung leer war, blickte sie sich auffordernd um, doch alle anderen sahen betreten und betont unbeteiligt aus dem Fenster. Passierte ihnen so etwas mit ihren Kindern nie? Suse stemmte die Fäuste in die Hüften. »Das gibt es doch gar nicht! Na, wird's bald, meine Herrschaften? Ich bin ja wohl nicht die Einzige, die hier Papiertücher in der Tasche spazieren trägt!«

Vorsichtige Blicke taxierten Suse, die sich wie ein Feldwebel vor ihrer neu zu kommandierenden Truppe aufbaute. Ein paar der Umsitzenden wühlten in Jacken, Rucksäcken und Reisetaschen. Der weiße Berg auf dem Boden wurde immer höher. Suse zupfte eine Plastiktüte aus der Handtasche und stopfte die Papiertücher hinein. Anschließend säuberte sie ihre Hände mit einem Hygienetuch. Sie war stets für alle Eventualitäten gewappnet.

»Danke«, sagte der Mann. Er wirkte unglaublich hilflos, es war kaum zu ertragen. »Darf ich mich vorstellen?« Er stand auf, fiel aber sofort zurück auf die Holzbank, weil die Inselbahn in dem Augenblick heftig ruckelte.

Besser nicht, schoss es Suse durch den Kopf. Ich habe dir aus der Patsche geholfen und nun ist es gut. Es reicht mir, dass ich eine stinkende Tüte in der Hand halten darf.

»Herzog mein Name. Paul Herzog.« Der Mann lächelte von unten herauf zu Suse und reichte ihr die Hand.

»Schadewald«, antwortete sie knapp und runzelte dann die Stirn. Sein Blick war so durchdringend, fast ... nein, das war ausgeschlossen. Sie konnte ihm wegen dieses Eingreifens doch wohl kaum so imponiert haben, dass er sie attraktiv fand! War das eine neue Masche? Kind verbreitet Chaos, Vater gibt sich hilflos und nimmt Kontakt zu kompetenter Frau und vielleicht zukünftiger Ersatzmutter auf?

Nichts wie weg!, schrie es in Suse. Das fehlte ihr noch! Mit Familienthemen war sie durch. Und nun war Gelassenheit angesagt, gepaart mit geordnetem Rückzug. »Gern geschehen, Herr Herzog«, sagte sie mit einem schmalen Lächeln auf den Lippen und sah aus dem Fenster. »Oh, da sind wir ja! Ich wünsche Ihnen und Ihren Kindern eine schöne Zeit auf der Insel. Das Wetter soll ja warm bleiben.« Das waren schon fast ein paar Sätze zu viel, aber Suse wollte höflich bleiben. Sie nickte ihm kurz zu und sprang als eine der ersten vom Waggon. Dabei rempelte sie die blauhaarige Comic-Figur an, die nur mit dem Kopf schüttelte.

Im Bahnhof entsorgte Suse die Tüte im nächstbesten Mülleimer und freute sich über das Willkommensschild:

Gott schuf die Zeit, von Eile hat er nichts gesagt.

Super Slogan. Suses Blick wanderte sehnsüchtig zu dem roten Leuchtturm mit dem weißen Aufbau, und alte, wehmütige Erinnerungen kämpften sich hoch. Ein bisschen war es *ihr* Leuchtturm. Ein kleines bisschen. Als sie sich umdrehte, sah sie, dass der Mann mit den drei Kindern gerade vergeblich versuchte, den festgekeilten Buggy aus dem Waggon zu manövrieren. Sie sollte jetzt wirklich verschwinden.

Beeke war mit dem Tidebus vom Bahnhof Sande aus gefahren (das gab es auch nur hier, dass sich ein Bus mit den Abfahrtszeiten nach Ebbe und Flut richtete), dann mit der Fähre, und hatte schließlich in der überfüllten Inselbahn einen Platz auf der Holzbank ergattert. Rechts das Wattenmeer, links die hohen Dünen, davor der viereckige Westturm, über den sich die Mitreisenden freuten, weil er das Wahrzeichen dieses Eilands war. Aber es war zu laut hier, irgendwie war sie in den falschen Waggon geraten. Zu viele Kinder. Zu viele Hunde. Zu viele Fahrzeuge. Die Mitreisenden musterten sie kritisch, da sie mit ihren schlumpfblauen, raspelkurzen Haaren doch ein bisschen aus dem Rahmen fiel. Aber das kannte Beeke schon.

Der Zug ruckelte langsam über die Gleise in Richtung Ort. Wenn *das* die Geschwindigkeit war, mit der sie hier dauerhaft konfrontiert wurde … Beeke seufzte. Wie sehr würde sie ihre Freunde Fipsi, Enna und BVB-Bert vermissen! Sie würden zu Hause in Wilhelmshaven am Südstrand chillen, während sie auf Wangerooge irgendwelchen Putzarbeiten nachging. Immerhin hatten sie Beeke in Aussicht gestellt, vielleicht auf einen Sprung auf die Insel zu kommen.

»Warum will deine Mutter überhaupt, dass du nach Wangerooge gehst? Da ist doch nichts los!« Die Frage war berechtigt gewesen, aber Beekes Mutter hatte ab und zu so komische Ideen. Maike Bellinghorst war als Mutter quasi missionarisch unterwegs. Sie bemühte sich stets, ihre Tochter auf den rechten Weg zurückzubringen, wobei ja eigentlich erst definiert werden müsste, was das genau bedeutete, denn Beeke fand sich selbst und ihren Weg ganz okay.

Doch Beekes Clique gehörte nach dem Verständnis von Maike Bellinghorst nicht zu einem geraden und aussichtsreichen Lebensweg, deshalb setzte sie alles daran, ihre Tochter von ihren Freunden fernzuhalten. Und dafür ging sie wiederum ihre eigenen Wege.

Im letzten Jahr musste Beeke »Urlaub auf dem Bauernhof« machen, was so viel hieß, wie: Wer hat die meiste Ausdauer beim Ausmisten? Beeke war nämlich nicht auf einem friesischen

Marschbauernhof untergekommen, wo die glücklichen Kühe sich im Sommer von grünem Gras ernährten – sodass sie am Ende allein wegen des schöneren Fells und des strafferen Euters sogar zur Miss Ostfriesland gekürt werden konnten –, sondern in irgendeinem hessischen Betrieb, wo man den Tieren das Gras unsinnigerweise geschnitten vor die Nase warf, anstatt sie selbst grasen zu lassen. Ihr Tierschutzprotest war an dem Landwirt, der ohnehin nichts von Mädchen hielt, weil er sie für zu emotional hielt, abgeprallt. Er hatte ihr nur wortlos die Mistgabel gereicht, und Beeke war sich vorgekommen wie bei »Bauer sucht Frau«, wo sich die Bauern auch immer sehr daran erfreuten, wenn die Zukünftige bis zum Schaft durch den Dreck waten musste.

Geläutert war Beeke danach nicht, eher wütend. Es war nur zu hoffen, dass in diesem Jahr Onkel Hein die bessere Alternative war, selbst wenn sie wie Witwe Bolte das Putztuch schwingen musste. Ihr Onkel besaß auf Wangerooge ein Haus – oder, wie ihre Mutter es ausdrückte, eine Immobilie –, wo sie ihm zur Hand gehen sollte.

Aushalten musste sie diese Ferienbeschäftigung Jahr für Jahr nur, weil Maike Bellinghorst als Alleinerziehende allen zeigen wollte, dass sie eine perfekte Mutter war und dass sie es schaffte, ein perfektes Kind großzuziehen. Beeke grinste über diese Versuche. Ihre Mutter hatte schließlich auch ihre Macken. Zugegebenermaßen harmlose, aber irgendwie auch verrückte, denn ihre Mama hatte zum Beispiel ein Faible für Trinkbecher mit abgefahrenen Sprüchen oder besonderem Design. Sie schlürfte ihre Getränke stets aus schwarzen Ninja-Tassen oder Bechern mit goldenen Dollarzeichen als Henkel. Irgendwoher musste Beeke ihre Besonderheiten ja haben. Egal, ihre Mutter war nun weit weg, und sie selbst musste auf der Insel für ein paar Wochen mit einem altertümlichen Onkel auskommen, der Briefe schrieb!

Briefe! Keine E-Mails. Er hatte nicht mal einen PC oder ein Notebook. Von einem Handy oder Tablet ganz zu schweigen. »Auf Wangerooge sind alle entschleunigt, meine Gute«, hatte ihre Mutter gesagt. Damit konnte Beeke locker leben, aber musste es auch noch hinterwäldlerisch sein?

Ganz in Gedanken strich Beeke einem kleinen Jungen über den Schopf, der an ihren Füßen vorbeikrabbelte und der sich gleich darauf im Gang übergab. Das war zu viel für Beeke, sie sah lieber aus dem Fenster, bis das Malheur beseitigt war. Zum Glück hielt die Inselbahn bald mit einem kräftigen Ruck. Alle Insassen erhoben sich von den Sitzen. Allerdings beileibe nicht mehr im Zeitlupentempo, sondern eher so, als seien sie aus einem Drogenrausch erwacht. Es wurde gerempelt und gestoßen, jeder wollte der Erste an der Gepäckausgabe sein und sich mit dem Trolley zur Herberge begeben. Oder wahlweise mit dem Bollerwagen in Richtung Strand. Beeke reihte sich in die Schlange ein und wurde heftig von der älteren, etwas fülligeren Dame angestoßen, die sich nicht einmal entschuldigte. Da sie eine Tüte in der Hand hielt, aus der es verdächtig nach Erbrochenem roch, war sie es wohl gewesen, die sich um die Beseitigung gekümmert hatte.

Arrogante Tusse, dachte Beeke. Ein bisschen Höflichkeit würde dir ganz gut stehen. Dann sah sie sich um. Sie erkannte Onkel Hein sofort! Er wartete auf dem Bahnsteig in einem blau-weißen Hemd mit Joppe und seiner speckigen Schippermütze. Die Pfeife steckte im Mund. Keine Veränderung in all den Jahren, außer dass seine Falten mehr Tiefe bekommen hatten und einem Mäander von ausgetrockneten Flussläufen ähnelten. Er lächelte seine Nichte an und nahm dazu sogar die Pfeife aus dem fast zahnlosen Mund. »Jou, denn wullt wi mol seh'n, wa?«, sagte er und fügte noch ein: »Mien Deern«, hinzu, was für ihn ein schon fast revolutionär langer Vortrag war. Dann wuchtete er Beekes Koffer, der überdimensionale Ausmaße hatte, in den mitgebrachten Bollerwagen. Der hatte auch schon bessere Tage gesehen, das Holz war nicht nur sparkig, sondern auch von Löchern durchsetzt. Vermutlich amüsierten sich seit Jahren Holzwürmer darin. So wunderte sich Beeke keineswegs, als schon nach wenigen Metern ein Rad abfiel, was Onkel Hein mit einem schlichten »Jou« kommentierte.

Er gab Beeke den Koffer in die Hand und stemmte den Bollerwagen mit angewinkelten Armen über seinen Kopf. Diese Kraft hätte Beeke dem eher schwächlich wirkenden Mann nicht zugetraut, aber so konnte man sich irren. Als er dann links zum Steingarten abbog, machte ihr Herz einen Hüpfer. Hier standen solide gebaute Häuser, sicher hatte er ihr darin ein Zimmer freigehalten. Mal was anderes als im letzten Jahr ihre Haft auf dem Bauernhof, wo sie über dem Hühnerstall gehaust hatte und morgens um vier vom Krähen des überaus potenten Hahns geweckt worden war. Nach seinem Brunftschrei war der regelmäßig vor seinem Frühstück über mindestens drei Hennen hergefallen.

Das Haus, auf das sie jetzt zusteuerten, war zwar nicht modern, wirkte aber gepflegt. Weiß, Holzsprossenfenster und zweistöckig, gegenüber von einer kleinen Parkanlage.

»Hier wohnst du also«, sagte Beeke und lachte sich insgeheim ins Fäustchen bei der Vorstellung an das Gesicht ihrer Mutter, die sich das aus erziehungstechnischen Gründen für ihre Tochter bestimmt ganz anders vorgestellt hatte.

»Onkel Hein, der steht für Schlichtheit. Schlichtheit in Worten, Werken und auch in der Wohnsituation«, hatte der O-Ton von Maike Bellinghorst gelautet.

»Das ist ein tolles Haus. Super, dass du so schön wohnst.«

Doch Onkel Hein schüttelte entschieden den Kopf und stellte den Bollerwagen kurz ab. »Hier machst du deinen Job«, sagte er, sprach das »Job« aber nicht englisch aus, sondern mit einem einfachen J. Immerhin war das ein vollständiger Satz jenseits von »Jou« und »Denn wullt wi mol seh'n, wa.« In der Kommunikation war noch Luft nach oben, was das Zusammenleben mit ihm auf jeden Fall erleichtern würde.

»Aha«, antwortete Beeke, um auch etwas zu sagen, wenn Onkel Hein schon eine solch ungewöhnliche Wortflut auf sie niederregnen ließ. Doch es kam sogar noch mehr. »Musst auch den Hausflur und den Garten pflegen. Jou. So'n büschen jedenfalls.« Er lüftete die Mütze und kratzte sich umständlich am Kopf. »Reicht für eine junge Deern, nicht übertreiben, das alles. Wenn du das dann mal nicht schaffst, ist das auch nicht so schlimm. Wird nix Schlimmes passieren.« Er setzte die Mütze wieder auf, hob den Bollerwagen erneut an und stapfte weiter. Beeke schleppte sich mit dem Koffer ab. Mittlerweile glaubte sie, dass ihre Arme in der Länge denen von Gibbons glichen. Warum zum Teufel hatte sie solche Mengen eingepackt? Und warum zum Teufel in einem altersschwachen Koffermodell? Am schwersten waren die fünf paar Schuhe, sie hatte schließlich nicht wissen können, welche Farbe sie brauchte. Ihre Sneakers besaß sie in 14 verschiedenen Varianten, es war schwer genug gewesen, sie auf dieses Minimum zu reduzieren.

Mühsam schlich sie weiter hinter Onkel Hein her.

2. Kapitel

„Und deine verstockte Mutter wollte bis zum Schluss tatsächlich nicht mit nach München?« Minou blies ihre frisch lackierten Nägel trocken. Heute glänzten sie in Pink, und auf dem Mittelfinger leuchtete ein silberner Strassstein. Sie liebte ihr neues Domizil in Schwabing schon jetzt. »Ich dachte, sie bricht noch ein und kommt doch mit.«

Dirk schüttelte den Kopf. »Keine Chance. Sie ist ein alter Baum, der nicht verpflanzt werden möchte.«

»Sie ist kein alter Baum, sie ist stur! Und jetzt? Was ist, wenn sie nicht klarkommt oder plötzlich irgendwelche Aktionen startet, damit du zurückkommst?«

»Das wird sie schon nicht tun. Mutter ist selbstständig.«

Minou schnaubte. »Deine Mutter bringt es glatt fertig und lässt sich einsperren, um dich zurück in die friesische Einöde zu holen. Ihr wird jedes Druckmittel recht sein, glaube es mir!«

»Meine Mutter bringt höchstens ihrerseits Leute in den Knast.« Dirk lächelte. »Sie ist überkorrekt, das weißt du.« Er vermutete, dass Minou in Wahrheit gar nicht so böse darüber war, die Schwiegermutter weit entfernt in Friesland zu wissen. »Es wird alles wunderbar, warte es nur ab!«

Minou testete den Lack, er war trocken. Sie ritualisierte ihre

Maniküre in einer Form, der Dirk, obwohl er es für arg übertrieben hielt, doch einen gewissen Respekt zollte. Dann sah sie ihren Mann lächelnd an. »Ja, du hast recht. München ist mondän, München ist eine Metropole, man kann es hier mit dem ländlich-langweiligen Leben in Friesland gar nicht vergleichen, nicht wahr?« Sie pustete die Luft aus. »Endlich frei, raus aus dem kleingeistigen Mief!«

Er hauchte ihr einen Kuss auf die Stirn. Auf den Mund küsste er sie nur am Abend, sie mochte das tagsüber nicht, weil der Lippenstift verwischen konnte, obwohl sie einen teuren trug, der garantiert kussecht war, denn er färbte nicht einmal am Wasserglas. Aber Dirk hatte aufgehört, mit Minou darüber zu diskutieren. Er wollte eine außergewöhnliche Frau, und die hatte er mit ihr. Sie sah stets aus wie einem Modelkatalog entsprungen. Bevor Dirk sie kennenlernte, hatte er gar nicht geglaubt, dass es Frauen wie Minou überhaupt gab. So perfekt, so schön. So makellos.

Das hatte natürlich seinen Preis, denn keine Frau konnte diesen Level so hoch halten, wenn sie nichts dafür tat. Deshalb war es auch ausgeschlossen, dass Minou einer beruflichen Tätigkeit nachging. Sie war den ganzen Tag mit ihrem Schönheitsschlaf, der Pedi- und Maniküre und Ähnlichem beschäftigt. Zum Arbeiten fehlte ihr schlichtweg die Zeit. Manchmal beneidete Dirk seine Freunde, die wesentlich unkomplizierte Partnerinnen hatten. Aber dafür waren deren Frauen auch nicht so perfekt. Ihm wiederum entgingen die bewundernden Blicke nicht, die die anderen Männer seiner Frau zuwarfen. Sie ahnten ja nicht, dass er das wunderbare Geschenk nur hin und wieder auspacken durfte.

»Dann lass sie bleiben, wo der Pfeffer wächst«, riss Minou Dirk aus den Gedanken.

»Ich versuche trotzdem, noch einmal mit Mutter zu sprechen. So ganz wohl ist mir einfach nicht, sie allein auf dieser Insel zu lassen. Sie kennt dort doch keinen Menschen.«

»Deine Mutter ist nun mal eigenartig«, flötete Minou und cremte ihre Hände mit einer nach Vanille duftenden Lotion ein. »Richtig schlau wird man aus ihr nicht. Du nicht. Ich nicht. Keiner!«

»Sie ist trotzdem meine Mutter«, erwiderte Dirk. »Ich bin verantwortlich.«

»Mag sein.« Minou stellte die Cremetube auf den Tisch. »Dennoch könnte ja auch deine werte Schwester mal antraben und sich kümmern. Aber keiner weiß, was sie so treibt. Sie hat sich komplett aus der Verantwortung und eurem Leben gestohlen, und alles lastet auf dir. Das ist echt nicht die feine englische Art.«

Dirk zuckte mit den Schultern. Lena war ein heikles Thema in der Familie. »Wenn ich wüsste, wo sie sich gerade rumtreibt, würde ich das auch glatt einfordern. Aber ich weiß es eben nicht. Keiner von uns weiß das. Leider.« Er strich Minou wieder vorsichtig über den Unterarm, was sie dieses Mal mit einem leichten Lächeln quittierte. »Meine Eltern haben sich zum Glück beizeiten nach Australien abgesetzt und sind autark. Gut, dass wir das Problem der Elternversorgung nur einmal haben.«

»Manchmal bist du ganz schön scharfzüngig«, sagte Dirk, aber wo Minou recht hatte, hatte sie recht. Ihm wurde die Sache mit seiner Mutter auch oft zu viel, aber er war der einzige Verwandte, der geblieben war.

»Es ist, wie es ist, mein Lieber.« Minou war das Thema offenbar leid, sie zog sich vor ihrem Kosmetikspiegel die Lippen nach.

Dirk stand auf und ging zum Telefon. »Ich rufe Mutter mal an. Ich glaube, sie braucht doch ein bisschen Zuspruch. Bestimmt wartet sie darauf. Sie könnte schon in ihrer neuen Wohnung sein. Zum Glück habe ich die Nummer.« Er gab die Zahlen in die Tastatur ein. Doch ihm schallte nur das Rufzeichen entgegen. Auch sein Anruf auf ihrem Handy blieb erfolglos.

»Na, hoffentlich ist sie nicht bereits dabei, eine Dummheit zu begehen«, lästerte Minou. Sie fuhr mit den Fingern über ihre Parfümflakons, bis sie das passende für den heutigen Tag gefunden hatte.

»Wie weit ist es denn noch?«, fragte Beeke, nachdem Onkel Hein in ein Wäldchen abgebogen war, indem sich eine Gartenkolonie befand. Die Hoffnung stirbt zuletzt, dachte sie. Schließlich konnte es auch jenseits des Wäldchens Zivilisation geben.

Onkel Hein antwortete nicht, sondern stapfte munter durch das kleine Waldstück. Eine Laube reihte sich an die nächste. Alle waren auf großen Parzellen gelegen, ein paar der Gärten waren gepflegt, andere völlig verwildert. Onkel Hein blieb vor einem Grundstück der letzteren Sorte stehen und stieß ein verrottetes Gartentor auf. Durch das viel zu hoch gewachsene Gras schlängelte sich ein Trampelpfad, an dessen Ende eine Gartenlaube aus dem Grün ragte. Das Dach der Hütte hatte schon bessere Zeiten gesehen, an der Sonnenseite hing eine Uhr, die fremd anmutete und aus der soeben ein kleiner Vogel sein »Kuckuck« in die Welt schrie.

»So, mien Deern, da sind wir to huus!« Onkel Hein stellte den Bollerwagen neben dem Eingang ab und öffnete die Tür. Sie war nicht abgeschlossen, aber Beeke konnte sich auch nicht vorstellen, dass man in diesem Chaos irgendetwas hätte stehlen wollen.

Die Laube bestand aus zwei Räumen. Durch die offenstehende Tür in den zweiten Raum erkannte Beeke buntes Bettzeug, es war wohl das Schlafgemach ihres Onkels. Im vorderen, geräumigeren Zimmer gab es links eine Küchenzeile, die man wegen des sich stapelnden Geschirrs, den Zeitungen und anderer undefinierbarer Gegenstände allerdings nicht auf Anhieb als solche erkennen konnte. Rechts stand ein zerschlissenes rotes Sofa, daneben ein mit dunkelgrünem Samt bezogener Sessel.

»Mein ganzer Stolz«, sagte Onkel Hein lächelnd und zeigte Beeke, dass man ihn nach hinten kippen konnte. Vor den Sitzmöbeln befand sich ein dunkler Holztisch, bei dem an vielen Stellen Lack und Farbe abblätterten. Ein einst weißes Spitzendeckchen (nun zierten es braune Flecken in verschiedenen Größen) sollte wohl Behaglichkeit vermitteln.

»Warum wohnst du in einer Laube, Onkel Hein?«, fragte Beeke vorsichtig. Immerhin hatte er mitten auf Wangerooge ein wunderschönes Haus und konnte deshalb nicht arm sein.

»Ist doch schön hier«, erwiderte er grinsend, und seinem Tonfall nach meinte er das tatsächlich so. Er kam regelrecht in Redefluss. »Kiek, mien Deern, hier stört mich kein Mensch. Ich kann schnarchen, ohne dass die Nachbarn an die Decke klopfen. Muss nicht aufräumen, mich um kein Gesabbel der anderen kümmern. Hier bin ich frei.« Er reckte sich umständlich, der Bollerwagen war ihm wohl doch zu schwer gewesen. »Und hier kann mein Kuckuck schreien, ohne dass sich irgendwer mokiert.«

Das sind ja rosige Aussichten, dachte Beeke und ärgerte sich, dass sie nicht Fipsis Vorschlag gefolgt war, Ohropax mitzunehmen. Er hatte sie kurz vor der Abreise gewarnt und behauptet, dass alle alten Männer schnarchten. Von einem Kuckuck in einer schrecklichen Uhr hatte er aber nicht gesprochen! Die ganze Clique hatte sich massiv darüber amüsiert, dass Beeke nun schon zum zweiten Mal alternativen Urlaub machen durfte, während die anderen drei richtig abhängen konnten.

»Du kannst einem echt leid tun!«

»Ich würd ja lieber tot überm Zaun hängen, als auf eine Ostfriesische Insel zu fahren und da zu putzen!«

»Beeke?«, stieß Onkel Hein sie an. Er hatte sie etwas gefragt, aber sie hatte nicht zugehört. Irgendwie befand sie sich in einer Art Schockstarre.

»Ja, Onkel Hein?«

»Ich habe dir einen neuen Becher gekauft, mien Deern.« Onkel Hein sah stolz aus, und Beeke beschlich das Gefühl, er freute sich tatsächlich über ihren Besuch. Beifall heischend hielt er ihr einen Kaffeebecher entgegen, auf dem der Westturm, den sie vorhin aus dem Zugfenster betrachtet hatte, abgebildet war.

Noch so ein Becherfreak, dachte Beeke. Das musste an den Genen liegen.

»Das ist der Westturm!«, erklärte Onkel Hein. »Kennst du wahrscheinlich. Kennt ja jeder, der herkommt.«

Während Beeke angesichts des kitschigen Designs schluckte, fiel ihr Blick auf das restliche Geschirr, das in den abenteuerlichsten Farben und mit abgeblättertem Dekor auf den Regalen vor sich hin staubte. Vor allem die Becher, in der Anzahl recht übersichtlich, taten sich zusätzlich durch fehlende Griffe und abgeschlagene Ränder hervor. Innen waren sie eher braun als weiß.

»Das macht der Tee!«, erklärte Onkel Hein, der ihren Blick bemerkte und richtig deutete. »Aber für meine Lütte hab ich ja einen neuen Becher erstanden. So junge Deerns brauchen etwas Luxus.«

Onkel Hein war mittlerweile an den Herd getreten und räumte beiseite, was die Herdplatte verdeckte. Neben den Zeitungen fanden sich auch Socken und ein Geschirrhandtuch, an dem zahlreiche Mottenlarven Gefallen gefunden hatten. Danach füllte er einen Kessel mit Wasser, das aus dem Hahn gluckste, als könne es sich nicht recht entscheiden, ob es wirklich einen durchgängigen Strahl bilden wollte. Onkel Hein prüfte die Herdplatte und feuerte den Ofen mit weiterem Holz an, das er in eine Ofenklappe schob.

»Hast du keinen normalen Herd?«, fragte Beeke vorsichtig. Immerhin gab es Strom, an der Decke baumelte eine vereinzelte

Glühbirne. Also würde sie zumindest das Handy problemlos aufladen können.

»Ich heize nur auf diese Weise. Gas gibt es nicht, und warum soll ich neumodischen Kram wie einen Elektroherd hier hinstellen? Geht so viel feinfühliger.«

Beeke warf einen Blick auf die dicken kurzen Finger des Onkels und verkniff sich einen Kommentar.

»Jetzt trinken wir erst eine moi Tass Tee«, sagte Onkel Hein lächelnd und goss das heiße Wasser in die Teekanne. »Darf nicht kochen, das Wasser! Das machen nur Dilettanten!«

Beeke nickte und guckte sich um, ob in der Laube auch so etwas wie ein Esstisch mit Stühlen zu finden war, aber die einzige Sitzgelegenheit waren das Sofa und der Sessel.

»Sett di dol!«, forderte Onkel Hein sie auf, und als er bemerkte, dass Beeke ihn nicht verstanden hatte, weil sich ihre rudimentären Plattdeutschkenntnisse auf »Mien Deern«, »Lütte« und »Moin« beschränkten, wiederholte er: »Setz dich da vorn hin!« Er deutete auf den zerschlissenen Ohrensessel. Beeke spürte, dass es eine große Ehre war, wenn er ihr diesen Platz überließ. Sie hockte sich auf die vordere Kante, den Wangerooge-Becher noch immer in der Hand. Es war eigenartig bei Onkel Hein. Seinem Zuhause haftete der unverkennbare Charme eines Trödelladens an.

Während der Tee zog, riss Onkel Hein die Tür des einzigen Hängeschranks auf, in dem genauso ein Chaos herrschte wie in der gesamten Laube, und kramte eine dieser winzigen Teetassen heraus. »Du trinkst ja sicher lieber aus dem Becher. Ihr Jungen mögt es ja nicht gediegen.«

Ohne Beekes Entgegnung abzuwarten, platzierte er Kandis in die Mitte des Tisches und entschuldigte sich sofort, weil ihm die Sahne ausgegangen war. Beeke störte das nicht weiter, war sie doch ohnehin keine Teetrinkerin und zog einen starken Kaffee oder einen Latte macchiato dem braunen Friesengetränk vor.

Aber da sich Onkel Hein solche Mühe gab, wollte sie ihn nicht brüskieren. »Ich brauche sowieso keine Sahne. Alles gut, Onkel!«

Erleichtert entnahm er das Teesieb und schenkte Beeke ein. »Hab dir auch ein Bett gemacht, mien Deern.« Onkel Hein trank nur einen winzigen Schluck und stand sofort wieder auf. Er zog einen Vorhang beiseite, den Beeke zuvor nicht wahrgenommen hatte. Wobei der Begriff »Vorhang« für die zerlöcherte dunkelbraune Wolldecke etwas hoch gegriffen war. Dahinter befand sich ein kleiner Anbau mit einer Pritsche, die auch schon bessere Zeiten gesehen hatte.

Beeke überlegte für eine Sekunde, ob sie doch lieber wieder zu ihrem hessischen Bauern fahren und Mist schaufeln wollte, statt sich auf das Abenteuer Wangerooge einzulassen. Wenigstens wirkte die Bettdecke sauber – sah man mal von der dicken schwarzen Spinne ab, die demonstrativ langsam darüberkroch.

»Sieht doch gut aus, oder?«, fragte Onkel Hein. Er schmatzte, rieb sich den langen Seebärbart und fegte die Spinne mit einer lässigen Bewegung zu Boden. »Beeke, mien Deern, ich bin froh, dass du Leben in die Bude bringst. Manchmal gleicht das hier ja einem Totentanz, so sehr ich die Ruhe liebe. Aber ab und zu so eine leichte Brise, dat is moi!« Er kratzte sich am Bart. »Bist ja auch bald wieder weg, für die Zeit halten wir es schon miteinander aus!«

Das mochte ja heiter werden. »Ich freue mich auch, hier zu sein«, begann Beeke vorsichtig und sah sich um. »Aber du könntest wirklich mal aufräumen …«

Onkel Hein begann laut zu lachen. Er griff hinter sich und holte eine weitere Pfeife aus der Dose, die er, noch immer vor sich hin kichernd, mit Tabak füllte und dann anzündete. »Du bist wie deine Mutter, obwohl du echt anders aussiehst, so mit den bunten Haaren. Jou, ich könnte mal aufräumen. Aber« – er sog einmal kräftig an der Pfeife – »ich kann auch andere Sachen tun.« Wieder diese beeindruckende Wortgewalt!

»Und die wären?«

»Nichts.«

»Nichts?«, hakte Beeke nach.

»Jou, nichts.«

Beeke trank ihren Tee und brachte danach den Koffer in ihr neues »Zimmer«. Ratlos hielt sie den Kulturbeutel in der Hand.

»Du, Onkel Hein?«

»Jou?«

»Wo ist denn dein Bad?«

»Zähne putzen wir in der Küchenspüle, und die Dusche, die steht draußen hinter der Laube.«

»Die Dusche ist im Garten?«

»Jou.«

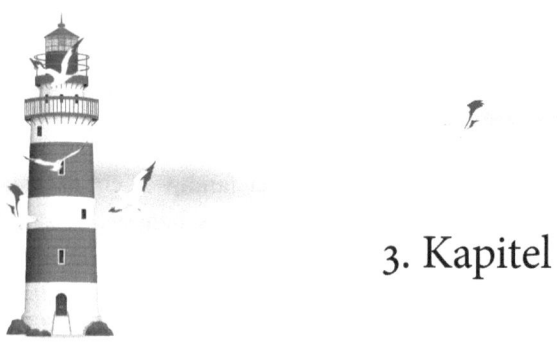

3. Kapitel

Als Suse am nächsten Morgen erwachte, durchzog ein feiner Geruch das Zimmer. Es duftete nach ungewohntem Leben, ein bisschen nach Farbe, neuen Möbeln und frischen Gardinenstoffen. Und wenn Suse die Augen wieder schloss, glaubte sie, dass auch eine kleine Meeresbrise in dem Geruch verborgen war. Sie fühlte sich fast wie im Urlaub. »Dabei habe ich keinen Urlaub, sondern werde *hier* meinen Lebensabend verbringen!«, sagte sie laut. Obwohl Lebensabend so alt klang. Und alt war sie mit ihren 70 Jahren noch lange nicht.

Suse war bereits vor langer Zeit mal auf Wangerooge gewesen und erinnerte sich noch entfernt an den Seelenpfad, auf dem man Gedichte lesen und Lieder hinaus in Nordsee und die Dünen schmettern konnte. Und an den verfallenen Ostanleger. Gab es den noch? Es würde interessant sein, auf diesen Spuren zu wandeln. Sie verband mit Wangerooge wunderbare Erinnerungen. Wegen Lena, mit der sie hier so schöne Stunden verbracht hatte. Suses Mann Martin war damals nicht dabei gewesen. Alles, was sie ohne ihn getan hatte, war gut. Besser als dieses jahrelange verlogene Possenspiel, das er Suse und den Kindern präsentiert hatte, ohne dass sie es bemerkten. Nach seinem stilvollen Abgang von der Lebensbühne (Martin war nach seinem

Unfall von den Toten nicht wieder auferstanden und wurde bei seiner Beisetzung gefeiert wie ein Medienstar) hatte der Vorhang plötzlich Risse bekommen, die zunächst aber nur Suse entdeckte. Was sie schließlich dahinter fand, war ein Seelenkiller ersten Grades. Zerstört hatte es drei Menschen: sie, Dirk und vor allem Lena, die nun wer weiß wo hauste. Ein Giftpfeil, den Suse nicht herausziehen konnte. Aber das war Vergangenheit!

»Weg mit diesen Gedanken!«, schimpfte sie. »Es ist, wie es ist. Und hier kann ich leben!«

Sie wusste, dass es nicht ganz so war, dass es wahrscheinlich nie wieder vollständig gut sein würde. Denn sie, Suse Schadewald, hatte sich nach Martins Tod und Lenas Weggang verändert. Sie steckte falsch eingeworfene oder fehlerhaft adressierte Post nicht mehr einfach nebenan in den richtigen Briefkasten. Nein, sie schickte sie zurück an den Absender, damit dieser entweder seinen eigenen oder den Fehler des Postboten erkannte. Sie borgte einer Nachbarin ein Ei nur gegen den Zins von zwei Eiern aus. Sie hatte in Jever auch darauf geachtet, dass die Leute korrekt parkten. Taten sie das nicht, war es ihr eine liebe Gewohnheit geworden, kleine Zettel hinter die Scheibenwischer zu klemmen. Jedes Mal mit einem Spruch wie: *Parken will gelernt sein. Ihre Stoßstange ragt fünf Zentimeter über den Gehweg. Denken Sie an Ihre Mitmenschen.* Oder: *Wenn Sie Ihre Führerscheinprüfung wiederholen müssten, würden sie durchfallen, Ihr Auto ist nicht sachgemäß abgestellt.* Suse hatte stets ein Maßband dabei und gab die genaue Übertretung an. Da war sie korrekt. Allerdings verzichtete sie darauf, die Polizei zu rufen. Mit denen wollte sie nichts zu tun haben, weder im Guten noch im Schlechten, das rief nur böse Erinnerungen wach.

Vielleicht würde sie auf der Insel weicher werden. Es konnte hier ja keine Parksünder geben, obwohl – was sie gestern allein an Fahrrad-Vergehen entdeckt hatte! Da gab es definitiv viel zu tun.

Und *sie* hatte ins Altenheim ziehen sollen! Nach dem Willen von Dirk und seiner Minou! Zu allem Überfluss hatte ihr Sohn sogar schon mit einem Beerdigungsinstitut einen Sonderpreis für ihre Einäscherung vorbereitet! Dirk war ein Sparfuchs, aber das ging Suse doch entschieden zu weit.

Ein Blick auf die Uhr zeigte Suse, dass es gerade erst acht war und sie eigentlich noch Zeit zum Dösen hätte. Aber es war sehr verlockend, gleich an den Strand zu gehen und sich am Spülsaum die Füße vom Meer nassspritzen und die Haare vom Wind durchpusten zu lassen. Zu genießen, was sie auch Dirk und Minou suggerierte: Mir geht es gut!

Gestern hatte sie den beiden noch eine kurze WhatsApp zukommen lassen. Mit dem Leuchtturm als Motiv. »Alles gut. Gruß, Mutter.« Das musste reichen.

Dirk hatte ihr sofort geantwortet und ein Bild vom Hofbräuhaus geschickt. Seine Pseudo-Besorgnismail nach den Anrufen, die sie natürlich nicht angenommen hatte, hätte er sich auch schenken können. »Geht es dir wirklich gut, Mutter?« Ein küssender Smiley begleitete die Frage. Was war denn das für ein Kitsch?

Trotzdem konnte sich Suse eine bissige Antwort nicht verkneifen. »Klar geht es mir gut. Bin schließlich in Friesland und muss mir die grandiose Aussicht nicht von riesigen Felsen verstellen lassen.« Suse hatte rasch auf »Senden« gedrückt.

Den Zahn, sie ins Heim abzuschieben, hatte sie ihm schnell gezogen. Dirk würde schon bald erkennen, dass Suses Alleingang genau die richtige Entscheidung gewesen war. Für alle. Sie und Minou weiterhin langfristig in nächster Nähe – da wären schon bald Köpfe gerollt.

Suse sog ein weiteres Mal den wunderbaren Duft ihres neuen Zuhauses ein und stellte nach dem Aufstehen in der Küche die

Kaffeemaschine an. Sie sah hinaus in den Steingarten, reckte und streckte sich und beschloss, dass dieser Tag ein richtig guter war. Und genauso wollte sie ihn verbringen.

Nachdem sie den Ausblick aus dem Fenster eine Weile lang genossen hatte, ging sie ins Bad. Hier empfing sie ein Traum in Weiß mit heizbarem Handtuchhalter und einem riesigen Spiegel. Der Hausbesitzer hatte wirklich alles renovieren lassen, und zwar vom Feinsten. Den funktionierenden Festnetzanschluss gab es tatsächlich schon, es war kein Problem gewesen, ihn mit ihrem alten Telefon zu verbinden. Suse freute sich schon, Herrn Janssen, den Hausbesitzer, kennenzulernen. Er hatte alles einem Notar in die Hände gegeben, sodass sich die Kommunikation auf wenige schriftliche Kontakte beschränkt hatte, denn Herr Janssen besaß nicht einmal ein Handy, von einem Computer ganz zu schweigen. Er hatte ihr zu Beginn einen Brief geschrieben, um die Modalitäten abzustimmen. Und einmal hatten sie übers Festnetz telefoniert, er allerdings aus einer Telefonzelle. »Ich brauch so einen Kram nicht«, war seine Erklärung auf Suses Frage gewesen, warum sie nicht per E-Mail kommunizierten. »Ich hab das Haus außerdem nur geerbt. Lasse die Vermietungen über einen Verwalter abwickeln. Sichert mich so ab.« Seine Wortkargheit hatte das Gespräch arg abgekürzt.

Das Einzige, was Suse über den Eigentümer wusste, war, dass er sehr zurückgezogen auf Wangerooge lebte und früher mal Fischer gewesen war. Das hatte sie ihm noch entlocken können.

Suse zog sich aus und trat unter die Dusche. Gleich wollte sie in Ruhe frühstücken. Ein Frühstück, das schmeckte. Ein Frühstück, das sie sich von niemandem wegen der Kohlenhydrate oder dem Fettgehalt des Croissants schlechtreden lassen würde. Suse liebte es zu essen. Auch wenn sie dadurch in den letzten Jahren arg in die Breite gegangen war. Von der einstigen Konfektionsgröße 38 hatte sie sich vor Jahren nach ihrem »persönlichen Sommer«, wie sie die Wechseljahre titulierte, verabschiedet und es klaglos hingenommen, dass eines Tages sämtliche Hosen zwickten.

Ihre Weggefährtinnen (zu einer wirklichen Freundschaft hatte es nie gereicht) hingegen hatten sich durch einen Diätmarathon nebst Bauch-Beine-Po-Wundergymnastik gequält. Wahlweise hatten sie sich im Walken oder Joggen versucht, was bei der einen zu einem Hüft- und bei der anderen zu einem dauerhaften Knieschaden geführt hatte. Da Suse von dieser Stockschwingerei beim Walken oder dem stupiden Rennen mit Ohrstöpseln im Ohr ohnehin nichts hielt, fühlte sie sich darin bestätigt, die Finger von all dem zu lassen. Nun trug sie eben Größe 42. Das war nicht mehr dünn, aber als dick wollte sie sich auch nicht bezeichnen. Körperumschmeichelnd war jetzt angesagt. Trotz ihrer Pfunde sah sie weiblich aus. Zu einem Körper jenseits der 60 passte das Gewicht einer Dreißigjährigen nun mal nicht. Da gab es nur die Entscheidung »pro Gesicht oder pro Körper«. Beides bot eher ein unbefriedigendes Ergebnis, da war es zumindest gut, wenn man sich wohlfühlte.

Suse stellte die Dusche aus und griff nach dem flauschigen Handtuch.

Anschließend fühlte Suse sich so erfrischt wie lange nicht. Der Kaffee war inzwischen durchgelaufen. Sie huschte rasch zum Bäcker, erstand ein Körnerbrötchen und das heiß ersehnte Croissant. Danach schenkte sie sich eine Tasse Kaffee ein und kam sich an ihrem perfekt gedeckten Tisch mit Kerze, Serviette und hübschem Platzset fast vor wie in der bekannten Kaffeewerbung. Fehlte nur noch, dass sie die feinen Schwaden sehen konnte.

Und diese Ruhe! Kein Autolärm, nur ab und zu Kinderstimmen oder das Kläffen eines Hundes. Alles weit genug weg.

Der Vermieter hatte wirklich ganze Arbeit geleistet und die Einrichtungsfirma perfekt angewiesen. Suse hatte alles genauso vorgefunden, wie sie es sich gewünscht hatte. Dazu hatte sie einen millimetergenauen Plan gezeichnet und haarkleine Instruktionen erteilt. Noch gestern Abend hatte Suse das Geschirr und die Anziehsachen einsortiert, Bücher ins Regal gestellt, überflüssige Staubkörner beseitigt. Viel war es nicht, was sie vom Festland mitgebracht hatte.

Gerade als sie genüsslich ins Körnerbrötchen biss, knallte etwas gegen ihre Wohnungstür. Dann hörte es sich an, als ob sich jemand daran zu schaffen machte. Suse hielt augenblicklich mit dem Kauen inne und lauschte, ob sich die Geräusche wiederholten.

Einbrecher am helllichten Tag? So früh am Morgen? Es war erst knapp halb neun. Man las ja immer wieder, dass sich diese Halunken nicht mehr in den Abendstunden anschlichen, sondern dreist tagsüber einstiegen. Hatten sie nicht mitbekommen, dass sich in dieser Wohnung jemand befand? Suse schnappte den Schrubber, der in den neuen vier Wänden noch kein Zuhause gefunden hatte, und näherte sich der Haustür. Das Poltern und Schaben hatte noch nicht nachgelassen. Dreimal tief ein- und ausatmen. Konzentrieren! Dann riss Suse die Tür auf – und stoppte mitten in der Bewegung.

Vor ihr kniete ein Mädchen mit einem hellblauen, kurzhaarigen Schopf, das angesichts der Schrubberbedrohung entsetzt die grünen Augen aufriss. »Wenn ich den auf den Kopf kriege, hinterlässt das einen Abdruck! Das hatte ich schon mal. Mein Cousin wollte mich ärgern und –« Das Mädchen stoppte den Redefluss. »Moment, ich kenne Sie! Aus dem Zug gestern!«

Jetzt erinnerte sich auch Suse.

Sie ließ den Schrubber sinken. Das junge Mädchen, Suse schätzte es auf etwa 16 Jahre, stand langsam auf. Seine Hände steckten in gelben Gummihandschuhen, zwischen dem Gelb tropfte es nun bräunlich aus einem Feudel und hinterließ auf den hellen Fliesen unschöne Flecken. Die behandschuhten Hände erinnerten Suse an Micky Maus, die Farbe des Haarschopfes eher an einen Schlumpf. Das Mädchen hatte während Suses Gedanken ununterbrochen weitergeplappert, aber erst jetzt verstand Suse, dass sie sich bei ihr vorstellte.

»Ich heiße Beeke, hab ja noch gar nicht gesagt, wer ich bin und was ich mache. Moin erst mal!«

»Moin«, antwortete Suse, ein wenig überfordert mit dem Überfall.

»Also genauer gesagt heiße ich Beeke Bellinghorst. Ich bin die Nichte des Hausbesitzers Hein Janssen und für den Hausflur zuständig. Alles muss hier gepflegt sein. Und weil meine Mutter, sie lebt mit mir allein in Wilhelmshaven, meinte, ich würde zu viel Zeit darauf verschwenden, die Haarfarbe zu wechseln – ich muss dazu sagen, dass ich zuvor eher aussah wie Pumuckl –, haben sie gedacht, ein Job würde mir guttun. Also habe ich –«

»Schon gut«, unterbrach Suse sie mit erhobener Hand. So schnell und ausführlich hatte sie noch nie von jemandem die ganze Biografie heruntergebetet bekommen. Die Probleme der Haar-Kolorierung einer Spätpubertierenden interessierten sie außerdem nicht die Bohne. Suse färbte nicht, stand zu ihrem Grau wie zu ihren kleinen Speckröllchen und war definitiv die falsche Ansprechpartnerin für dieses Thema. Besser, das blaue Mädchen verschwand so rasch es ging aus ihrem Dunstkreis.

»Sauber ist es ja nun, Fräulein Bellinghorst ...«

»Beeke, sagen Sie ruhig Beeke zu mir. Fräulein klingt so altmodisch. Ich glaub, das sagt man heutzutage auch gar nicht mehr, Frau Schadewald.«

Meinen Namen kennt sie also auch schon, dachte Suse. Ihr Blick fiel auf das Emaille-Namensschild, das der Hausbesitzer auf ihre Anweisung hin angebracht hatte. »Wir können uns jetzt trotzdem wieder verabschieden, Beeke. Ich frühstücke nämlich gerade und habe heute noch allerlei vor.«

Beeke interessierten Suses Einwände herzlich wenig, und so plapperte sie munter weiter. »Na, ganz fertig bin ich aber noch nicht, Frau Schadewald. Und wir haben uns noch gar nicht richtig begrüßt, ich meine mit Handschlag, wie es sich gehört. Wie unhöflich von mir.« Sie hielt Suse die Gummihand hin.

Die ignorierte den Latexgruß.

Beeke ließ die Hand sinken und redete ohne Punkt und Komma weiter. »Also, mein Onkel legt großen Wert auf gute Arbeit, das sag ich Ihnen.« Sie ließ sich auf die Knie nieder und tunkte den Feudel ins Wischwasser. »Darf keine Zeit verlieren«, kommentierte sie ihr Tun. »Ich putz ja auch nicht nur den Hausflur! Bin Mädchen für alles. Ich mach den Garten, und wenn Sie wollen, kaufe ich auch ein. Mein Service für alte Leute, wobei ich ja nicht sagen will, dass Sie ein altes Leut sind, sondern …«

Ein altes Leut? Suse glaubte, bei dem Wortlaut nicht richtig zu hören, aber Beeke war nicht zu stoppen. Sie schenkte Suse ein entwaffnendes Lächeln. »Ist eben mein Job! Es gibt schlechtere.«

Suse musterte den Rest der bunten Erscheinung. Warum ging sie nicht einfach in die Wohnung zurück und pfefferte diesem Ding die Tür vor der Nase zu? So, wie sie es normalerweise getan hätte.

»Ist eine coole Frisur, oder?« Beeke schüttelte den kurzen Schopf, der über den Schläfen ein bisschen abstand. »Ist der letzte Schrei, diese Farbe. Das hat sonst kaum jemand! Echt nicht. Aber ich konnte mich heute nicht richtig stylen, mein Onkel lebt etwas … nun ja, einfach. So mit Gartendusche und ohne Spiegel. Wissen Sie, wie schwer es ist, sich dann das Haar zu machen? Also meine Freunde, BVB-Bert und Fipsi –«

Suse hob erneut die Hand, um Beeke zu unterbrechen. Die Frisuren von BVB-Bert und Fipsi hatten in ihrer Interessensskala einen noch geringeren Stellenwert als Beekes Probleme, sich zu frisieren. Beeke unterbrach ihren Redemarathon tatsächlich kurz. Sie seufzte laut auf. »Das interessiert Sie jetzt nicht so, oder? Verstehe.«

Suse zog die Brauen hoch. »Junge Frau, nichts für ungut, aber ich möchte einfach nur zu Ende frühstücken.«

Ihre ersten Inselbegegnungen gestalteten sich etwas schwierig, aber das konnte, nein, das *musste* täuschen, so ging es bestimmt nicht weiter. Sich übergebende Kleinkinder, ein unfähiger, ältlicher Vater und nun dieses Schlumpfinchen waren nicht das, was Suse sich als zukünftige Gesellschaft vorgestellt hatte. Morgen wollte sie dem Hauseigentümer mitteilen, dass sie die Treppenreinigung von nun an selbst übernehmen würde. Damit wäre sie Beeke erstmal los. Im Augenblick konnte Suse sich nichts Schöneres vorstellen, als wieder ihre Ruhe zu haben. Es war zu befürchten, dass dieses Mädchen sich auch von einer geschlossenen Tür nicht abhalten ließ, weiter mit ihr zu kommunizieren.

Hätte Suse nicht eben beim Frühstück beschlossen, sich zukünftig nicht mehr so leicht aufzuregen, wäre ihr jetzt eine bissige Bemerkung über die Lippen geschossen, aber sie würde Beeke Bellinghorst auch anders und eleganter loswerden. Nirgendwo im Mietvertrag gab es den Paragrafen, der besagte, dass sie ihre Zeit mit blauköpfigen Putzhilfen verplempern musste.

Suse trat einen Schritt zurück. Es wurde Zeit, dem ein Ende zu machen. Vielleicht half die verschlossene Tür ja doch.

»Ich bin jetzt auch fertig«, lenkte das junge Mädchen ein, als es Suses finstere Miene bemerkte, und wrang das trübe Schmutzwasser aus. »Wenn Sie also etwas brauchen, sagen Sie kurz Bescheid. Ich komme dann sofort.« Sie drückte Suse ihre Handynummer in die Hand.

»Danke«, antwortete Suse und war sich sicher, dass sie keinen Schlumpfendienst in Anspruch nehmen würde.

Suse schloss die Tür nachdrücklich, auch wenn sich Beeke noch nicht erhoben hatte. In der Küche goss sie den mittlerweile kalten Kaffee in den Ausguss und schenkte sich eine neue Tasse ein.

Nach dem Frühstück schlüpfte Suse in Turnschuhe und Weste, es war das perfekte Inseloutfit. Auch wenn die Sonne schien, war es nicht hochsommerlich warm, schließlich befand sie sich in Friesland und nicht an der Adria oder auf den Kanaren. Aber Suse mochte das raue Klima.

Um diese Tageszeit war auf Wangerooge nicht viel los. Das nächste Schiff würde erst in zwei Stunden kommen. Und die Urlauber waren bestimmt alle noch beim Frühstück. Suse schlenderte die Zedeliusstraße entlang und ging rechts am Café Pudding vorbei. Der Ort Wangerooge lag direkt am Strand, ein Grund, warum sie sich ausgerechnet für diese Insel entschieden hatte.

Gerade radelte der Dorfpolizist an ihr vorbei, er schien aber in keiner besonderen Mission unterwegs zu sein, so gemächlich, wie er in die Pedale trat. Na, was sollte auf Wangerooge auch groß passieren, außer dass mal ein Fahrrad abhandenkam oder eine Brieftasche geklaut wurde? Sie wandte sich rasch ab. Polizisten waren ihr ein Graus, ob mit Fahrrad oder ohne. Auf dem Festland und auch hier. Zu viele negative Erinnerungen. Suse erklomm die letzten Meter zur Strandpromenade. Oben angekommen, verschlug ihr der imposante Anblick des Meeres den Atem. Sie hatte alles richtig gemacht.

Am Strand tummelten sich doch schon etliche Menschen, die, genau wie Suse, die frühen Stunden genießen wollten.

Suse schlüpfte aus ihren Turnschuhen, nahm sie in die Hand und lief zum Wasser. Sie genoss die leichte Reibung des Sandes zwischen den Zehen. Am Spülsaum ließ Suse es zu, dass die Wellen an ihren Zehen leckten, ab und zu den Fußballen umspielten, sich dann fast beschämt zurückzogen, um sogleich das Spiel neugierig von vorn zu beginnen. Auch wenn das Wasser noch kühl war, fühlte es sich gut an. Suse spazierte in Richtung Westen, betrachtete die zahlreichen Muscheln, die kleinen schwarzen Steine und das Spiel von Möwen und Seeschwalben, die über der Wasseroberfläche um die Wette jagten. Nach einer Weile wurden Suses Füße kalt, und sie drehte um. Nun blies der Wind von vorn, aber das störte sie keineswegs.

Als sie eben wieder in Richtung Strandpromenade laufen wollte, kam ihr Paul Herzog mit seinen drei Kindern entgegen. Sie tollten ähnlich übermütig herum wie gestern im Zug. Suse wollte ihn höflich grüßen und dann gleich weitergehen; die Begegnung am Tag zuvor hatte ihr gereicht. Sie hatte den sauren Geruch der Taschentücher noch immer in der Nase. Paul Herzog nickte Suse höflich zu. Viel mehr Zeit blieb ihm auch nicht, denn der Kleinste rannte gerade mit seinen kurzen Beinchen in einem Affenzahn in Richtung Nordsee und war kaum davon abzuhalten, sofort ein Bad zu nehmen. Der Mittlere betrachtete hingegen nasepopelnd einen an Land gespülten Fisch. Lediglich die Älteste lief gesittet an Papas Seite und bombardierte ihn mit unzähligen Fragen. Er kam allerdings nicht umhin, sie zu unterbrechen, weil er zu einem Spurt ansetzte, um den jüngsten Spross vor dem Ertrinkungstod zu bewahren.

Suse fühlte sich verantwortlich und näherte sich Mathilda, die verloren neben ihrem Bruder und der Fischleiche stand. Den Namen des Mädchens hatte Suse noch gut im Gedächtnis. Paul Herzog hatte den Kleinen inzwischen erreicht und schwang ihn durch die Luft.

»Manno, ich wollte doch nur wissen, wo der Horizont zu Ende ist!« Das Mädchen stampfte wütend auf, als Suse sie erreicht hatte. »Und wieder dreht sich alles nur um Mäxchen! Das ist so gemein! Kleine Brüder werden immer bevorzugt!« Sie sah Suse an und fragte mit einem gewissen Trotz in der Stimme: »Und wo ist nun der Horizont zu Ende?«

»Nirgendwo«, murmelte Suse. Ihre Hand strich sacht über Mathildas Haarschopf. Was tat sie da? »Der Horizont hört nirgendwo auf, weißt du?«

»Bist du eine Oma?«, fragte Mathilda. Der Mittlere hatte den toten Fisch verlassen und gesellte sich neugierig hinzu.

»Nein«, antwortete Suse. »Bin ich nicht.«

»Kannst ja unsere Oma sein«, schlug der Junge vor. »Wir haben nämlich keine.« Er streckte ihr höflich die Hand entgegen. »Ich bin Marius. Wie heißt du?«

»Suse«, rutschte es Suse heraus. »Also, Frau Schadewald.«

»Dann Oma Suse! Nachnamen kann man sich sowieso nie merken.« Mathilda grinste, und Marius rannte zu seinem toten Fund zurück.

Suse sog die Luft ein. Sie würde Paul Herzog und seine Brut gleich ganz schnell verlassen. Nur noch kurz abwarten, ob alles in Ordnung war. Wenn sie diesen Vater betrachtete, fehlte es ihm allerdings an allen Voraussetzungen dazu.

Sogar an der adäquaten Kleidung. Er spazierte am Strand entlang, als sei er gerade zu einem Banker-Meeting unterwegs. Grauer Anzug, Jackett und ledernde Halbschuhe. Dazu ein kariertes Einstecktuch! Machte er einen auf Aristokrat, oder was sollte der Kleidungsstil suggerieren? Suse grinste schadenfroh. Seine Hose und die Schuhe waren mittlerweile völlig durchnässt, weil er bis zu den Knien im Wasser watete und noch immer das kleine Mäxchen rettete, das sich aus seinen Armen gewunden und es doch bis in die Nordsee geschafft hatte. Schließlich zog er den Jungen wieder an Land und näherte sich kurz darauf mit dem zappelnden und kreischenden Kleinen. Suses Mission war beendet. »Ich geh dann mal weiter. Euer Papa ist ja gleich wieder bei euch.«

»Aber das ist –«, begann Mathilda, doch Suse winkte ab. Bloß weg hier, bevor Paul Herzog sie wieder vereinnahmte. Sie eilte davon, entdeckte einen leer stehenden blauen Strandkorb und änderte kurzfristig ihren Plan. Es war zu verlockend, sich einen Augenblick hineinzusetzen. Suse schloss kurz die Augen. Nur für einen Moment verweilen und die Nordseeatmosphäre allein genießen. Für einen kurzen Moment.

»Entschuldigen Sie«, hörte Suse da die Stimme eines Mannes. Sie schlug die Augen auf. Vor ihr stand – Paul Herzog. Verfolgte er sie etwa? Wenn sie sich auf ein Gespräch mit ihm einließ, würde es garantiert eine Weile dauern. Und am Ende würde sie eines seiner Kinder auf dem Schoß halten. Ihre schöne Windjacke wäre von Keksspeichel ruiniert! Nein, zu ihrem Neuanfang gehörte kein unfähiger, offenbar alleinerziehender Vater, der seine Kinder nicht im Griff hatte. Vielleicht war er auch ein getrennt lebender Ehemann und musste die Kinder nun in den Ferien bespaßen. Was auch immer ihn auf die Insel verschlagen hatte: Es ging sie nichts an!

»Entschuldigen Sie, dass ich störe«, begann er ein zweites Mal und wirkte verlegen. Sein Blick war freundlich, aber es spiegelte sich zugleich eine unglaubliche Hilflosigkeit darin, die es Suse unmöglich machte, ihm eine scharfe Ansage zu erteilen. Und als hätte sie es nicht geahnt, klebte der kleine, völlig durchnässte Max sofort an ihrem Hosenbein und wischte seinen Mund dort ab. Kekskrümel hinterließen ein kringeliges Kunstwerk auf dem Jeansstoff.

»Tut mir leid. Ihm fehlt seine Mutter!«, sagte der Mann.

Das war selbstredend eine logische Erklärung für abgewischte Keksgesichter.

»Dann fahren Sie besser zurück und bringen die Kinder zu ihr«, entgegnete Suse in ihrem gewohnt scharfen Ton. »Außerdem ist der Junge nass und sollte möglichst rasch umgezogen werden. Es ist noch recht kühl, finden Sie nicht?«

»Geht nicht, hab mein Versprechen gegeben.«

»Sie können Max nicht umziehen, weil Sie ein Versprechen gegeben haben?«, fuhr Suse ihn an, aber er hob abwehrend die Hände.

»Nein, ich meine, ich kann die Kinder nicht einfach so zu ihrer Mutter bringen.«

»Haben Sie die drei entführt, oder warum nicht?«

Paul Herzog druckste herum, und Suse ahnte Schlimmes. »Was ist nun? Muss ich die Polizei rufen?«

»Ja, die Pilozei«, freute sich Marius.

»Das heißt Polizei«, verbesserte Mathilda ihn. »Mann, Marius, jedes Kind weiß, dass das Polizei heißt, und du sagst es immer wieder falsch!«

Der Junge wollte eben aufbegehren, als Paul ihm beruhigend die Hand auf die Schulter legte und sich wieder an Suse wandte.

»Gestatten, Frau Schadewald. Ich muss Ihnen wohl ein paar Dinge erklären. Also die drei Kleinen haben sich Ihnen ja teilweise bereits vorgestellt. Es sind meine Enkel: Mathilda, Marius und Max.«

»Ihre Enkel!«, stieß Suse aus, und ein Lächeln glitt über ihr Gesicht. Enkel, das erklärte vieles und verzieh einiges. Wenn auch längst nicht alles! Doch es stellte Paul Herzog in einem völlig anderen, sympathischeren Licht dar. Welchen Unterschied ein kleines Wort machen konnte!

»Und warum sind Sie allein mit den Kleinen hier und können sie nicht zur Mutter zurückbringen, wenn Sie doch offensichtlich nicht mit ihnen zurechtkommen?« Suse zog ihre Weste aus und legte sie dem kleinen Max um, der vor Kälte schon merklich zitterte. So gern sie Erwachsene zur Räson brachte, so kleinlich sie im Alltag war: Bei Kindern vermochte sie dies nicht durchzuhalten, auch wenn sie stets so tat, als würde sie die Zwerge nicht mögen. Eine absolute Schwachstelle, wie sie sofort bemerkte. Sie war in die Falle getappt. Denn augenblicklich glitt ein breites Grinsen über Paul Herzogs Gesicht. »Danke, ich habe leider nur mein Jackett.«

Suse erschloss sich der Sinn der Bemerkung zwar nicht, doch sie beließ es dabei und wies in Richtung Strandpromenade. »Wir sollten vom Strand weggehen. Der Wind weht hier zu heftig für ein nasses Kind. Auf dem Weg können Sie mir erklären, warum Sie allein mit den Enkeln auf Wangerooge sind …«

Einsamer Strandspaziergang ade. Aus der Nummer kam sie erst einmal nicht mehr raus.

Paul nickte. »Es handelt sich um eine Familienangelegenheit, ich möchte nur ungern ins Detail gehen. Jedenfalls werde ich eine Weile mit den Kindern hierbleiben.«

Max quengelte, und Suse nahm ihn auf den Arm. So konnte sie den Kleinen mit ihrem Körper wärmen. Paul musste es auch kalt sein, seine graue Anzughose war bis zum Knie durchnässt, die Schuhe quatschten beim Laufen. Verstohlen strich Suse Mäxchen über den blonden Schopf. Sofort wurde er ruhiger. Er duftete gut. Ein bisschen süßlich, ein bisschen nach Meer und Strand. Und weil sie gerade dabei war, Paul Herzogs Enkel in ihr Herz zu schließen, lächelte sie Marius zu, der den toten Fisch in seinen gelben Strandeimer gepackt hatte. Er hielt den Kopf gesenkt und hatte Tränen in den Augen. »Er ist tot, Oma Suse. Keiner hat ihn beerdigt, und wir laufen jetzt auch einfach weg. Tote müssen aber in ein Grab.«

Genau, dachte Suse. Und nicht als Sonderangebot eingeäschert werden!

Dann aber wurde ihr das Ausmaß der Aussage klar. Marius trug im Eimer einen toten Fisch. Er wollte ihn mit in Pauls Wohnung nehmen, weil sich am Strand kein Grab für ihn gefunden hatte. Womöglich plante er, den Kadaver unter dem Wohnzimmerteppich zu »vergraben«. Auch wenn Suse nicht vorhatte, Pauls Wohnung jemals zu betreten, war ein toter, stinkiger Fisch im Heim der Kinder keine wirklich gute Option. Da konnte sie sich unmöglich raushalten!

»Wartet mal!«, sagte sie und drückte Paul Herzog den kleinen Max in den Arm, auch wenn sie ihn in Wahrheit nur ungern abgab. Aber für Sentimentalitäten war nun keine Zeit.

Suse entdeckte einen Jungen, der eben mit einer roten Blechschaufel über den Strand stromerte. Sie lief auf ihn zu und schilderte ihm mit wenigen Sätzen die Notlage. Ohne zu zögern, reichte der Junge ihr die Schaufel, und Suse grub beherzt ein Loch. Als es tief genug war, war Paul Herzog mit seinen Enkeln bei ihr angekommen, und sie wandte sich Marius zu. »Siehst du, nun haben wir ein Grab für den Fisch. Wir legen ihn dort hinein, und anschließend verzierst du es noch mit Muscheln. Dann hat er seinen Frieden!« Sie gab dem anderen Jungen die Schaufel zurück, und er trollte sich rasch. Fischbeerdigungen befanden sich für Jungs in seinem Alter wohl nicht mehr unter den Top Ten der Freizeitbeschäftigungen. Marius aber war erleichtert. Er kippte den Fisch ins Loch, schloss die Augen und faltete die Hände. »Man muss auch beten bei einer Beerdigung«, erklärte er.

Suse schaute fragend zu Paul Herzog. Warum kannte sich ein etwa Fünfjähriger derart gut mit Beisetzungen aus?

»Warst du schon einmal bei einer Beerdigung?«, fragte Suse den Kleinen.

Der Kleine nickte. »Klar, immer am Fenster.«

»Am Fenster?«, hakte Suse nach.

Aber Marius war bereits damit beschäftigt, den Sand über dem Fisch zu verteilen, und begann danach sofort mit dem Schmücken der Grabstelle.

»Er wohnt in Varel gegenüber vom Friedhof. Da hat er wohl schon mal etwas beobachtet«, erklärte Paul Herzog.

Suses spontane Befürchtung, die Kinder entstammten womöglich einer Gruftie-Familie, waren damit hinfällig.

»Nun muss aber Max schnell umgezogen werden!«, mahnte sie. Der Kleine stand sofort auf und kam strahlend auf sie zu. »Danke, Oma Suse!«

Mathilda flüsterte Suse ins Ohr: »Danke. Opa weiß immer gar nicht, was er machen soll. Er hat keine Kindererfahrung, so als Mann.« Sie verdrehte die Augen. »Aber du bist eine echte Oma Suse.«

Sie stapften weiter, und Mathilda schob ihre kleine Hand in Suses. »Opa glaubt außerdem, er ist ordentlich«, setzte sie nach. »Er behauptet das immer wieder!«

Das war doch mal ein Wesenszug, den Suse sympathisch fand. Ordnung war immer gut.

»Dabei stimmt das gar nicht!«

Sie hatten die Strandpromenade erreicht. Suse war es nun doch kalt ohne die Weste, aber sie konnte sie dem Jungen nicht wieder wegnehmen. Das wäre unverantwortlich. »Ich muss jetzt los! Sie können mir die Weste ja später vorbeibringen.« Kaum waren die Worte über ihre Lippen gekommen, stockte Suse. Nicht, dass Paul Herzog sich jetzt womöglich eingeladen fühlte! »Also einfach an die Tür hängen, da finde ich sie schon.«

»Wo wohnen Sie denn?«, fragte Paul Herzog.

Nun musste sie wohl oder übel mit ihrer Adresse rausrücken. Ihr blieb allerdings keine Wahl, wenn sie nicht mit zu den Herzogs gehen wollte. Sie nannte ihre Anschrift.

»Ich weiß, wo der Steingarten ist!«, trällerte Mathilda. »Weil wir da schon waren und ich gemerkt habe, dass alle lügen.«

Suse sah Mathilda fragend an.

»Na, das heißt Steingarten und dann ist da eine Wiese!«

»Mit Steinen drum herum, Thilda«, besänftigte Paul Herzog seine Enkeltochter. »Aber Frau Schadewald will jetzt sicher weiter!«

Nun, wenigstens das hatte er bemerkt. Oder er war selbst erpicht darauf, möglichst rasch aus den nassen Klamotten zu kommen.

»Eine schöne Zeit weiterhin mit Ihren Enkeln, Herr Herzog.« Suse nickte den vieren noch einmal zu und machte, dass sie davonkam.

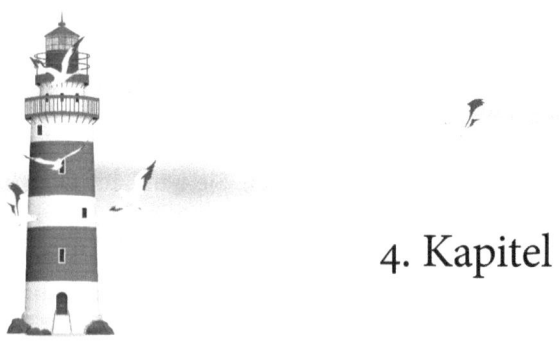

4. Kapitel

Suse stürzte auf ihr Haus zu. Sie sehnte sich nach ihrer warmen Wohnung, denn der Wind war aufgefrischt. Rückblickend hätte sie Paul Herzog so richtig zusammenstauchen können. Er hatte wirklich nichts im Griff, und was zum Teufel hätte dagegen gesprochen, sein verdammtes Jackett um seinen Enkel zu wickeln?

Draußen vor der Haustür stand Beeke, lässig den Kopf an die Zarge gelegt. »Hab schon auf Sie gewartet.« Jetzt, da sich die Sonnenstrahlen in ihrem blauen Haar verfingen, wirkte die Farbe noch auffälliger. Sie hatte etwas von einem Außerirdischen. Fehlte nur noch der Raumanzug.

Suse zog die Brauen hoch und kramte den Schlüssel aus der Hosentasche. »Warum?« Sie hatte keinerlei Vorstellung, warum Beeke Bellinghorst auf sie wartete. Dass Suse keine Hilfe brauchte, hatte sie doch wohl deutlich genug gemacht!

»Ich habe mir überlegt, dass Sie ein bisschen Gesellschaft gebrauchen könnten. Sie wirkten vorhin so … einsam. Verlassen eben.«

Suse schnappte nach Luft. »Einsam? Ich?«

»Ich seh so was immer sofort«, redete Beeke weiter. »Es ist ihr Blick!«

O Gott, eine jugendliche Pseudopsychoanalytikerin. Das kann ich gerade noch gebrauchen!, stöhnte Suse innerlich und wünschte sich schon zum zweiten Mal heute in ihre friesische Kreisstadt auf dem Festland zurück. Sie hätte auf Dirk hören und ihre Wohnung dort behalten sollen!

Beeke war aber noch nicht fertig. »Sie wirken schon sehr tough, auf den ersten Blick. Aber dann habe ich Ihre Augen gesehen!«

Wirf deinen Blick doch bitte woanders hin und lass mich mit deinen Psychoideen in Ruhe, du junges Ding! Suse hatte endlich den Schlüssel gefunden und wollte sich an Beeke vorbeischieben, doch die trat einfach einen Schritt nach vorn und versperrte ihr weiter den Hauseingang.

»Ich glaube eher, *du* bist einsam.« Suse schüttelte über so viel Penetranz den Kopf. »Ich muss zumindest nicht auf der Straße stehen und anderen Leuten die Ohren mit irgendwelchem Unsinn vollquatschen.«

»Ich unterhalte mich eben gern und beobachte Leute. Dafür bin ich in meiner Clique bekannt. Und allein, weil Sie das für sich ablehnen, zeichnet sich eine eindeutige Verdrängungsaktion ab!«

Suse lachte auf. Beeke tat ihr wirklich ein bisschen leid, aber sie hieß weder Mutter Teresa noch war sie der heilige Sankt Martin. Folglich war es überflüssig, gestrandete Blauhaargeschöpfe von Wangerooges Straßen aufzusammeln, weil die nichts Besseres mit sich anzufangen wussten. Es reichte, dass sie Paul Herzog schon zum zweiten Mal aus der Patsche geholfen hatte. Damit war ihr Wohltätigkeitskontingent für lange Zeit erschöpft.

»Beeke, ich gehöre zu einer völlig anderen Generation als du und könnte deine Großmutter sein«, begann sie in einem leicht näselnden Tonfall. Den legte Suse immer dann an den Tag, wenn sie ihr Gegenüber mit einer gewissen Herablassung in die Schranken weisen wollte. »Als älterer Mensch ist man ganz gern mal allein und braucht nicht mehr viele Aktivitäten. Bitte suche dir Gleichaltrige und lass mich einfach in Ruhe. Außerdem rate ich dir: Interpretiere nicht Dinge in mich hinein, die definitiv nicht zutreffen!«

Warum verteidige ich mich eigentlich vor einem Schlumpf?

»Haben Sie denn Familie, oder sind Sie ganz allein?« Beeke starrte aufs Klingelschild. »Da steht ja nur Ihr Name, und ich habe aufgepasst. Aus Ihrer Wohnung ist kein Mann gekommen. Onkel Hein sagt außerdem, Sie hätten die Butze nur für sich angemietet. Sie würden vom Festland kommen und hätten dort ganz allein gelebt und …«

Suse sog die Luft ein, hob abwehrend die Hand. Schluckte. Einatmen. Ausatmen. Ruhig bleiben. Noch zwei weitere Sätze, und sie würde zum HB-Männchen mutieren und in die Luft fliegen. Aber das HB-Männchen kannten junge Mädchen in Beekes Alter sicher nicht. Das war lange vor ihrer Zeit. Beeke hatte bei Suses Mimik aber tatsächlich aufgehört zu reden.

»Du kannst ganz beruhigt sein, ich habe Familie. Und nun möchte ich in meine Wohnung gehen. Mach's gut, Beeke.«

Suse schloss die Tür und ging die Treppe nach oben. In ihrer Wohnung setzte sie sich mit einem erleichterten Seufzer aufs Sofa.

Nach einer ihr endlos erscheinenden Weile klingelte es Sturm. »Ich komme ja schon«, murrte sie. So viel Trubel in ihrem Leben hatte sie in Jever die letzten fünf Jahre nicht mehr gehabt! Suse schlurfte zur Tür, und es verwunderte sie keineswegs, abermals Beeke gegenüberzustehen. An ihrer Hand klebte allerdings ein dunkel gelocktes Mädchen: Mathilda.

»Suse, Oma Suse!«, rief sie sofort und stürzte auf Suse zu.

»Oma Suse! Max!« Sie japste nach Luft. »Max hat ...« Mathilda wirkte regelrecht panisch.

»Was ist mit ihm? Was ist mit Max?«

»Er ist auf eine Muschel getreten, und nun verblutet er. Opa weiß nicht, was er tun soll!« Mathilda warf sich die braunen Locken über die Schulter.

»Zum Arzt gehen«, grummelte Suse. Er sollte sich den kleinen Wurm schnappen und die Wunde nähen lassen. Herrgott, wie konnte man so lebensuntüchtig sein? Suse wollte Mathilda gerade das mit dem Arzt vorschlagen, als Beeke offenbar ihre Chance sah, dem Reinigungsjob zu entkommen. Sie packte Mathilda am Arm, und das Mädchen zog sie prompt zur Treppe. Suse musste sich sehr täuschen, wenn in den Augen des Blauschopfes nicht eine Spur des Triumphes zu sehen war.

»Kommen Sie, Frau Schadewald! Da müssen wir doch helfen! Alles andere wäre unverantwortlich!«

Suse schnappte sich die Windjacke und stolperte widerwillig hinter den beiden her, immer auf Abstand bedacht, aber wie von einer unsichtbaren Leine gezogen. Fest hatte sich das Band um ihren Hals gelegt und ließ ihr keine Wahl, als Mathilda und Beeke über die Insel in Richtung Strand zu folgen. Sie hätte Paul Herzog besser nicht erzählen sollen, wo sie wohnte, dann wäre ihr zumindest dieser Gang erspart geblieben. Die Weste hatte sie auch noch nicht zurückbekommen.

Im Ort war mittlerweile viel los. Die Schiffe hatten viele Urlauber ausgespuckt, die sich nun mit Bollerwagen und Rucksäcken zum Strand begaben. Ein paar liehen sich Fahrräder aus, andere erstanden erste Souvenirs, die sich in den Auslagen vor den vielen kleinen Geschäften präsentierten.

Am Café Pudding saßen Max und Marius auf einer Bank. Max' Fuß war mit mehreren blutdurchtränkten Papiertaschentüchern umwickelt.

Paul Herzog lief mit unruhigem Blick vor der Bank hin und her und suchte die Umgebung ab.

»Ich habe sie geholt!«, rief Mathilda schon von Weitem. Als ihr Großvater sie entdeckte, wirkte er merklich erleichtert.

»Thilda! Mensch, wo hast du gesteckt? Ich war so in Sorge, weil du einfach weggelaufen bist! Wir müssen doch mit Max zum Inseldoktor!«

Suse war erleichtert, dass Paul Herzog tatsächlich von allein auf die Idee gekommen war, zum Arzt zu gehen. Es bestand also Hoffnung.

Mathilda schlug die Augen nieder. »Ich wollte Hilfe holen, weil es doch sonst so stressig für dich ist, Opa! Und jetzt ist sie da! Die Frau, die immer hilft. Oma Suse.« Mathilda schaute Suse bewundernd an. Wider Willen rührte sie Mathildas Sorge, dass sie und ihre Geschwister ihrem Opa zu sehr zur Last fallen könnten. Warum aber hütete Paul Herzog die drei Enkel, wenn das eine zu große Belastung war? Es ging hier um drei Kinder, deren Schicksal ihr mit einem Mal nicht mehr gleichgültig war.

Suse näherte sich dem völlig aufgelösten Max. Der Kleine saß tränenüberströmt neben Marius, der sich vergeblich bemühte, das Gesicht seines Bruders zu trocknen. Immer wieder strich er mit seinen kleinen Fingern über Max' Wange und malte dabei braune Streifen auf seine Haut.

Beeke stand abwartend da und hielt, entgegen ihrer sonstigen Art, den Mund. Ein wunderbarer Zustand, der sie Suse gleich viel sympathischer machte.

»Ich will nach mein Gehause«, weinte Marius herzzerreißend. »Insel ist blöd. Max hat den Fuß kaputt. In mein Gehause passiert das nicht.«

»Das heißt Zuhause«, korrigierte Mathilda ihren Bruder altklug. »Zuhause!«

Marius interessierte das nicht. Er wirkte so, als hätte *er* sich am Fuß verletzt und nicht sein kleiner Bruder.

»Der Junge hat schmutzige Finger«, konnte Suse sich nicht verkneifen zu sagen, biss sich dann aber gleich auf die Zunge, weil die Bemerkung einfach dumm war. Die Kinder kamen schließlich gerade vom Strand, und man konnte nicht planen, wo man sich verletzte.

Paul Herzog strich Marius über den Kopf. »Er hat Heimweh, der Arme.«

»Lassen Sie mich mal sehen!«, sagte Suse, eine Spur weniger patzig. Sie wickelte die Tempos ab und betrachtete die Schnittwunde am Fuß. Vorsichtig zog Suse die Wundränder ein wenig auseinander. »Das ist nicht tief, es reicht, wenn Sie die Wunde auswaschen, anschließend desinfizieren und gut verbinden. Haben Sie Octenisept da?«

»Octeni… was?«, fragte Paul und zog die Brauen hoch.

Suse verdrehte die Augen. Nicht, dass er das für einen Schnaps hielt! »Eine andere Desinfektionslösung tut es auch«, erklärte sie.

Paul zog die Schultern hoch. »Soll ich nicht doch zum Arzt gehen? Womöglich muss es genäht werden!«

»Nein! Das ist wirklich nur eine ganz oberflächliche Schnittwunde. Ich war früher Krankenschwester«, fügte Suse hinzu, als Paul sie fragend ansah. »Außerdem habe ich selbst zwei Kinder großgezogen, und diese Wunde ist nichts Weltbewegendes. Nach Mathildas Schilderung dachte ich schon, es sei was *wirklich* Schlimmes passiert.«

»Für Max ist das schlimm!«, sagte Mathilda. »Guck doch, Oma Suse, er weint!« Jetzt strich auch Mathilda über sein Gesicht. »Mama hätte gewusst, was sie tun soll!«

»Mama ist in Thailand«, sagte Paul.

»Was macht eine Mutter allein in Thailand, während der

Großvater auf Wangerooge ihre Kinder hüten muss und damit offensichtlich gnadenlos überfordert ist?« Suse schoss wieder spitze Pfeile ab.

»Mama muss Papa flicken«, sagte Marius. »Da können wir nicht dabei sein. Danach können wir wieder nach unsern Gehause.«

»Zuhause«, verbesserte Mathilda automatisch.

Suse sah den Kleinen fragend an. »Mama muss euren Vater flicken?«

Marius nickte ernsthaft. »Ja, hat sie gesagt, nicht, Thilda?«

Mathilda bestätigte die Aussage, und Paul legte Marius rasch die Hand auf den Arm und bemühte sich, das Thema zu wechseln. »Passt auf, wir gehen jetzt zur Apotheke und holen für Max Pflaster und das Octenidingsda, und dann machen wir in der Ferienwohnung ein bisschen Pause. Ich brate euch Rührei, was meint ihr?«

Mathilda und Marius zogen ein langes Gesicht. »Schon wieder Ei?«

»Kriegen die Kiddies öfter Rührei?«, mischte Beeke sich plötzlich ein. »Ehrlich, Herr Paul, Ihre Enkel ziehen gerade ein Gesicht, als würden Sie ihnen dreimal am Tag den gleichen Fraß, sorry, das gleiche Essen servieren.«

»Ständig«, bestätigte Mathilda. »Dauernd gibt es Ei, auch bei Opa zu Hause schon. Aber verschiedene. Eier meine ich.«

»Ich kann nichts anderes«, sagte Paul entschuldigend. »Ich hab nie kochen gelernt und hol mir zu Hause immer was Fertiges aus der Heißen Theke beim Schlachter um die Ecke. Und wenn die Kleinen jetzt mal Spiegelei, mal Rührei und mal hartgekochte Eier zu essen bekommen, ist das doch immer etwas anderes und nicht so schlimm.«

Beeke schüttelte den Kopf. »Dann müssen wir nicht nur zur Apotheke, Frau Schadewald. Dann ist auch noch Supermarkt angesagt.« Sie wandte sich den Kindern zu. »Oma Suse und ich kochen heute was, damit ihr nicht den Rühreitod sterben müsst.«

»*Wir*«, sagte Suse betont, »*wir* machen gar nichts. Ich kenne den Mann schließlich nicht, warum sollte ich mich um seine Angelegenheiten kümmern?«

»Es ist unmenschlich, ihm diese Hilfe zu verweigern«, entschied Beeke, und sie lachte nur, als Marius flüsterte, es wäre doch toll, wenn mal ein Schlumpf kochen würde.

»Warte nur, nächste Woche probiere ich es mit Pink!« Beeke grinste breit, als sie Suses entsetzten Blick bemerkte. »Mut zur Farbe, denn Farben machen das Leben bunt! Das ist mein Motto für alle Zeiten.«

Suse reagierte darauf lieber nicht. Dennoch fuhr sie sich vorsichtig durch ihr silbriges Haar. Wenn sie Beeke schalten und walten ließe, hätte sie garantiert längst ein rosa Schleifchen in ihrem Grau!

Während sie alle die Zedeliusstraße hinuntergingen, schweifte Suses Blick in Richtung Leuchtturm, und Mathilda zupfte an ihrem Ärmel. Sie hatte gesehen, wohin Suse geschaut hatte. »Willst du da mal rauf? Auf den roten Turm?«, flüsterte sie.

Suse schluckte ihren Unmut sofort hinunter, als sie in die eigenartigen grünen Augen des Mädchens blickte. Sie sahen Suse so voller Vertrauen an, dass ihr eine Ablehnung, welcher Art auch immer, ausgeschlossen erschien. Sie wäre sich schäbig vorgekommen.

»Ich will auch da rauf, aber Opa kann nicht, weil Max bestimmt von der Brüstung springt. Deswegen traut Opa sich das nicht. Max springt nämlich von überall runter. Vom Bett, vom Tisch. Von der Kommode. Von der Treppe. Eben von überall. Aber dann poltert der böse Mann unter Opas Wohnung mit dem Besenstiel. Opa sagt, Max war in seinem früheren Leben bestimmt mal eine Wüstenspringmaus, aber dazu ist er zu dick, findest du nicht?«

»Man muss eben auf den Kleinen achtgeben«, sagte Suse und fand es klug von Paul Herzog, nicht mit einem solchen Stürmermodell wie Max auf Leuchttürmen herumzuklettern.

»Das tut Opa. Er passt wirklich auf. Aber du kannst dir gar nicht vorstellen, wie schnell Max ist.« Mathildas Augen begannen zu glühen. »Wir waren ja erst bei Opa zu Hause, aber da ist es so eng, und dauernd ging was kaputt. Opa wohnt mitten in der Stadt und direkt an einer Straße.«

»Da hat Opa wahrscheinlich Angst gehabt, Max kommt unter ein Auto?«, fragte Suse.

Mathilda nickte. »Genau. Er hat dann gepackt und gesagt, wir fahren auf die Insel, weil Max da nicht überfahren werden kann. Also, außer von Fahrrädern oder den Elektrowagen.« Sie senkte den Ton. »Das kann der aber auch schaffen, Oma Suse!«

Sie liefen weiter, während Mathilda ununterbrochen erzählte. »Und wir können auch nicht auf den Leuchtturm, weil die beiden Jungs die vielen Stufen nicht schaffen, sagt Opa. Er kann das noch ganz gut, der ist noch gar nicht so alt, auch wenn er so aussieht, weil er so wenige Haare hat. Das kommt aber nur vom Stress, da fallen einem die aus, sagt Mama immer. Nur müsste er Max ja tragen, wenn wir da rauf wollen. Und Marius läuft nicht gern weit und –«

»Schon gut, Mathilda«, unterbrach Suse sie, »verstehe schon. Mit drei kleinen Kindern geht eben nicht alles, das ist klar.« Suse warf verstohlen einen Blick zu Paul Herzog, der Max auf den Schultern trug. Seinen Kopf schmückte nur noch ein feiner weißer Haarkranz, was ihn aber nicht unattraktiv machte. Suse trat sich bei dem Gedanken selbst in den Hintern.

Mathilda zupfte an ihrer Hand. »Willst du nun da rauf? Du musst auch nicht allein gehen. Ich komme mit. Versprochen!«

Offenbar konnte sich Mathilda genauso wenig wie Beeke vorstellen, dass Suse gern allein war.

»Dann erzähl ich dir auch, warum Mama den Papa flicken muss«, versuchte sie Suse zu ködern.

Die ertappte sich dabei, auf die Erklärung wirklich neugierig zu sein – wobei sie schon ahnte, worum es ging.

5. Kapitel

Suse blickte in den Einkaufswagen, den Beeke immer mehr füllte. Die Ansammlung war jedoch weniger besorgniserregend als gedacht. Keine Marshmallows in hohen Dosen, keine Schokolade und keine Chips. Im Gegenteil, Beeke schien zu wissen, was es mit gesunder Ernährung auf sich hatte. Paul Herzog war erleichtert darüber, die Last des Kochens vorerst los zu sein, und hatte schon beim Betreten des Ladens unmissverständlich signalisiert, dass er alles widerspruchslos zahlen würde.

Beeke steuerte nun gezielt die Kühltheke an und erstand frisches Hackfleisch. Dann packte sie Bolognese Fix und Spaghetti ein, dazu eine Salatgurke (sogar in Bioqualität, wegen der Giftstoffe) und drei Äpfel (ebenfalls bio).

Suse stapfte hinter den anderen her. Ihr fehlte momentan die Fantasie, wie sie unauffällig verschwinden konnte.

Den Einkauf in der Apotheke tätigte sie dann aber selbst, wer wusste schon, womit Beeke oder Paul Herzog dort herausgekommen wären. Max jammerte längst nicht mehr über die Wunde, dennoch war es besser, sie ordnungsgemäß zu versorgen. Sie hatte zu bluten aufgehört. Max thronte mit einem Bonbon im Mund und einem frischen Tempoverband wieder auf Paul Herzogs Schultern. Ein klebriger Faden zog sich bis auf dessen Glatze.

In der Ferienwohnung übernahm Beeke in der Küche sofort das Zepter und duldete niemanden an ihrer Seite.

Suse zuckte mit den Schultern. Es störte sie weiß Gott nicht, dass sie nicht mit anfassen musste.

In der ganzen Wohnung herrschte ein maßloses Durcheinander. Paul und die Kinder waren erst einen Tag auf der Insel und hatten es in der kurzen Zeit geschafft, das totale Chaos zu verbreiten. Suse grinste. Das erinnerte sie an ihre Kinder früher, denen das auch stets binnen kürzester Zeit gelungen war. Hatte Mathilda nicht vorhin gesagt, ihr Opa sei ordentlich? Suse überlegte. Nein, die Kleine hatte es anders ausgedrückt. »Opa *glaubt,* er sei ordentlich.« Das war ein Unterschied.

Suse seufzte und räumte das Sofa von Malblöcken und Stiften frei. Es half schließlich nichts: Irgendwo musste sie sich ja um Mäxchen kümmern.

Paul sah sie zerknirscht an. »Ich weiß einfach nicht, wie ich hier Ordnung halten soll. In meiner Wohnung zu Hause hat alles, wirklich alles seinen Platz, zentimetergenau. Doch kaum habe ich hier etwas beiseite geräumt, hat augenblicklich ein anderes Teil den Platz eingenommen. Die drei machen mich manchmal ganz schön fertig.« Er zupfte verlegen an seinem Hemdsärmel herum (die nasse Hose hatte er gegen ein anderes Modell mit ebensolcher akkuraten Bügelfalte getauscht). Suse glaubte ihm jedes Wort, als sie die drei Kinder durch die Wohnung toben sah. Der Kleidung und seiner Aussage nach war Paul Herzog tatsächlich ein Pedant, und für ihn musste die momentane Situation das schiere Grauen sein.

»Kinder sind eben so«, gab Suse zurück. In einer beengten Wohnung mit drei kleinen Kindern war es ein Ding der Unmöglichkeit, auch nur annähernd die Ordnung eines Single-Haushalts beizubehalten.

Aber ein bisschen mehr Struktur konnte hier wirklich nicht schaden. Nur war das nicht ihr Problem. Sie würde nach dem

Essen verschwinden, denn dann war es an Höflichkeit und Hilfsbereitschaft genug.

Suse schnappte sich Max und versorgte die Wunde.

Nach einer Weile duftete es gut. Als Suse einen Blick in die Küche warf, hobelte Beeke gerade die biodynamische Gurke in dünne Scheiben. »Salat ist für Kinder auch wichtig. Wegen der Vitamine«, kommentierte sie ungefragt und ohne aufzusehen.

Es sah so aus, als könne das Schlumpfinchen zumindest dieses eine Gericht schmackhaft zubereiten. Zugetraut hätte Suse es ihr nicht.

Beekes Redestrom war zwischendurch etwas abgeebbt. Jetzt holte sie aber gerade wieder Anlauf, denn das Essen war fertig, und sie wollte definitiv mit ihrer Glanzleistung punkten. Mit leicht schräg gelegtem Kopf strahlte sie Suse an.

»Mit Ihrer Hilfe lassen wir das ›Paul-mit-seinen-Enkeln-Schiff‹ ganz wunderbar durch die Fahrrinne gleiten, Frau Schadewald. Heute bringen wir es auf Kurs, und dann volle Kraft voraus!«, rief sie fröhlich, während sie das Essen auf den Tisch stellte. »Jetzt müssen wir aber noch fix eindecken!« Beeke durchforstete sämtliche Schubladen, fand sogar ein paar Servietten, die sie neben den Tellern platzierte. »Tischlein deck dich«, sagte sie zufrieden, als sie fertig war.

»Na dann: Mahlzeit!«, sagte Suse und setzte sich an den Tisch. In einer orangefarbenen Schüssel schwamm die Tomatensoße, ein bisschen Rot verjüngte sich, einem Blutstropfen gleich, am Rand in Richtung Apfelserviette. Glücklicherweise biss sich das Tomatenrot nicht mit der Porzellanfarbe. Die Spaghetti kringelten sich in einer bunten ovalen Schüssel, die Hundertwasser geschaffen haben mochte. Oder Kinder, die in einem Malkurs ihre Kreativität ausgelebt hatten. Den Gurkensalat hatte Beeke auf Untertassen verteilt. Es wurde auch Zeit, dass das Essen fertig war, mittlerweile war es halb zwei.

Beekes Gericht war wider Erwarten mehr als genießbar, trotz der Fertigsoße. Mit etwas Sellerie, reifen Tomaten und anderen natürlichen Zutaten wäre der Geschmack noch exzellenter gewesen, aber Suse biss sich auf die Zunge. Jede weitere Einmischung zog sie tiefer in diese Geschichte hinein, und sie wollte wirklich kein Teil der Paul-Herzog-Biografie werden.

Beeke strahlte sie an. »Es ist besser, wenn man *ein* Gericht richtig gut kochen kann, als viele nur so lala«, war ihre Theorie. »Und besser Spaghetti Bolognese als gar nichts. Ich kann aber auch Nudeln mit einfacher Tomatensoße! Also, ohne Fleisch. Wegen meiner vegetarischen Freunde.«

Na prima, dachte Suse. Beeke, die Nudel-Queen. »Ja, schmeckt gut«, sagte sie gönnerhaft.

»Nur gut?«, fragte Mathilda, die gerade eine viel zu große Menge Spaghetti auf der Gabel zu ihrem Mund balancierte. »Oma Suse, das schmeckt supertoll! Vor allem, weil es kein Ei ist.« Ein Teil der Nudeln hatte es tatsächlich bis zu ihrem Mund geschafft, allerdings hatte das rote Spuren bis zur Nase hinterlassen. »Magst du Spaghetti nicht so gern, Oma Suse?«

Beeke grinste. »Bestimmt nicht. Sie ist ja schon alt, und Spaghetti sind ein modernes Gericht. Leute in Oma Suses Alter essen eher Schweinebraten mit Kartoffeln und Rotkohl.«

Woher hatte Beeke denn diese Weisheit? »Doch, ich mag Nudeln«, beeilte sie sich zu sagen.

Die Kleine umfasste Suses Hand. »Dann ist ja gut. Beeke hat sich nämlich solche Mühe gegeben, und da wäre es nicht nett, wenn wir das jetzt nicht mögen. Mama ist dann auch immer ganz enttäuscht.«

»Ich geh trotzdem gleich wieder nach Hause. Den Abwasch bekommen Sie sicher allein hin, Herr Herzog.«

»Paul«, berichtigte er Suse. »Ich bin Paul. Wo wir mittlerweile hier so eng miteinander sitzen, fände ich es schöner, wenn wir uns alle duzen. Lasst uns darauf anstoßen.« Er hob das Wasserglas und prostete den beiden Frauen zu.

Beeke strahlte noch breiter. »Ich bin Beeke!«

Suse nickte beiden zu und murmelte ihren Namen.

»Danke euch beiden für alles. Ehrlich danke!« Paul lächelte. »Es ist nicht so leicht mit den drei Kleinen. Hatte es mir einfacher vorgestellt.«

»Gern geschehen«, antwortete Suse. Dann entglitt ihr ungewollt ein weiterer Satz. »Ich back euch irgendwann mal ein Brot.«

»Echt? Das machst du selbst?«, bewunderte Mathilda sie sofort. »Das geht? So ohne Bäcker?«

»Ja, das geht.« Suse strich Mathilda über die dunklen Locken. »Ist ganz einfach.« Und dann entfleuchte ihr eine zweite Bemerkung. »Du kannst mir gern dabei helfen, wenn du magst!«

Suse erschrak vor sich selbst. Warum ritt sie sich immer tiefer rein? Sie ergriff besser schleunigst die Flucht, bevor sie sich zu noch mehr Versprechungen hinreißen ließ. Suse stand flugs auf und stürzte in den Flur, ohne Mathildas Antwort abzuwarten. Flucht war in solchen Situationen noch immer die eleganteste Lösung. »Ich geh dann mal!«, rief sie, die Hand schon an der Klinke.

Sie kam nicht weit, denn Mathilda war ihr nachgelaufen und stellte sich ihr in den Weg. »Warte, Oma Suse. Du wolltest doch mit mir auf den Leuchtturm! Hast du das vergessen?«

Suse hielt inne. Sie hätte vorhin entschieden »Nein« sagen sollen. Zu allem. Jetzt war es zu spät. »Ja, das wollten wir, du hast recht.«

»Wir müssen Opa Bescheid sagen, dann können wir gleich los! Es ist voll gut hier, seit du da bist. Na, und Beeke.«

Sekunden später war Mathilda zurück und riss ihre Jacke von der Garderobe. »Wir können gehen, Opa hat nichts dagegen!«

Paul kam lächelnd in den Flur. »Danke, Suse. Für Mathilda ist dieser Leuchtturm wichtig!«

»Alles gut. Ich bringe deine Enkelin bald zurück, Paul«, versprach Suse und hoffte, dass wenigstens danach noch etwas Zeit für sie selbst bliebe.

Das Mädchen schob ihre kleine Hand in Suses, und gemeinsam spazierten sie die Zedeliusstraße hinab in Richtung Leuchtturm. »Wenn ich mal groß bin, will ich da oben heiraten«, sagte Mathilda. »Opa hat gesagt, das kann man tun.«

»Du denkst schon ans Heiraten?« Unwillkürlich musste Suse lächeln.

Mathilda nickte. »Aber ich will meinen Mann später nicht heile machen.«

Sie hatten den Eingangsbereich erreicht, in dem auch ein Museum untergebracht war, aber dafür interessierte sich Mathilda nicht. Sie wollte nur eines: rauf auf den Turm. Suse hatte Mühe, ihr zu folgen, denn das Mädchen nahm zwei Stufen auf einmal. »Nun warte, du darfst ohne mich da oben sowieso nicht herumturnen.«

Auf der Aussichtsplattform war nicht viel los, sodass die beiden den Blick über die Insel und das Meer in Ruhe genießen konnten. »Schau, dahinten kannst du bei guter Sicht bestimmt sogar Helgoland sehen!«, sagte Suse und zeigte auf ein kleines Schild, das in Richtung der Hochseeinsel zeigte.

Mathilda ließ sich viel Zeit, Wangerooge von oben zu betrachten. Gemächlich schlenderte sie am Geländer entlang, umfasste die Reling und sah sich alles ganz genau an.

»Warum wolltest du so gern hier herauf?«, fragte Suse. »Warst du schon einmal hier?«

»Ich bin Leuchtturmfan! Ich sammle Leuchttürme. Sogar auf meinem Ranzen ist einer drauf. Genau so einer wie der hier, aber der blinkt noch. Opa bringt mir immer Leuchttürme mit.«

»Warum magst du ausgerechnet Leuchttürme? Andere Mädchen lieben Ponys.«

»Die mag ich auch, aber die blinken nicht! Jedenfalls nicht die echten.«

Das war allerdings ein schlagkräftiges Argument.

»Und was liebst du noch daran, außer, dass sie blinken?«

»Sie weisen den Weg, damit keiner mit dem Schiff aus Versehen aufs Land donnert. Das ist toll!« Mathilda wies mit der Hand zum Meer. »Und außerdem ist es cool, hier oben zu stehen, und alles ist winzig klein!« Sie lenkte das fest installierte Fernrohr auf ein vorbeifahrendes Schiff. »Dann fühle ich mich groß.«

Ganz schön tiefgründig, die Kleine, dachte Suse. Solche Dinge hatte Lena auch immer gesagt und damit alle zum Lachen gebracht. Sie war viel schlagfertiger gewesen als Dirk, der zwar früh sprechen konnte, dem aber dennoch die Wortgewandtheit fehlte, weshalb er sich ja vermutlich auch von einer Rednerin wie Minou hatte einfangen lassen. Auch wenn sich deren Redekunst auf die neuesten Schminktrends und Nagellackfarben beschränkte.

»Wie alt bist du eigentlich?«, fragte Suse Mathilda. Es war besser, wenn sie nicht an die eigene Familie dachte.

Mathilda nahm den Blick nicht vom Fernrohr. »Ich bin sieben, werde aber bald acht.« Pause – eine lange Pause. »Und ich weiß, dass meine Eltern vielleicht nicht mehr zusammen sind, wenn sie zurückkommen, weil meine Mutter meinen Vater nicht mehr flicken kann.«

»Ist dein Vater denn krank?«

»Nein, Papa ist total fit. Aber mein Papa will wegziehen, wenn sie das jetzt nicht hinbekommen mit dem Heilemachen.«

Suse sog die Luft scharf ein. »Meinst du vielleicht, sie möchten ihre Ehe flicken?«

»Oder so«, bestätigte Mathilda, fixierte aber weiter den Horizont.

Suse sah, dass ihre kleine Hand das Fernrohr ungewöhnlich fest umklammert hielt. Die Fingergelenke wurden schon ganz weiß. Ihre Schultern zuckten.

Suse überkam ein warmes Gefühl, sie konnte das Mädchen einfach nicht leiden sehen. Kindertränen rührten ihr Herz, ob sie es wollte oder nicht.

Suse zog Mathilda an sich heran. »Kindchen«, sagte sie nur, und schon spürte sie die dünnen Arme um ihren Hals und eine nasse Wange an ihrer. »Hey, Kleine, das ist furchtbar schlimm für dich, oder?«

Mathilda schluchzte jetzt richtig laut. »Ich will nicht, dass Papa auszieht! Das hat er schon mal gemacht, und da hat Mama die ganze Nacht geweint. Richtig dicke Augen hatte sie. Und sie hat uns nicht mal was gekocht, das habe ich dann gemacht. So wie Beeke heute.«

»Du kannst kochen?«

»Ich hab die Pizza in den Ofen geschoben, und Mama hat sie rausgeholt. Max hatte doch Hunger! Marius hatte sich schon ein Brot gemacht. Aber ohne Butter. Nur mit Salami.« Sie wischte sich die Augen. »Mama hat gesagt, an einem Tag mit nur Salami stirbt man nicht.«

»Du meinst, wenn man einen Tag lang nur Salami isst?« Mathilda nickte. »Genau. Und Marius lebt ja noch. Obwohl er nichts anderes gefuttert hat. Ihm ist aber schlecht geworden.«

Suse schluckte und drückte Mathilda noch einmal ganz fest an sich. Wie sollte sie das kleine Mädchen, das ihr so viel anvertraut hatte, jetzt vor den Kopf stoßen, indem sie es einfach zu ihrem überforderten Großvater zurückschickte, um dann mir nichts, dir nichts zu verschwinden? Suse dachte für eine Weile nach. Es musste doch Hilfe für diese verkorkste Familie geben!

»Habt ihr denn keine Oma, die euch helfen kann?« Dieser Funken Hoffnung, ihren Kopf aus der Schlinge ziehen zu können, blieb Suse noch.

Mathilda schüttelte den Kopf. »Nein, Oma ist schon lange tot. Hat Marius doch am Strand erzählt, dass wir keine haben! Wir haben nur Opa Paul. Das ist der Papa von Papa.« Mathilda schaute nun wieder über die Nordsee. »Marius hat gesagt, er will auch tot sein.«

Suse zuckte zurück. »Warum das denn?« Die Sache wuchs sich ja höchst abenteuerlich aus.

»Weil er dann die Oma kennenlernen kann. Lebendig geht das ja nicht.« Mathilda machte eine Pause und fügte altklug hinzu: »Aber ich habe ihm erklärt, dass tot eben für immer ist. Nun will er doch erst mal leben.«

Sehr beruhigend, dachte Suse und fragte dann: »Und die Eltern von deiner Mutter?«

Mathilda zog die Schultern hoch. »Die gibt es nicht.«

»Die gibt es nicht?«

»Genau. Die gibt es einfach nicht.«

»Sind sie tot?«

»Glaub schon. Wenn es sie nicht gibt, ist das wohl so.« Mathilda sah Suse an. »Ich hab Angst. Wenn Papa wieder auszieht, dann müssen wir an einem Wochenende zu ihm und am anderen zu Mama. Das kenne ich von meiner Freundin. Die muss das auch.«

»Eure Eltern werden eine Lösung finden, mit der ihr alle zufrieden seid!«, versuchte Suse, Mathilda zu beruhigen, aber es sah in der Tat alles nicht sehr rosig aus.

Das Mädchen zuckte erneut mit den Schultern. »Ich will einfach, dass sie das geflickt kriegen! Ich will nur *ein* Zimmer haben. Ich kann ja meine Leuchttürme nicht doppelt machen und das Barbie-Haus auch nicht. Und was ist, wenn ich mit dem

Playmobil-Reiterhof spielen will, aber bei Mama bin, und da ist nur der Schminkkoffer? Das geht doch nicht!«

»Doch, Mathilda, das wird gehen, sei sicher.«

»Wenn du meinst«, schmollte die Kleine. »Meine Freundin findet das sogar ganz cool mit den zwei Zimmern.«

»Siehst du.« Suse lächelte Mathilda an. Die Kleine sah dennoch unglücklich aus.

Suse seufzte. So, wie die Sachlage war, hatte Suse keine Wahl mehr: Sie würde mit Mathilda zurückgehen und sie nicht unten an der Haustür abgeben, sondern hoch in die Ferienwohnung bringen. Und dann musste sie mit Paul ein paar eindringliche Worte reden. Auch wenn sie das im Grunde gar nichts anging. Auch wenn sie mit alldem gar nichts zu tun haben wollte. Sie hing aber schon zu tief mit drin. Viel zu tief.

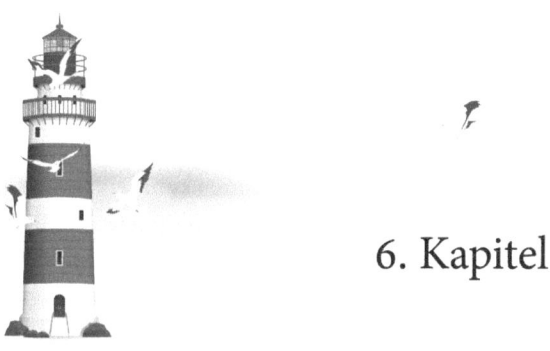

6. Kapitel

Beeke sah sich um. Pauls Wohnung sah nach dem Essen zum Fürchten aus. Wenn er so weitermachte, würde sich die kleine Ferienbehausung binnen kürzester Zeit in ein ähnliches Domizil verwandeln wie die Gartenlaube von Onkel Hein. Kaum war ein Quadratmeter freigeräumt, türmte sich an anderer Stelle das Durcheinander. Es würde ihm erst gelingen, aufzuräumen, wenn die Kinder schliefen und seine Mühen nicht ständig zunichtemachten. Nur: Das dauerte noch lange. Beeke war nun wirklich kein Ordnungsfreak, aber dieses Chaos beleidigte selbst ihre Augen.

Sie hörte Paul mit Marius und Max reden. Sie sollten ein kurzes Mittagsschläfchen machen. Beeke zuckte mit den Schultern. Nun, wenn er meinte, dass es sinnvoll war, die beiden jetzt noch hinzulegen? Es war schließlich schon drei, aber das sollte ihre Sorge nicht sein.

Beeke kämpfte sich in den Flur durch, trat dabei auf einen Playmobil-Feuerwehrmann, der danach absolut verlangen konnte, in die Krankenstation eingeliefert zu werden. Wobei das Beerdigungsinstitut sinnvoller gewesen wäre, nur gab es das als Bausatz nicht. Beeke rieb den schmerzenden Fuß – der Arm mit der Minihand hatte sich unglücklich in ihren Ballen gebohrt.

Im Flur öffnete sie den Wandschrank und entdeckte tatsächlich einen Staubsauger, einen Eimer und einen Feudel. Daneben stand eine Flasche Putzmittel. Aber Beeke war klar, dass die Putzutensilien erst zum Einsatz kommen konnten, wenn sie aufgeräumt hatte. Alles war bedeckt von Bilderbüchern, Malstiften, Shirts, Hosen, Socken, Playmobilfiguren, Legosteinen … Kurz schoss Beeke durch den Kopf, wie Paul diese Spielzeugmassen überhaupt auf die Insel geschafft hatte. Die Transportkosten mussten ihn ein Vermögen gekostet haben. Wie auch immer, er hatte es bewerkstelligt, und nun galt es, sie so aus dem Weg zu räumen, dass die Wohnung bewohnbar wurde.

Doch das war leichter gesagt als getan, denn kaum waren die kleinen T-Shirts im Schrank verstaut, stolperte Beeke bereits wieder über einen Ball, hinter dem Max her rannte, oder sie musste den Inhalt einer heruntergestoßenen Schüssel Cornflakes vom Boden aufsammeln. Eigentlich begann sie ständig wieder von vorn. Auch als Paul ihr zur Hand ging, wurde es nicht besser. Er zuckte hilflos mit den Schultern. »Es hat keinen Sinn. Wir kommen nicht dagegen an!«

Beeke sog tief die Luft ein. »Es muss gehen. Wie lebst du zu Hause? Auch so … wild?«

Paul lachte verzweifelt auf. »Bestimmt nicht! Da hat alles seinen angestammten Platz, und alle zwei Tage kommt meine Putzhilfe und macht klar Schiff. Aber dort toben auch keine drei Kinder durch die Wohnung. Nur wenn Sophie und Timo zu Besuch sind. Ich weiß wirklich nicht, wie meine Schwiegertochter das macht! Bei ihr ist es nie so durcheinander.«

»Wahrscheinlich spricht sie Klartext mit den Kindern. Die brauchen schließlich nicht alles durch die Gegend zu werfen. Sogar ganz Kleine können das lernen«, behauptete Beeke. Sie verschränkte die Arme vor der Brust. »Wir müssen sie erziehen. Wahrscheinlich sind sie völlig außer Rand und Band, weil sie glauben, bei dir alles zu dürfen.« Sie grinste. »Bequem ist es ja, einen lieben Opa zu haben. Haben wir als kleine Kinder auch ausgenutzt.«

»Hm. Du hast wohl recht. Aber …«

»Was aber?«

»Ich bin doch der Opa! Da kann ich nicht so lospoltern. Und sie haben es schließlich im Moment schwer genug.« Er räusperte sich. »Familiäre Probleme, deshalb sind sie ja bei mir.«

»Verstehe.« Beeke wollte weiter dozieren, aber ihr blieben die Worte im Hals stecken, als sie sein verzweifeltes Gesicht sah.

Ich muss immer allen aus der Patsche helfen, dachte Beeke und dachte an Enna, BVB-Bert und Fipsi, die ohne ihre Unterstützung ebenfalls lebensunfähig waren. Jedenfalls was ihren Luxus anging.

Beeke betrachtete sich im Flurspiegel. Dabei kam ein bisschen Stolz in ihr auf. Sie war eine Retterin! Eine junge Frau, die man brauchte. Auch Onkel Hein gehörte dazu, warum sonst hatte er sie gerufen, damit sie ihm half? Sogar ihre Mutter brauchte sie. Um sich gut zu fühlen, dass sie es allein schaffte, ein solches Wesen wie Beeke großzuziehen. Einzig Suse schien nicht gerettet werden zu wollen. Obwohl da ebenfalls etwas war, was sie nur nicht preisgab. Beeke würde schon noch herausfinden, um welches Geheimnis es sich handelte.

»Beeke, guck mal, ich räum auch auf!«, riss Marius sie aus ihren Gedanken. Er stand vor ihr und hielt eine Jacke in der Hand, die er an einen der unteren Garderobenhaken hängte. »So, fertig.«

Beeke strich ihm über den Kopf. Der Kleine hatte Paul und sie genau beobachtet und wollte nun mithelfen. Das war eine super Idee! Warum war sie nicht schon eher darauf gekommen? »Guck mal, Marius«, sagte Beeke. »Da vorn liegen noch Strümpfe und Hosen. Wollen wir ein Spiel machen?«

»Au fein! Ja, spielen!« Er warf einen Legostein quer durchs Zimmer, der Mäxchens Kopf nur um Haaresbreite verfehlte.

Paul hob verzweifelt die Hand, senkte sie dann aber wieder. Sein Vorhaben, die Kinder hinzulegen, war damit hinfällig. Beeke zuckte bedauernd mit den Schultern, wandte sich aber dann sofort wieder den Jungs zu.

»Wer es schafft, die meisten Kleidungsstücke ins Schlafzimmer aufs Bett zu bringen, hat gewonnen. Gute Idee?«

»Ja!« Marius spurtete sofort los.

»He, warte! Opa Paul muss die Zeit stoppen. Wir haben drei Minuten für die Klamotten wie T-Shirts und so!« Beeke warf Paul einen Blick zu, der nickte. Er schnappte sich Max, damit der nicht zwischen die Fronten geriet, und gab das Startsignal.

Sie brauchten keine zwei Minuten, da war der Boden wie leergefegt. Zumindest, was die Anziehsachen anging.

»Nun dasselbe mit dem Spielzeug!«, forderte Beeke Marius auf, der mit drei Kleidungsstücken in Führung lag. Nun wollte auch Max mitspielen und bildete zusammen mit Paul ein Team, damit es nicht ungerecht wurde.

Am Ende sah die Wohnung tatsächlich einigermaßen manierlich aus.

»Und jetzt?«, fragte Marius.

»Jetzt müssen wir noch putzen, damit alles blitzeblank ist, wenn Suse und Mathilda zurückkommen.«

»Die werden staunen!«, rief Marius.

Beeke verteilte die Putztücher und erklärte Paul, was er mit Marius reinigen konnte. Zu tun gab es genug: Das Waschbecken im Bad war schon ziemlich verschmiert, und die Küche sah auch noch lange nicht so aus, wie man sich einen Raum vorstellte, in dem Essen zubereitet wurde. Daran war Beeke zugegebenermaßen nicht unschuldig, denn sie hatte beim Spaghettikochen ganz schön gewütet.

Max wurde von Beeke mit einem Handfeger ausgestattet, damit er zumindest glaubte, er dürfe auch mithelfen. Sie selbst agierte mit dem Staubsauger, was allerdings kein leichtes Unterfangen war, da sich bereits viele Krümel in den Floor des Teppichs eingefressen hatten. Aber auch das war nach einer Weile erledigt. Am Ende war Beeke wirklich zufrieden. Mama wäre es auch, dachte sie. Mama würde vor Stolz platzen! Noch nie hatte sie freiwillig auch nur irgendetwas saubergemacht. Aber sie musste zugeben, dass es ein gutes Gefühl war.

Paul war sehr erleichtert. »Danke, Beeke! Wie du das bewerkstelligt hast, ist fantastisch.«

»Was machen wir jetzt? Ich hab gewonnen und muss dafür einen Preis haben«, krähte Marius. »Jeder Sieger kriegt einen. Sonst ist ein Spiel blöd!«

»Wenn Mathilda zurück ist, gehen wir Eis essen«, bestimmte Paul. »Das ist ein super Preis, und alle haben was davon!«

Marius schmollte. »Das ist aber gemein. Die hat ja gar nicht aufgeräumt und kriegt auch was.« Er stampfte mit dem Fuß auf und verschränkte mit zusammengekniffenem Gesicht die Arme vor der Brust. »Ungerecht!«

Paul nahm ihn in den Arm. »Aber überleg mal, was Thilda alles so macht. Sie hat dir kürzlich sogar von ihrer Schokolade abgegeben.«

Marius' Miene veränderte sich. Die Schmolllippen verschwanden, und über sein Gesicht glitt ein Grinsen, das seine kleinen Sommersprossen merklich in Bewegung brachte. »Na gut«, sagte er schließlich gedehnt. »Thilda darf das.«

Beeke konnte nicht anders. Sie drückte Marius einen Kuss auf die Wange.

Dass Beeke vor Stolz platzte, war unübersehbar, als sie Suse und Mathilda die Tür öffnete. Suse erkannte schnell, warum. Es war aufgeräumt, und alles blitzte.

»Du hast ja die ganze Wohnung auf Vordermann gebracht!« Sie zeigte erstaunt auf die glänzenden Armaturen und die gewienerten Kacheln.

Marius und Max spielten inzwischen Ritter mit den Playmobilfiguren und waren tatsächlich für eine Weile still. Als Marius Mathilda sah, lief er zu ihr und flüsterte ihr etwas ins Ohr, was ein Strahlen auf ihr kleines Gesicht zauberte. »Aber erst muss ich Ritter spielen.« Marius setzte sich wieder zu Max.

Paul goss sich eben ein Glas Wasser ein und wirkte völlig erschöpft. Beeke hingegen war noch immer in Höchstform. Ihre Wangen glühten. »Ich hab alles im Griff, Suse. Und witzigerweise macht es mir sogar Spaß. Nur bei meinem Onkel im Haus zu helfen, wird auf Dauer langweilig sein. So einen Hausflur zu schrubben stellt ja keine Herausforderung dar. Aber das hier, zusammen mit den Kindern, und danach diese strahlenden Augen!«

»Werd doch Erzieherin«, schlug Suse vor. »Wenn du dein Abi in der Tasche hast.«

Beeke schluckte kurz und überlegte, bevor sie etwas sagte.

Was für ein seltener Zustand – Beeke denkt nach und schweigt, dachte Suse.

»Das ... ist ... *die* Idee!«, schrie die junge Frau im nächsten Moment. Sie hüpfte auf Suse zu und drückte ihr einen Kuss auf die Wange. »Ich hab bisher nicht gewusst, was ich mit meinem Leben anfangen soll, aber das ist großartig! Er-zie-he-rin!« Sie zog das Wort genüsslich in die Länge. »Hört doch mal, wie super das klingt! ›Ich bin Erzieherin!‹«

»Zunächst liegen fünf Jahre Ausbildung oder so vor dir«, holte Suse Beeke auf den Boden der Tatsachen zurück. »Und als

Erzieherin reicht es nicht, ein paar Sachen wegzuräumen und Kacheln zu wienern.«

»Ich muss aber doch Visionen haben! Da spricht man im Präsens, so als wäre das schon eingetreten, was man sich wünscht. Du kennst das mit dem Bestellen im Universum wohl nicht? Da erfüllt sich alles, wenn man das so sagt.«

Nein, Suse kannte wohl das Bestellen beim Otto-Versand, aber da gab es die Ausbildung zur Erzieherin gerade nicht im Angebot.

»Also: Ich habe jetzt einen Plan für die Zukunft, das klingt super, finde ich.«

»Ja, das klingt großartig«, bestätigte Suse, allein, damit Beeke aufhörte zu dozieren.

»Aber hallo!« Beekes Bewegungen glichen noch immer denen eines Flummis. »Da bin ich erst einen Tag auf der Insel, und ich weiß schon, was hinter dem Horizont liegt.«

»Was bist du philosophisch.« Suse konnte sich diese Bemerkung nicht verkneifen, doch Beeke ignorierte das.

»Hinter dem Horizont wartet eine grandiose Zukunft auf mich, Beeke Bellinghorst! Erzieherinnen werden gerade gesucht!«

»Mach erst mal deine Schule fertig. Oder: Überstehe erst mal die Zeit auf der Insel«, sagte Suse ungerührt. Hätte sie doch bloß diese Bemerkung nicht fallen lassen, die Göre bekam sich ja gar nicht mehr ein!

»Oki«, antwortete Beeke grinsend, »aber genau dazu hätte ich Bock. Den ganzen Tag mit so kleinen Mäusen wie Max und Marius umzugehen, da kann ich was bewegen. Mehr als bei meiner Clique.«

Da musste Suse Beeke zwar recht geben, denn was diese beim Essen über ihre sogenannten Freunde erzählt hatte, klang alles andere als vielversprechend. In Suse war ein großes Verständnis für Maike Bellinghorst gewachsen, die ihre Tochter von den drei Typen fernhalten wollte. Doch auch das ist in Wahrheit nicht mein Problem, dachte Suse plötzlich ungeduldig. Sie würde jetzt mit Paul ein ernstes Wort reden, um Mathilda zu helfen, und dann konnte sie in ihr eigenes Leben zurückkehren.

Komisch, dass sie der Gedanke gar nicht besonders freute, sondern sie tatsächlich einen Funken Eifersucht auf Beeke verspürte. So wie die sich benahm, war zu erwarten, dass sie noch länger mit den drei Kindern herumkuscheln und sie bemuttern würde.

»Und was soll *ich* jetzt machen, wenn alle spielen und es noch so lange dauert, bis wir das Eis essen gehen? Dass wir das heute noch bekommen, hat Marius mir eben ins Ohr geflüstert!«, riss Mathilda Suse aus den Gedanken und warf einen verheißungsvollen Blick auf den Fernsehapparat.

Paul griff bereits zur Fernbedienung, aber Beeke nahm sie ihm sofort aus der Hand, ganz die zukünftige Erzieherin. »Kinder sollten nicht so viel fernsehen. Und schon gar nicht auf Wangerooge, wo es hier doch so viele andere schöne Sachen gibt.« Sie warf einen Seitenblick auf Suse. »Ich habe eine grandiose Idee! Ich spiele jetzt mit Mathilda und passe derweil auch auf die beiden Jungs auf. Und ihr, ihr macht einen Spaziergang am Strand! Das ist dann quasi so eine Art Praktikum!«

»Ich will zwar kurz mit Paul sprechen«, sagte Suse, »aber dazu müssen wir nicht ans Meer gehen.« Mit Paul allein zu sein, ging ihr ein bisschen zu weit. »Das geht auch hier«, bekräftigte sie. »Im Nebenraum.« Es galt, ein paar Ansagen zu machen und dann: nichts wie weg.

»An der frischen Nordseeluft wird das noch viel besser gehen«, beschied Beeke. »Ihr müsst doch meine zukünftigen beruflichen Pläne unterstützen!«

»Suse, komm wir laufen ein Stück!«, schlug auch Paul vor. »Dann kann ich mich vielleicht mit einer Tasse Kaffee für deine Unterstützung erkenntlich zeigen.«

Widerwillig stimmte sie zu. Es führte schließlich kein Weg daran vorbei, Paul auf die Tränen und die Schilderungen von Mathilda anzusprechen.

Auf den Straßen flanierten zahlreiche Touristen. Suse und Paul schlugen den Weg zum östlichen Strand ein. »Es ist traumhaft schön hier«, sagte er, aber wohl mehr, um überhaupt etwas zu sagen. »Strand oder Kaffee?« Er wirkte tatsächlich verlegen, obwohl ihm gleichzeitig, trotz des grauen Anzugs, des Schnäuzers und der wenigen Haare, etwas von einem neugierigen Jungen anhaftete.

»Strand.« Suse gab sich ebenfalls wortkarg, überlegte angestrengt, wie sie das Gespräch auf die offenbar prekäre Familiensituation der Kinder lenken konnte.

Eine Gruppe von drei jungen Leuten trabte an ihnen vorbei, die ohne Weiteres als Kopien von Beeke hätten durchgehen können, wenngleich ihr Haar nicht in Schlumpfblau, sondern in Bibi-Blocksberg-Gelb, Emanzenlila und in undefinierbarem Playmobilbraun glänzte. Wieso konnten die jungen Leute ihr Haar nicht einfach so lassen, wie es war, sondern ahmten ständig irgendwelche Spielzeug- oder Filmfiguren nach? Suse warf einen Blick auf Paul, der den drei Gestalten ebenfalls nachblickte, dabei aber ein Leuchten in den Augen hatte.

»Findest du das gut?«, fragte Suse erstaunt.

Paul nickte unmerklich. »Aber ja, Suse. Das ist doch mutig, und ich finde, es ist mal was anderes. Sieh doch nur, der junge Mann hat Haare wie Old Shatterhand! Du kennst doch bestimmt die Winnetou-Filme, oder? Das hab ich mir auch immer gewünscht – wie Lex Barker auszusehen.« Er strich sich über die Glatze.

Suse schüttelte den Kopf. Paul Herzog war also ein Mann, der eigentlich als Trapper mit dem Henrystutzen durchs Leben ritt. Gleichzeitig ertappte sie sich bei dem Gedanken, dass ihr Traum gar nicht so weit von Pauls entfernt war. Sie war kein kleines Mädchen mehr gewesen, als die Winnetou-Filme aufkamen, und dennoch hatte sie sich dabei ertappt, davon zu träumen, wie Nscho-tschi zu sein.

Super Gedanke, Suse Schadewald, schimpfte sie innerlich. Old Shatterhand war in Winnetous Schwester verliebt, passt wirklich wunderbar. Glücklicherweise fragte Paul nicht nach den Idolen ihrer Kindheit. Sie hätte ihm die Nscho-tschi-Geschichte ohnehin nicht auf die Nase gebunden. Hätte eher Lassie oder Flipper erwähnt, das war unverfänglicher.

Das Trio war mittlerweile von den Touristenmassen verschluckt worden, vielleicht begegneten sie Beeke, und es wurde ein farbenfrohes Quartett daraus. Diese Gesellschaft war für das junge Ding bestimmt interessanter, als die momentan von ihr geplante Familienzusammenführung.

»Wie war es mit Mathilda auf dem Leuchtturm?«, fragte Paul, nachdem sie sich dafür entschieden hatten, den Dünenübergang zu überqueren. Ihnen bot sich der immer wieder atemberaubende Anblick des weiten Meeres, das vom Himmel durch eine scharfe Linie abgegrenzt wurde. Suse hielt jedes Mal die Luft an, und auch jetzt antwortete sie nicht gleich, weil sie das Panorama sehr genoss.

Paul hingegen stapfte munter weiter und setzte das Gespräch fort. »Es war Mathildas großer Wunsch, dort hinaufzuklettern. Sie liebt alle Leuchttürme dieser Welt, hat in ihrem Zimmer eine ganze Sammlung.«

»Das hat sie mir erzählt. Leuchttürme geben ihr Sicherheit. Und sie fühlt sich groß, wenn sie oben steht.«

»Meine kleine Philosophin.« Paul lächelte versonnen. »Ja, sie ist klug!«

»Das stimmt. Es ist schon großartig, wie sie sich für solche Türme begeistern kann.« Suse schluckte, und dann rutschte ihr heraus, was sie bisher nur gedacht und schon im Ansatz gleich wieder verworfen hatte. »Sie erinnert mich an meine Tochter. Sie ist ihr ähnlich. Vom Aussehen und auch von ihren Vorlieben her. Vielleicht mag ich Thilda deshalb so gern.« Suse war selbst erschrocken über diese Worte und versuchte gleich, sie zu relativieren. »Also, das stimmt natürlich nur zum Teil. Man findet ja immer Ähnlichkeiten.«

Paul bedachte Suse mit einem Seitenblick. »Du musst dich nicht rechtfertigen. Mathilda ist etwas Besonderes, und sie versteht es, alle um den kleinen Finger zu wickeln.«

»So wie dich mit den Leuchttürmen?«

Paul lachte auf. »Genau. Ich muss ihr zu Weihnachten immer einen selbstgemachten Fotokalender schenken. So langsam habe ich aber die meisten Türme fotografiert, die ich leicht mit dem Auto erreichen kann.« Er wies auf eine Bank, wo sie sich niederließen. »Im letzten Jahr bin ich sogar nach Dänemark bis nach Blåvand gefahren, weil der kleine weiße Turm dort so verwunschen wirkt, dass sie ihn einfach in ihrer Sammlung haben muss. Fand ich.«

»Du fährst an der Küste entlang, sogar bis in andere Länder, und fotografierst für Mathilda sämtliche Leuchttürme für einen Kalender?«, hakte Suse nach. Fotografierender Old Shatterhand mit Affinität zu Leuchttürmen! Langsam wurde Paul tatsächlich zu einer interessanten Erscheinung.

»Ja, ich versuche, alles möglich zu machen, und manchmal trickse ich ein bisschen und fotografiere die Türme aus einem anderen Blickwinkel, dann wirken sie ganz anders. Mal im Abendlicht, mal bei Sonnenaufgang oder in der Mittagszeit. Ich habe ganze Serien daraus gemacht!«

»Ganze Serien?«, hakte Suse nach.

»Ja, Fotostrecken!« Er grinste. »Ich lasse meine Filme noch entwickeln. Mag die digitalen Fotos nicht.«

Paul Herzog fotografierte analog. Antiquierter ging es wohl nicht. Suse warf einen Blick auf seine Anzughose. Ebenfalls 70er-Jahre-Schnitt.

»So komme ich rum«, plauderte er unbeirrt weiter. »Ich plane meine Reisen danach, ob ich für Thilda einen neuen Leuchtturm entdecken kann. Auch eine Art Erfolgserlebnis.« Er hielt inne. »Ich langweile dich.« Paul blickte über die Nordsee, deren blaues Wasser im Sonnenlicht glitzerte. Es war mittlerweile erheblich wärmer als am Vormittag. »Was für ein Ausblick! Bin in meinem Leben schon weit rumgekommen. Ich war auf Bali und in Afrika an den entlegensten Orten der Welt. Aber weißt du, wo es definitiv am schönsten ist?«

Suse ahnte die Antwort und sagte eilig: »Hier. Und auf den anderen Ostfriesischen Inseln.« Sie senkte die Stimme. »Das finde ich nämlich auch. Darum bin ich auf Wangerooge und nicht in München.« Sie wischte ein paar Körner Sand fort, die sich auf der Sitzfläche verteilt hatten. »Wo steht denn dein Lieblingsleuchtturm?«

Paul druckste herum, als sei es ihm plötzlich peinlich, dass er Suse überhaupt von seiner Leidenschaft erzählt hatte. »Ich habe sogar zwei. Meine beiden Lieblinge sind ...« Er sog die Luft ein.

Es fehlte nur noch der Trommelwirbel! Suse verdrehte die Augen.

»Ich liebe zum einen den runden, mit Backsteinen gemauerten Turm am Weststrand von Prerow auf dem Darß.«

»Und hier auf der Insel hast du deine zweite Leuchtturmliebe gefunden!«

»Du ahnst es?« Paul Herzog lächelte Suse an. »Ja, auf Wangerooge«, bestätigte er dann. »Ist es nicht ein romantischer Turm? Man kann sogar dort heiraten.«

»Ja, und Mathilda liebt ihn wirklich sehr«, antwortete Suse ausweichend.

»Seit wir aus dem Zug gestiegen sind, hat sie von nichts anderem gesprochen, als auf den Leuchtturm klettern zu wollen. Und wenn Thilda etwas möchte, ist sie nur schwer davon abzubringen. Oder besser: gar nicht.« Paul lachte.

»Stimmt, sie war glücklich dort oben. Zu Beginn. Aber dann …« Suse stockte.

»Was dann?« Paul sah sie eschrocken an.

Suse erwiderte zögernd: »Ja dann … hat Thilda geweint.«

Sie hatte die ganze Zeit überlegt, wie sie Paul sagen sollte, was seine Enkelin ihr erzählt und wie emotional sie selbst reagiert hatte. Aber der eine Satz war wohl doch etwas zu lässig dahergekommen, denn Paul erbleichte merklich. Er fuhr sich wieder mit der Hand über den Kopf, eine Verlegenheitsgeste, mit der er seine Unsicherheit zu kaschieren versuchte.

»Ja, wir haben tatsächlich große Probleme in der Familie, das bleibt vermutlich nicht aus, wenn man Kinder hat. Mathilda nimmt es besonders schwer, dass mein Sohn sich nicht mehr gut mit seiner Frau versteht. Sophie will, dass er auszieht.«

»Warum?«

»Er ist mehr oder weniger mit seiner Arbeit verheiratet.«

»Und das will sie nicht länger ertragen?«

»Genau«, antwortete Paul knapp.

Sie schwiegen für eine Weile, sahen dabei dem munteren Treiben am Strand zu.

»Du hast also zwei Kinder, wie ich es deinen Worten entnehmen konnte«, begann Paul dann das Gespräch erneut.

Suse nickte. »Ja, Lena und Dirk. Mein Sohn ist *jetzt* Alpeneroberer, hat sich nach München abgesetzt. Also, er ist dorthin gezogen.«

»Ach, deshalb deine Bemerkung eben, dass du nicht in München, sondern hier bist.«

»Ja. Dirk und seine Frau wollten mich in ein ›schnuckeliges

Zimmer‹ in einer Seniorenwohnanlage abschieben, und den Prospekt vom Beerdigungsinstitut hat er gleich dazugelegt.«

»Das ist hart.« Paul sah Suse mit einem mitleidigen Blick an. »Bist du denn sicher, dass das kein Versehen war? Eine Verwechslung oder so?«

Suse schnaubte. »Was soll man denn da verwechseln? Ein Beerdigungsinstitut mit einem Wellness-Hotel? Das ist ein bisschen schwierig, oder?«

Das musste Paul zugeben.

»Wahrscheinlich hat mein Sohn vorzeitig auf sein Erbe spekuliert, damit er sich stressfrei und gut abgesichert in Schwabing niederlassen kann. Meine Tochter hätte er irgendwie ausbezahlt, falls er sie ausfindig –« Suse brach ab. Das ging zu weit. So viel wollte sie Paul nun wirklich nicht von ihrer Familie erzählen. Und schon gar nicht von Lena. Deshalb sprach sie rasch wieder über die Gegenwart. »Aber ich hab ihnen einen Strich durch die Rechnung gemacht und die Nordseeluft auf Wangerooge vorgezogen.«

Paul kommentierte das Gesagte zunächst nicht weiter, sondern kraulte sein Kinn. Wieder schwiegen sie für eine Weile, aber dann fragte er. »Was ist denn los mit deiner Tochter?«

»Lena?« Suse zog den Namen unnatürlich in die Länge. »Ja, die … die …« Sie brach ab. »Ist zu schmerzhaft. Keine Mutter möchte, dass ihr Kind nichts mit ihr zu tun haben will.«

»Entschuldigung, ich wollte keine Wunden aufreißen.« Paul ergriff Suses Hand, die sie ihm aber flugs wieder entzog. Soweit kam es noch!

Sie hatte in diesem Gespräch klären wollen, wie *er* mit seinen Enkeln umgehen sollte, die offensichtlich sehr unter der prekären familiären Situation litten. Ihr eigener Seelenzustand sollte wirklich kein Thema sein.

»Ich finde, du musst deinen Sohn direkt fragen, was es mit dem Prospekt auf sich hatte. Nicht, dass du ihm böse bist, und es gibt gar keinen Grund dafür? Ich kann mir nicht vorstellen, dass ein Mensch derart unsensibel ist. Auch wenn ich ihn nicht kenne, glaube ich das nicht. Er ist dein Sohn!«

Paul kannte aber Minou nicht. Für ein neues Nageldesign würde sie ihre Großmutter auf dem Grill schwarz werden lassen! Und was sie mit der ungeliebten Schwiegermutter zu tun vermochte, wenn es um ein kleines Vermögen ging, mit dem sie locker *das* Nagelstudio in München eröffnen und andere für sich arbeiten lassen konnte, wollte Suse sich gar nicht ausmalen.

Sie rückte ein Stück von Paul fort. Schon wieder waren sie bei ihren Themen. Sie musste das Gespräch sofort in die richtigen Bahnen lenken. »Lieber Paul, ich finde, meine familiäre Situation geht dich nichts an. Wir sitzen hier, weil Mathilda geweint hat und es ihr nicht gut geht. Du musst den Kindern Halt geben! Stattdessen mischst du dich jetzt in meine Angelegenheiten.« Suse sprang auf, Paul jedoch blieb völlig verdutzt auf der Bank sitzen. Er war sich offenbar keiner Schuld bewusst und verstand nicht, was Suse gegen ihn aufgebracht hatte.

»Moment!« Er hob abwehrend die Hand. »Nenn mir meinen Fehler, Suse! Was habe ich dir denn getan, außer mich für dich zu interessieren?«

Sie rang nach Worten. In Wahrheit konnte sie ihm gar nichts vorwerfen. Deshalb ging sie zum Gegenangriff über. »Ich habe dich jetzt schon ein paar Mal gerettet und den Karren aus dem Dreck gezogen, wenn bei dir Landunter war. Denk doch nur an das Malheur im Zug und dann heute Morgen der blutende Fuß. Und wie es scheint, leben deine Enkel seit Tagen von Eiern.« So, das war gesagt!

Paul schmollte. »Na, immerhin etwas Warmes im Bauch und unterschiedlich zubereitet. Und aus dieser speziellen Situation hat uns wohl eher Beeke mit ihren Spaghetti gerettet.«

»Aber du siehst deine eigenen Missstände nicht, versuchst aber, mir meine Fehler mit meinem Sohn zu erklären«, eiferte sich Suse. »Ich glaube, wir beenden das Ganze lieber.«

»Suse!« Paul stand jetzt ebenfalls auf. Sein Blick glich dem von Mathilda, und wieder war Suse unfähig, das durchzuziehen, was sie angekündigt hatte. Aber ihre Wut war keineswegs verraucht. »Du fragst doch bei mir nur nach, weil du weißt, dass bei dir nichts rundläuft. Ein pures Ablenkungsmanöver für deine eigene Unzulänglichkeit!«

Paul antwortete schlicht: »Ja, du hast recht«, und irritierte Suse damit sehr.

»Was hast du gesagt?«

»Ja, du hast recht, Suse. Ich bin überfordert, und es läuft alles andere als glatt mit den drei Kindern. Ich weiß, dass Mathilda leidet. Aber ich gebe mein Bestes, das kannst du mir glauben! Nur habe ich einfach keine Lösung, aber hatte ich eine Wahl? Nur die zwischen Pest und Cholera! Wenn ich die drei nicht zu mir genommen hätte, wäre die Reise von Timo und Sophie nicht möglich gewesen. Es ist die einzige Möglichkeit, dass sie Zeit für sich haben und wieder zusammenfinden.« Paul stand die pure Verzweiflung ins Gesicht geschrieben. »Ich habe die Kinder genommen, ja. Wohl wissend, dass ich nicht kochen kann, dass es mir verdammt schwerfällt, Windeln zu wechseln, und dass ich erziehungstechnisch eine Null bin. Und dass meine ganze eigene Ordnung, meine Eigenbrötelei zunichte gemacht wird.«

Suse runzelte trotz seiner Eingeständnisse die Stirn. »Du willst mir ernsthaft weismachen, dass es keine Alternative dazu gab, als dass du als überforderter Großvater mit den dreien die Insel unsicher machst und Tag und Nacht Eier verspeist?«

»So ist es, Suse. Timo und Sophie brauchen Zeit füreinander. Sonst machen sie den gleichen Fehler wie ich damals, und du kannst mir glauben: Ich habe noch nie in meinem Leben etwas so bereut!«

»Du willst sie also davor bewahren, in ihr eigenes Unglück zu rennen?«

»Ja«, stieß Paul aus und senkte den Kopf. »Meine Frau ist damals gegangen, weil ich nicht kapiert habe, wie wichtig Zweisamkeit ist. Dass nicht alles wunderbar ist, bloß weil man einen Ring am Finger trägt.«

Suse verschränkte die Arme vor der Brust und beobachtete eine über ihr kreisende Seeschwalbe. Pauls und ihr Schicksal schienen sich zu ähneln. Aber das tat jetzt nichts zur Sache. Von seiner alten Liebesgeschichte wollte sie nun weiß Gott nichts hören. Sie kam sich beinahe vor wie eine Fliege, die sich in einem Spinnennetz verfangen hatte. Flucht nach vorn, hämmerte es stakkatoartig durch ihren Kopf. Flucht nach vorn, und zwar sofort!

»Deine Kinder sind erwachsen, und sie sollen, dürfen und müssen ihre eigenen Fehler machen. Schon mal davon gehört?«, giftete sie Paul an.

»Sollen sie ja, aber erst, wenn sie alles andere versucht haben. Und allein die Tatsache, dass sie miteinander verreist sind, zeigt ja, dass die Beziehung noch nicht ganz am Ende ist. Dass sie eine Chance haben!«

Suse schüttelte den Kopf. »Man sollte sich nicht in die Beziehungen der Kinder einmischen. Das geht immer schief. Ich hätte sonst schon längst die Scheidung meines Sohnes von seiner Fingernagelfrau eingeleitet.« Sie biss sich auf die Lippen.

Paul ignorierte ihre letzte Bemerkung, er war zu sehr damit beschäftigt, sich selbst zu verteidigen. »Manchmal muss man ihnen zumindest die Augen öffnen, Suse! Timo macht gerade, wie gesagt, denselben Fehler wie ich früher. Und Sophie hat nicht die besten Erfahrungen mit der Ehe ihrer Eltern gemacht und will oft ein bisschen zu viel.«

Suse schwieg. Die Seeschwalbe war inzwischen abgedreht und steuerte auf die Nordsee hinaus. Suse wünschte, sie könnte dem Vogel folgen. Weg von all dem hier. Weg von der Diskussion über die Erziehung der Kinder. Sie war schließlich selbst gescheitert, nur wollte sie das Paul Herzog weiß Gott nicht auf die Nase binden. Sie musste mit ihren eigenen Problemen zu Rande kommen. Suse biss sich auf die Lippen. Sie war kein Mensch, der mit Niederlagen und mit Scheitern gut zurechtkam. Aber auch das war kein Thema, das sie hier zu erörtern gedachte.

Paul hob abwehrend die Hände, als müsse er Sophie vor Suses spitzer Zunge verteidigen. »Nein, Timos Frau ist keine Diva. Sie reagiert nur oft verletzter, als es sein muss. Mein Sohn hingegen hat ein etwas zu dickes Fell. Meine Hoffnung ist, dass alles besser wird, wenn sie sich mal in Ruhe aussprechen, ohne dass die drei Kinder ständig dazwischenfunken.« Er brach ab und lächelte Suse an, ehe er fortfuhr: »Schau mal, selbst wir brauchten für dieses Gespräch schon einen Babysitter. Es ist einfach zu viel Leben drum herum, als dass es anders klappen kann.«

Suse schluckte. Paul hatte ja recht. Er hatte das getan, was jeder verantwortungsvolle Vater in der Situation tun würde, und sie sollte ihn besser darin bestärken, als ihm Vorwürfe zu machen. »Aber wie soll es weitergehen mit euch? Das Chaos hält doch niemand lange durch!«

Paul zuckte mit den Schultern. »Das stimmt. Aber ich muss es hinkriegen. Ich bin der einzige Opa. Es gibt keine Omas, keinen anderen Großvater. Ich habe die Verantwortung!«

»Wie lange willst du mit den Kindern auf Wangerooge bleiben?«

»Zwei Wochen. Hier ist es immer noch einfacher als zu Hause. Hier kann ich sie beschäftigen. Ich habe auf dem Festland nur ein Einzimmerappartement mitten in der Stadt. Ohne Garten. Hab ich immerhin eine Woche lang versucht«, sagte er zerknirscht. »Aber Sophie und Timo sollen die drei Wochen nutzen. Wenn sie es so lange miteinander aushalten … Bislang habe ich allerdings noch nicht gehört, dass sie den Thailandurlaub abbrechen wollen.«

»Die beiden sind also in Asien?«

Paul nickte und sagte stolz: »Ich hab ihnen die Reise geschenkt. Sie sind in einem wahren Paradies! Vielleicht hilft es.« Er grinste. »Die Nordseeinseln waren mir zu nah dran an ihren Problemen.«

»Wo ist das genau?«, fragte sie, um überhaupt etwas zu sagen. Egal, was Paul ihr antwortete, sie kannte den Ort mit Sicherheit nicht. Aber wenn sie sich den Namen merkte, konnte sie ihn nachher mal googeln.

»Koh Samui.«

»Ach so.« Suse tat so, als würde ihr der Name etwas sagen. »Sie werden schon durchhalten«, fügte sie hinzu.

Paul nickte. »Und wir auch. Ich bin ja nicht mehr ganz allein. Beeke hat gesagt, sie will mir helfen. Und sie war der festen Überzeugung, du würdest den Kopf auch nicht in den Sand stecken.«

»Beeke«, wiederholte Suse und schüttelte den Kopf. »Beeke ist doch selbst noch ein Kind. Sie ist bestimmt nicht älter als sechzehn!«

»Aber sie kann Spaghetti kochen. Und will Erzieherin werden.«

Suse lachte so laut auf, dass sich zwei Passanten umdrehten. »Na super, Paul, was für eine Variante auf der Speisekarte! Montag Eier vom Opa und Dienstag Spaghetti von Beeke. Mittwoch machen wir dann mit Pauls Eiern weiter …« Suse brach abrupt ab, als sie erkannte, welch Doppeldeutigkeit ihre Worte hatten.

Paul überging die peinliche Situation. »Nun, das ist alles besser als nichts. Notfalls gehen wir auch mal essen oder schieben eine Pizza in den Ofen. Die Kinder werden in den paar Tagen schon keine Mangelerscheinungen bekommen.«

»Mag sein, aber glaubst du wirklich, Beeke ist eine geeignete Bezugsperson? Nicht, dass deine Enkel nicht bald wie Schlümpfe über die Insel trollen und glauben, sie könnten ihr Leben zurechtschlumpfen!«

Paul sah Suse ungläubig an und schüttelte langsam den Kopf. »Bist du eifersüchtig?«

Suse lachte schrill auf. »Ich und eifersüchtig auf ein Schlumpfinchen? Dass ich nicht lache! Paul, was denkst du? Ich brauche meine Ruhe und will meinen Lebensabend auf Wangerooge genießen!«

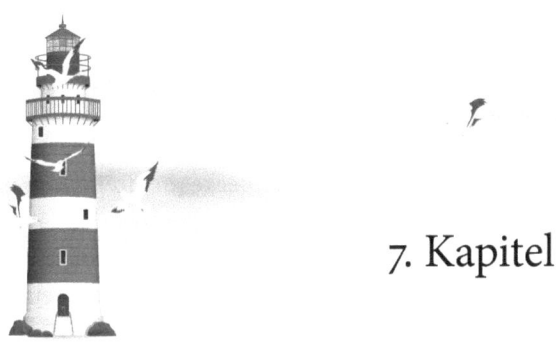

7. Kapitel

Beeke starrte auf ihr Handy. Das gab es doch gar nicht: Sie waren echt gekommen! Ihre Freunde waren da! Wie geil war das denn? Verstohlen sah sie zu Mathilda, die sich am Ende doch durchgesetzt hatte und nun zusammen mit Marius und Max das Kindernachmittagsprogramm schaute. Beeke war das Gequengel rasch zu viel geworden. So gut waren ihre erzieherischen Qualitäten derzeit eben noch nicht, aber man konnte ja dran arbeiten.

Fipsi, Enna und BVB-Bert waren also da. Sie hatten am Morgen gleich die erste Fähre genommen und wollten Beeke die Zeit ein bisschen vertreiben. Ab sofort wäre das Inselleben ein bisschen abwechslungsreicher. Beeke hatte Paul zwar in Aussicht gestellt, ihn zu unterstützen, aber nun hatte sich die Situation verändert. Sie hatte Wichtiges zu tun, wenn ihre Freunde da waren. Sie konnten abends zusammen über die Insel streifen, in den Beach-Club gehen, da hatte sie vorhin ein paar Plakate gesehen.

Vielleicht konnte sie Suse doch dazu überreden, Paul zu helfen, wenn der sich enttäuscht zeigte, dass sie, Beeke, nun doch andere Pläne hatte. Suse hatte schließlich Zeit und keine Freunde auf Wangerooge, um die sie sich kümmern musste!

Fipsi und die anderen hatten ihr ein paar witzige Fotos von ihrer Ankunft geschickt. Mit einer Muschel am Ohr, die sie in einem der Souvenirläden gekauft hatten. Sie telefonierten damit und zogen Fratzen. Ach, wie hatte Beeke die drei schon in der kurzen Zeit vermisst!

Sie sah abermals zu den Kindern, die mit hochroten Wangen im Fernsehen einen Drachen beobachteten, der eben Feuer spie. Die Kleinen waren also beschäftigt, da hatte Beeke Zeit, ihren Freunden in Ruhe zu antworten. Soeben war eine neue Whats-App eingetrudelt.

Heute Abend am Café Pudding? Um acht?

Beeke überlegte. Bis acht müsste sie mit allem durch sein, was gleich an Arbeit im Haus ihres Onkels auf sie wartete. Aber wenn sie nicht bald loslegte, würde es heute Abend knapp werden. Obwohl – er hatte ja selbst gesagt, dass er es nicht so genau nahm, also warum jetzt Stress schieben?

Trotzdem war es vermutlich besser, sich ansatzweise an die Abmachungen mit Onkel Hein zu halten. Womöglich trabte sonst ihre Mutter an, um Beeke den Kopf zurechtzurücken. Falls der alte Seebär plauderte.

Beeke seufzte so laut, dass Mathilda den Blick für einen Moment von dem feuerspeienden Drachen ließ, der eben einen Hustenanfall bekam, was sein Feuer in sich zusammensacken ließ. »Hab Durst«, sagte sie.

»Ich auch«, sagte Marius, ohne den Drachen aus den Augen zu lassen.

»Durst«, kam es wie ein Echo auch von Max.

Beeke stellte ihnen drei Becher mit Wasser hin und widmete sich dann wieder ihrem Handy.

Wo pennt ihr denn?, hackte sie in die Tastatur.

Mal sehen, kam es augenblicklich zurück. *Wir sind frei wie der Wind und suchen uns was.*

Das war der einzige Punkt, bei dem in Beeke kein Neid aufkam, weil sie gern ein Dach über dem Kopf hatte. Für sie war die unkomfortable Unterkunft bei Onkel Hein mit seiner Gartendusche zwar eine Herausforderung, aber das war definitiv eine bessere Alternative, als auf irgendwelchen Bänken die Nacht zu verbringen. Zwar lebten ihre Freunde in Wilhelmshaven in einer WG, aber wenn sie »auf Tour« waren, hatten sie keine Probleme damit, einfach irgendwo unterzukommen. Sie hatten keine Mutter, die sich um ihren Schulabschluss kümmerte oder sich sonst wie Sorgen machte. Sie wurden auch von niemandem auf Bauernhöfe oder Inseln geschickt, um geläutert und vorzeigemäßig zurückzukehren. Um das Leben ihrer Freunde scherte sich keiner – Beeke mal ausgenommen. Sie konnte nicht einmal genau sagen, wie alt sie wirklich waren. Auf jeden Fall galt sie selbst als Küken.

»Wir leben schon ein paar Jährchen so. Ab und zu kreuzt ein Streetworker unsere Bahn, aber der ist auch schnell wieder weg. Wir wollen es so und nicht anders«, hatte Enna Beeke mal erklärt. »Diese Enge und Bewachung, wie du sie mit deiner Alten hast, das wäre nichts für uns.«

Nun, ein wenig verstand Beeke ja, dass ihre Mutter die Freundschaft zu den dreien nicht uneingeschränkt als gelungen empfand. Mütter machten sich schließlich immer Sorgen, und ihre Clique war nicht die Idealvorstellung von den besten Freunden ihrer Tochter.

Aber egal, die drei waren nun auf Wangerooge und ließen Beeke nicht allein. So, wie echte Freunde sich eben verhielten. Seit sie die Nachricht erhalten hatte, schaute Beeke ständig auf die Uhr und hoffte, Paul käme bald zurück, damit sie verschwinden konnte. Doch die Zeit verging, und Paul ließ sich nicht blicken.

»Ich muss jetzt los«, flüsterte sie, immer wieder ihre Armbanduhr fixierend. Dann aber schoss ihr eine glorreiche Idee durch den Kopf. »Ich hab doch Suses Telefonnummer«, frohlockte sie. Sie selbst wollte von Mathilda nicht angerufen werden, denn in dem Fall würde Beeke garantiert nicht rechtzeitig mit allem fertig. Suses Nummer hatte Onkel Hein ihr genannt, denn sie musste für die Mieter erreichbar sein, falls sie einen Sonderwunsch hatten.

Beeke schnappte sich einen Zettel, auf den sie in großen Ziffern Suses Telefonnummer schrieb. Sollte Paul nicht in wenigen Minuten zurück sein, würde sie verschwinden und Mathilda sagen, sie könne Oma Suse anrufen, wenn es Probleme gab. Ein bisschen grummelte ihr Bauch, denn war es richtig, Mathilda mit den beiden Kleinen allein zu lassen? Wenn auch nur für kurz? Na, es würde schon gut gehen.

Beeke stupste Mathilda an, die völlig versunken auf den Drachenkampf im Fernseher blickte.

»Was ist? Ich guck doch den Film! Hab jetzt keine Zeit für dich.« Gerade flog der kleine Drache laut kichernd übers Land.

»Hör mir trotzdem kurz zu!«

Mathilda verdrehte die Augen, sah Beeke aber tatsächlich an.

»Hier auf dem Zettel steht Oma Suses Telefonnummer. Da kannst du anrufen, wenn was ist. Ich muss nämlich jetzt weg.«

Mathilda nahm den Zettel gleichgültig an sich und stopfte ihn in die Jeanstasche. Beeke ging in den Flur und schlüpfte in ihre dünne Jacke.

»Gehst du jetzt schon?«, fragte Thilda, ohne den Blick vom Bildschirm abzuwenden.

»Jep. Hab ich doch eben gesagt. Dein Opa kommt jeden Moment zurück, und ich ... ich hab noch was Wichtiges vor.«

»Was ist, wenn meine Brüder rumjaulen?«

»Dann gibst du ihnen ein Stück Obst.« Beeke eilte in die Küche, zerkleinerte einen Apfel und stellte ihn vor Mathilda auf den Tisch. »Dann haben sie was zu tun. Dein Opa wird verstehen, dass ich fortmusste. Ich habe schließlich einen Job! Er ist schon ganz schön lange weg.«

Sie wollte gerade zur Tür gehen, als Max zu weinen begann. »Bleiben!« Im selben Moment schloss Paul die Wohnungstür auf.

8. Kapitel

Suse saß am Abend in ihrem neuen Wohnzimmer und ließ den Tag Revue passieren. Es war mittlerweile zehn Uhr. Ein wenig schämte sie sich, weil sie am Nachmittag so überstürzt weggelaufen war, und fragte sich immer wieder, was genau an dem Gespräch sie so aus der Fassung gebracht hatte. Sie war anschließend ein zweites Mal auf den Leuchtturm geklettert. Ganz allein die Frische atmen. Ganz allein die Weite tanken. Sie hatte sich eins mit sich selbst gefühlt. Seit Langem mal wieder.

Stimmt nicht, Suse, berichtigte sie sich. Das hast du dir zwar gewünscht und auch eingeredet, aber deine Gedanken waren mal wieder bei Lena. Lena, die das genauso gern gemocht hatte wie Mathilda. Nur gab es keinen Großvater, der ihr jedes Jahr Leuchtturmkalender gebastelt hatte. Lena hatte mit einem Besuch oben auf dem Turm vorliebnehmen müssen, und Suse hatte ihrer Tochter ein Bilderbuch vom Leuchtturmwärter geschenkt, der sein Licht Abend für Abend übers Meer schickte. Das war lange Zeit ihr Lieblingsbuch.

War der Umzug nach Wangerooge wirklich eine so gute Idee gewesen, wenn hier nur die alten Erinnerungen über sie herfielen wie ausgehungerte Heuschrecken?

»Ach was«, murmelte Suse. »Ich bin nur verwirrt, weil ich mit Thilda dort oben war und sie im selben Alter ist wie Lena damals. Das vergeht schon wieder. Alles ist gut so, wie es ist.«

Das Telefon schrillte. Suse fragte sich, wer außer Dirk, Herrn Janssen und Beeke ihre Nummer kannte. Sie beschloss, es einfach klingeln zu lassen. Sie wollte nicht gestört werden und endlich den Abend allein genießen. Nach einer Weile verstummte der Klingelton.

Suse lehnte sich entspannt zurück, ertappte sich jedoch dabei, bei allen Schritten, die sie im Hausflur hörte, heimlich zu hoffen, es sei Beeke, die auf einen kurzen Abstecher bei ihr vorbeikam und sie von ihren trüben Erinnerungen ablenkte. Aber sie kam nicht.

Das Telefon klingelte erneut, dieses Mal wirkte es fast aufdringlich laut, so, als hätte der Ton an Intensität zugenommen. Suse griff zum Hörer. »Ja?«, polterte sie hinein. Dem Anrufer gleich suggerieren, dass er störte.

»Oma Suse, du musst kommen!« Mathildas Stimme klang völlig verzweifelt.

»Mathilda?«, vergewisserte Suse sich. Woher hat Thilda überhaupt meine Telefonnummer?, fragte sie sich, aber das war gerade das geringere Problem. Wenn die Kleine um diese Zeit anrief, musste etwas Schlimmes passiert sein.

»Ja, Oma Suse. Ich bin's.«

»Was ist denn los?«

Herrgott, sie sprach ja schon mit einer echten Oma-Stimme mit der Kleinen.

»Opa ist weg! Erst waren wir Eis essen, anstelle vom Abendbrot, dann sind wir nach Hause gegangen – und jetzt: Futschikato!«

»Futschikato«, wiederholte Suse und wunderte sich sogleich, woher Mathilda es kannte. Es war doch ein bisschen altmodisch, oder?

»Ja, Oma Suse. Ich finde ihn nicht! Bestimmt hat ihn ein Geist verschluckt oder ... oder ... Es ist doch schon fast dunkel! Und dann die Geister ... und ...«

»Es gibt keine Geister«, beruhigte Suse die Kleine.

»Dann war es ein Drachen. Den gibt es, hab ich heute bei Kika gesehen. Der speit Feuer! Was ist, wenn der Opa entführt hat und wir ihn freikaufen müssen? Der Drache im Fernsehen mochte Lava, aber die haben wir ja nicht!«

Suse angelte während des Telefonats bereits ihre Jacke von der Sessellehne und schlüpfte hinein. »Also euer Opa ist weg. Er kann euch doch nicht alleingelassen haben, oder? Bestimmt holt er nur was aus dem Keller!«

»Gibt keinen Keller.«

»Er kommt bestimmt gleich wieder!«, versuchte Suse es erneut, aber Mathilda ließ sich nicht von ihrer Theorie abbringen, dass es schwerwiegende Gründe für das Verschwinden ihres Opas gab und die ganze Geschichte bestimmt mit einem Fabelwesen zu tun hatte.

»Oma Suse, da muss ein Drache vorbeigekommen sein, weil Opa allein nicht weggehen würde!«

Es half nichts, sie musste zu Pauls Wohnung laufen und nach dem Rechten sehen, alles andere wäre grob fahrlässig. Wenn den Kindern etwas zustieß, würde sie sich das nie verzeihen. »Pass auf, Mathilda. Ich mache mich auf den Weg, aber es dauert ein paar Minuten, bis ich bei euch bin. Ein Drache kann es nicht gewesen sein, die schlafen um diese Zeit, und sie haben auf Wangerooge nachts Ausgangsverbot.« Suse machte eine Pause, um zu hören, wie ihre beruhigenden Worte auf Mathilda wirkten. »Beeke ist auch nicht da?«, fragte sie dann nach.

»Nee, Beeke ist vorhin weggegangen. Sie musste arbeiten.«

»Gut, ich komme dann gleich.«

»Ja, musst du auch ... Max hat die Hosen voll. Das stinkt!«

Suse war es zwar nach der kurzen Zeit schon gewohnt, dass sie Paul ständig aus der Klemme helfen musste. Für diese Aktion musste er aber wirklich eine sehr gute Erklärung haben. Kinder ließ man am späten Abend nicht einfach so allein!

»Du, Oma Suse«, hörte sie wieder Mathildas Stimmchen, das nun ziemlich dünn klang.

»Ja, Kleine, ich bin gleich bei euch, aber dazu müssen wir aufhören zu telefonieren. Du hast auf dem Festnetz angerufen, das Telefon kann ich nicht mitnehmen, und ich bin viel schneller, wenn ich jetzt einfach loslaufe, und nicht erst noch wieder mit dem Handy anrufen muss.«

»Ich hab aber Angst! Was ist denn, wenn die Drachen Ausgangsverbot haben, aber die Geister nicht?«

»Pass auf! Geister dürfen gar nicht auf die Insel reisen, weil es dort kein Schloss gibt«, redete Suse sich heraus.

»Okeeeee«, lenkte Mathilda ein, holte dann kurz Luft und sagte: »Aber so richtig hilft das auch nicht. Wenn es auf Wangerooge keine Geister gibt und die Drachen in der Nacht nicht fliegen dürfen …«

»Was dann?«

»Dann, Oma Suse, dann waren es bestimmt Außerirdische, die Opa weggebeamt haben.« Mathilda sog die Luft japsend ein. »Was ist denn, wenn Beeke eine Außerirdische ist? Sie hat doch so bunte Haare!«

Suse legte alles an Weichheit in ihre Stimme. »Hör zu, Thilda. Du brauchst dir keine Sorgen zu machen, ich bin ja gleich da. Und was Beeke angeht: Sie hat sich die Haare gefärbt, weil sie das cool findet. Es gibt keine Außerirdischen«, bekräftigte sie noch einmal.

»Ehrlich?«

»Ehrlich.« Suse schluckte und warf einen Blick auf die Armbanduhr. Es war gleich zehn. »Woher hast du überhaupt meine

Nummer?«, versuchte sie das Gespräch kurzfristig in eine andere Bahn zu lenken. Das verschaffte ihr etwas Zeit, und bestimmt kam Paul auch gleich zurück.

»Ach die, die hat Beeke mir gegeben, wenn mal was ist. Hat sie gemeint, kurz bevor sie am Nachmittag verschwunden ist. Und ich weiß, dass sie WhatsApp hat.«

Dass sie WhatsApp hat, klang wie eine Krankheit. »Hör zu, Thilda. Ich mache mich jetzt sofort auf den Weg.«

»Oma Suse«, ertönte Mathildas Stimme ziemlich vorwurfsvoll. »Ich *kann* dich nicht einfach reinlassen, weil ich ja nicht weiß, ob es wirklich *du* bist, wenn du klingelst.«

Suse hielt den Hörer ein Stück von ihrem Gesicht entfernt und war drauf und dran, ihn einfach auf die Gabel zu pfeffern. »Aber ich muss doch kommen, wenn ihr allein seid und du dich fürchtest!«

Jetzt brach Mathildas Stimme. Sie schluchzte auf. »Opa hat schließlich gesagt, wir sollen keinem, wirklich *keinem* die Tür öffnen.«

Der Kleinen konnte man einfach nicht böse sein. »Pass auf, Mathilda. Dann vereinbaren wir einen geheimen Klingelton. Ich klingle dreimal kurz und einmal lang. Nur wenn du das hörst, machst du auf, okay?«

»O cool, ein Geheimcode.« Mathilda freute sich. »Dreimal kurz und einmal lang«, wiederholte sie.

Suse legte auf und spurtete die Treppen hinunter. Gerade als die Tür zufiel, schoss ihr durch den Kopf, dass der Schlüssel noch auf der Kommode im Flur lag. Aber das Problem, wie sie wieder in ihre Wohnung kam, würde sie später lösen müssen. Jetzt galt es einzig, die Kinder zu retten.

Überhaupt, warum war Beeke nicht dort, so großspurig, wie sie sich aufgedrängt hatte? Und wo zum Teufel steckte der werte Großvater? War er irgendwo im Nirwana der Wangerooger Dünen verschwunden und tanzte Walzer mit den Möwen?

Es war zwar noch nicht ganz dunkel, aber von Westen näherte sich eine bedrohliche Wolkenwand. Suse beschleunigte ihren Schritt, überquerte die Zedeliusstraße, wählte aber den Damenpfad, um zum Haus in der Peterstraße zu gelangen. Als Suse das Haus erreicht hatte, klingelte sie in der verabredeten Weise. Es dauerte auch nur ein paar Sekunden, bis die Tür mit einem Summen geöffnet wurde. Suse hastete die Stufen hoch.

Mathilda stand in der geöffneten Wohnungstür und wischte sich schnell die letzten Tränenspuren aus dem Gesicht. Sie hielt Suse aber postwendend eine saubere Windel hin. »Das muss zuerst!«

Suse schnappte sich das stinkende Mäxchen, verfrachtete den Jungen ins Bad, wusch ihm den kleinen Po und cremte die rot gewordene Haut ein. Nachdem sie ihm eine neue Windel angelegt hatte, brachte sie ihn in sein Gitterbettchen, wo er augenblicklich einschlief. Marius war von dem ganzen Theater zum Glück nicht wach geworden.

Suse sah sich in der Ferienwohnung um, aber von Paul war weit und breit tatsächlich nichts zu entdecken.

»So, Mathilda.« Suse setzte sich auf die Couch. »Jetzt erzähl mir mal, warum euch euer Opa allein gelassen hat. Und warum Beeke nicht hier ist, wenn er weg musste.«

Mathilda zuckte mit den Schultern. »Keine Ahnung!« Sie griff nach dem Sprudelglas, in dem ein pinkfarbiger Strohhalm steckte. Außerdem befand sich vor ihr eine große Schüssel, in der noch Reste von Kartoffelchips zu sehen waren. Die Fernbedienung lag daneben, und Suse vermutete, dass Mathilda bis gerade den Fernseher angehabt hatte.

»Hat dein Opa dir das hingestellt?« Suse zeigte auf die fast leere Schüssel. Der restliche Chipsberg befand sich vermutlich in Mathildas Bauch. Zusammen mit dem Eis, das sie anstelle des

Abendbrotes verputzt hatte. Das konnte ja noch was werden heute Abend!

»Ja. Opa sagt, ich bin schon groß und kann kurz allein bleiben. Kann ich auch. Wenn Mäxchen nicht in die Hose macht!«

»Wo ist dein Opa? Hat er wirklich nichts gesagt?«, hakte Suse nach.

»Das Telefon hat gebimmelt. Und dann hat Opa es ganz eilig gehabt. Bestimmt hat ihn ein Außerirdischer angerufen und dann entführt. Was soll es denn sonst sein, wenn das mit den Geistern und Drachen nicht geht?« Mathilda kratzte die Reste aus der Schüssel zusammen. Besonders ängstlich wirkte sie angesichts ihrer Vermutung nicht. »Sonst kriege ich nicht so viele Chips. Nur ein paar, weil das ungesund ist. Aber heute hat Opa mir die ganze Packung gegeben.« Mathilda schielte zum Fernseher. »Du kannst jetzt auch wieder gehen, ich komm schon klar. Mäxchen stinkt ja nicht mehr.«

»Du willst nur weiter fernsehen, aber es ist schon spät. Also ab ins Bett!«

Mathilda sah Suse fassungslos an. »Ins Bett?«, fragte sie ungläubig. »Deshalb habe ich dich doch nicht gerufen! Ich will nicht schlafen, es sind Ferien!«

»Es ist nach zehn, mittlerweile ist es fast dunkel, und du brauchst deinen Schlaf. Also los!« Suse griff nach der Fernbedienung. »Was hast du denn eigentlich geguckt? Um diese Zeit gibt es ja wohl kaum ein Kinderprogramm.«

»Nix.« Mathilda drängte sich schuldbewusst an Suse vorbei ins Bad. Die machte das zuletzt eingestellte Programm an. Dieses »Nix« oder auch die beiden »Niemand und Keiner« kannte sie zu Genüge von ihren eigenen Kindern früher. Lena und Dirk waren früher auch eng mit denen befreundet gewesen. Und ihr Mann, der war sozusagen Busenfreund der drei gewesen. *Weg mit dem Gedanken.*

»Du hast einen Krimi geguckt?«, rief sie Mathilda ins Bad hinterher, bekam aber keine Antwort, weil die Elektrozahnbürste brummte. Eben fand im Film eine rasante Verfolgungsjagd statt, eines der Fahrzeuge ging in Flammen auf, einem Mann wurde in den Bauch geschossen.

»Super Idee, die Kleine davor zu setzen, Paul! Ganz klasse!« Eigentlich konnte Suse froh sein, dass das Drachenabenteuer vom Nachmittag offenbar einen nachhaltigeren Eindruck gemacht hatte als diese Ballerei. Suse schaltete den Fernseher aus.

Mittlerweile war Mathilda im Bad fertig und stand an der Couchlehne hinter Suse. Ihrem Gesichtsausdruck nach schien sie inzwischen zu bedauern, sie angerufen zu haben.

Suse schnappte sich Mathilda, brachte sie ins Schlafzimmer und las ihr die harmloseste Kindergeschichte vor, die sie finden konnte. Sie vermied ausdrücklich feuerspeiende Drachen, Außerirdische und Gespenster. Bevor sie auf der letzten Seite angekommen waren, schlief Mathilda bereits.

Suse ging zurück in den Wohnraum und setzte sich aufs Sofa. Sie würde auf Paul warten, und dann konnte er was erleben. Das war schlimmer als jede Parksünde in Jevers Straßen!

Danach stünde sie allerdings vor einem großen Problem. Suse hatte keine Ahnung, wie sie in ihre Wohnung kommen sollte. Beeke hatte zwar einen Schlüssel, aber sie war um diese Zeit bestimmt nicht mehr erreichbar, und ihren Onkel bei Dunkelheit in seiner Gartenlaube aufzusuchen, dafür fehlte selbst Suse der Mut. Ganz abgesehen davon, dass sie nicht genau wusste, wo in dem Wäldchen die überhaupt lag.

Schon kurze Zeit später hörte sie den Schlüssel im Schloss, und gleich darauf stand Paul im Wohnzimmer. »Was machst du denn hier?«, war sein einziger Kommentar. Er wirkte gehetzt, übermüdet und sah alles andere als gesund aus.

»Nun, ich bin hier, weil in deiner Abwesenheit mal wieder Holland in Not war«, fauchte Suse. »Ich kann für dich doch nicht ständig die Kohlen aus dem Feuer holen, Paul! Wie soll das gehen? Wir kennen uns gerade einen Tag, und überlege mal, wie oft ich heute schon angerückt bin?«

»Musst du ja auch gar nicht mehr«, wehrte er ab, aber es klang nicht überzeugend. »Es waren Notfälle.«

Suse schüttelte den Kopf. »Du bist wirklich verantwortungslos! Die Kinder einfach allein zu lassen ... Dafür brauchst du wirklich einen triftigen Grund!«

Paul nickte zerknirscht. »O ja, den habe ich! Und ich habe nicht geglaubt, dass es so lange dauert.« Er sah auf die Armbanduhr. »Mein Gott!«

»In der Zeit hätte wer weiß was passieren können.«

»Warum bist du denn überhaupt hier?«

»Max hatte in die Hose gemacht, und Thilda glaubte, dass du von Außerirdischen entführt worden bist. Zumindest von einem feuerspeienden Drachen. Glücklicherweise hatte Beeke ihr meine Telefonnummer aufgeschrieben.«

»Beides nicht. Es war viel unspektakulärer.« Paul ging zum Schrank, holte zwei Weingläser heraus, entkorkte dann einen trockenen Merlot und zündete eine Kerze an. Ihm stand der Schweiß auf der Stirn.

Suse sah ihm schweigend zu. »Was wird das? Ich bin nicht hier, um mit dir einen gemütlichen Abend zu verbringen!«

Paul hüstelte. »Das weiß ich. Ich will dir nur erklären, was passiert ist.«

»Na, ich bin gespannt.«

»Ich habe mit Mathilda ›Mensch ärgere dich nicht‹ gespielt. Die Jungs schliefen schon. Irgendwann bin ich kurz aufgestanden, weil das Telefon klingelte. Also das richtige, das hier in der Ferienwohnung steht. Nicht mein Handy. Da hatte sich aber jemand verwählt, jedenfalls meldete sich niemand. Aber während ich den Hörer auflege, schaue ich aus dem Fenster, und was passiert da gerade? Da macht sich doch glatt ein junger Typ an meinem Rad zu schaffen. Ich habe extra Räder geliehen, damit wir mal einen Fahrradausflug machen können!« Paul krempelte sich den Ärmel seines Hemdes auf. Er schwitzte immer stärker. »Ich muss mich umziehen, so fühlt man sich wirklich nicht wohl«, murmelte er, aber Suse winkte ab. Sie griff nach dem Glas Wein und trank es fast in einem Zug aus. »Erst will ich alles wissen.«

Paul zog die Schultern hoch. »Die Kleinen schliefen fest, und Thilda kann doch kurz allein bleiben. Außerdem wollte ich ja schnell wiederkommen.« Er schüttelte den Kopf. »Thilda muss bei dir angerufen haben, sobald ich aus der Tür war. Ich hab ihr noch Chips hingestellt …«

»Von denen ihr heute Nacht ganz sicher schlecht wird.« Suse deutete auf die letzten Krümel.

»Ich konnte den Kerl doch nicht einfach ziehen lassen! Ich dachte ja, ich bin schnell wieder zurück. Den jungen Mann festhalten und die Polizei rufen, dann hätte die Gerechtigkeit gesiegt.«

Paul klang wie Old Shatterhand, wenn er die »Bösen« jagte. Suse verkniff sich den Kommentar.

»Ich bin jedenfalls die Treppen runter, hab die Tür aufgerissen und gebrüllt: ›Hey, was soll das?‹ Da ist er geflohen.«

»Und du bist ihm nach?«

»Ja, ein Stück. Er hatte eigenartige Haare. Du erinnerst dich an diese merkwürdigen Typen, die uns heute Nachmittag begegnet sind? Ich wette, es war einer von ihnen.«

Suse hoffte unvermittelt, dass Beeke selbst lieb und brav auf der Pritsche bei ihrem Onkel in der Gartenlaube lag und sie mit diesen Bunten nichts zu tun hatte. »Hast du ihn erwischt und zur Polizei gebracht?«

Paul schüttelte den Kopf und wirkte für einen Augenblick ein wenig betreten. »Nicht ganz.« Um Zeit zu gewinnen, schenkte er sich noch ein Glas Wein ein. Das Rot glänzte im Schein der Kerze, er hatte kein weiteres Licht angemacht. »Möchtest du es heller haben?« Er ging zum Schalter und knipste die Lampe an. Suse kniff die Augen zusammen, sodass Paul das Licht sogleich wieder ausmachte.

»Hör mal, Paul, ich bin nicht hier, um mir eine Lightshow präsentieren zu lassen. Du sollst mir erklären, was los war!« Suse fixierte ihn. »Hast du den Täter nun gefasst und zur Polizeistation gebracht oder nicht?«

Paul starrte auf den blauen Velourteppich. Er wirkte wie ein Schüler, den man beim Abschreiben erwischt hatte. »Er ist mir entwischt, ich bin nicht mehr der Schnellste. Aber ich bin ihm nach. Wollte ihn nicht entkommen lassen und habe die Beine in die Hand genommen.«

»Du bist ihm hinterhergerannt?« Suse amüsierte plötzlich die Vorstellung, wie Paul mit seinem grauen Anzug durch die Straßen flitzte, um einen Täter zu stellen, der gerade dem Playmobil-FunPark entsprungen schien.

»Ja, sogar ganz schön weit. Ich habe es bis zum Meeresstern geschafft!«

»Du bist ein Kindskopf, Paul.«

»Ich weiß.« Paul senkte den Kopf.

»Und dein Rad?«, fragte Suse seufzend.

»Das ist noch da, weil ich ihn vertrieben habe!« Paul klang noch immer wie sein Idol Old Shatterhand.

Suse trank ihr Glas leer. »Du solltest besser nur auf Verbrecherjagd gehen, wenn deine Enkel nicht zu Besuch sind.« Sie stand auf, blieb aber im Türrahmen noch einmal stehen. »Ich mach mich dann mal wieder auf den Weg. Wo Beeke gerade steckt, weißt du nicht zufällig, oder?« Wenn Paul das wusste, konnte sie den Schlüssel vielleicht doch von ihr holen.

»Beeke? Nein. Sie hat bei ihrem Abschied was von ihren Freunden gefaselt, die sie besuchen.«

Suse fasste sich entsetzt an den Kopf. Ihre Vorahnung eben schien richtig gewesen zu sein. »Ob die Bunten, die wir am Nachmittag am Strand gesehen haben, ihre Freunde waren?«

Paul stieß die Luft aus. »Das wäre ein Ding, darauf bin ich noch gar nicht gekommen, aber du könntest recht haben. Beim Fahrrad war es aber einer! Beeke war ganz sicher nicht dabei.«

Suse war erleichtert. Auch wenn Beeke ein wenig chaotisch war, so traute sie ihr doch nichts Böses zu.

»Ich muss jetzt gehen.« Sie stand auf und verschwieg Paul weiterhin, dass sie gar nicht wusste, wie sie in die Wohnung gelangen sollte. Sie würde schon einen Weg finden, auch ohne seine Hilfe.

Paul war ebenfalls aufgestanden und stand völlig zerknirscht vor Suse. »Ich konnte doch nicht wissen, dass Max ausgerechnet in den paar Minuten die Windel vollmacht.«

Suse wollte endlich fort und irgendwie ihr Schlüsselproblem lösen. Zu allem Überfluss kam draußen ein Wind auf, der einen Regenschauer vor sich hertrieb. Die Tropfen klatschten an die Scheiben der Ferienwohnung.

»Bei Kindern muss man *jede* Sekunde mit irgendetwas rechnen«, sagte sie zum Abschied, und wie zur Bestätigung ertönte aus dem Kinderzimmer Mathildas Wimmern: »Mir ist schlecht ...«

»Ich komme morgen noch einmal vorbei«, versprach Suse und machte sich dann rasch auf den Weg. Die nächsten Hinterlassenschaften seiner Enkel konnte Paul getrost allein beseitigen.

Draußen goss es jetzt in Strömen. Suse reckte die Hände zum Himmel und rief: »Herr, lass Hirn und kein Wasser regnen!«

Es regnete aber kein Hirn. Sie spürte zwar einen feuchten Klacks, aber das war nur eine Ladung weißer Möwenschiss, der sich unschön auf ihrer Windjacke verteilte. Warum zum Teufel flogen diese Viecher sogar nachts über die Insel? Unschlüssig zog sich Suse in den Hauseingang zurück und verharrte dort eine längere Zeit. Irgendwas musste ihr einfallen.

»Suse!« Sie schrak zusammen.

Paul war ihr gefolgt. »Mathilda hat sich eben übergeben.«

»Das wundert mich nicht«, sagte Suse. »Wenigstens kann sie nun schlafen. Aber deswegen bist du mir doch nicht nachgelaufen, oder?«

»Nein«, erwiderte Paul. »Es regnet so, da dachte ich, ich borge dir einen Schirm.« Er hielt ihr ein monströses Gebilde hin, das sich bei der nächsten Windböe sofort nach außen klappte.

»Der ist wohl hinüber«, kommentierte Suse.

»Und jetzt?«

Sie zuckte mit den Schultern. Mittlerweile war sie bis auf die Haut durchnässt. Der Wind war noch stärker geworden, der Regen verwandelte Wangerooges Straßen gerade in wahre Sturzbäche.

Verlegen sah Suse Paul an, der noch immer mit dem Schirm hantierte, was angesichts der Windstärke allerdings sinnlos war.

»Komm, Suse«, sagte er schließlich. »Bleib noch ein bisschen, bis das Wetter sich beruhigt hat. Jetzt kannst du nicht gehen!« Wie zur Bestätigung fuhr nun auch noch ein greller Blitz ins Meer, dem augenblicklich ein lauter Donner folgte. Widerwillig gab Suse nach und ging mit Paul zurück in die Ferienwohnung.

»Ich habe ohnehin ein Problem«, gab sie schließlich zerknirscht zu.

»Was denn?«

»Ich habe in der Eile eben meinen Schlüssel zu Hause vergessen. Ich komme nicht in meine Wohnung. Nicht bevor ich Beeke erreicht habe. Aber ich kann doch bei dem Gewitter nicht von ihr verlangen, dass sie herkommt. Und es ist zudem schon sehr spät.«

Paul lächelte. »Das macht doch nichts. Dann bleibst du eben hier. Ich richte dir das Sofa her, es ist breit und sehr bequem.«

Suse nickte. Eine andere Wahl hatte sie ja nicht. Verstohlen fischte sie ein Tempo aus der Jackentasche und entfernte den Möwenschiss.

9. Kapitel

Beeke stampfte mit dem Fuß auf. Ihr Haar hing tropfnass über der Stirn. Sie hatten sich notdürftig unter einer nicht eingefahrenen Markise untergestellt, die die Wassermassen aber kaum abhielt. »Manno, Fipsi, was fällt dir ein? Ein Rad klauen? Bist du jetzt völlig durchgeknallt?«

»Hab es ja gar nicht getan. Der Typ ist mir sofort hinterhergehechtet, das war knapp, sag ich euch! Obwohl der schon alt war. Glatze und so. Aber er hatte echt Kondition! Hätte ich dem Alten gar nicht zugetraut.« Fipsi grinste breit. »Und der Typ trug Anzug, voll krass!«

Beeke schnaufte vor Wut. Das hätte gewaltig nach hinten losgehen können! Enna und BVB-Bert nahmen die Aktion gelassener. »Keep cool, Beeke. Fipsi hätte das Gerät morgen früh ja wieder zurückgebracht«, erklärte Enna.

»Genau«, bestätigte BVB-Bert, der wie immer seine Kleidung und das Haar den Farben seines Lieblingsvereins angepasst hatte. Er sah damit zwar ein bisschen aus wie Biene Maja, aber das störte ihn nicht. »Er hätte es quasi nur geliehen. Und geliehen ist nicht geklaut. Man kommt ja sonst nicht durchs Leben, wenn man nicht teilt. Die einen haben's, die anderen nicht.«

»Ihr seid Idioten. Man darf auch keine Zeitung aus dem Kasten ziehen, sie lesen und zurücklegen. Das ist nämlich trotzdem Diebstahl«, regte Beeke sich auf. Das hatte sie mal irgendwo gelesen, und sicher ließ sich so etwas übertragen.

»Was bist du denn für ein Kleingeist?«, fragte Fipsi. »Willst du jetzt wie ein Rechtsverdreher klugscheißern, oder was?« Er griff in die Hosentasche und zupfte eine zerknitterte Zigarette heraus, die er umständlich glättete, damit er sie anzünden konnte.

»Ihr versteht gar nichts!«, wetterte Beeke. »Wir sind auf einer Insel, da weiß jeder alles von jedem! Bestimmt hat euch jemand gesehen. Ihr seid ja nun wirklich nicht unscheinbar.« Zwar war Fipsi mit seinem rotbraunen Haar nicht ganz so auffällig wie Enna und BVB-Bert oder sie selbst, aber trotzdem konnte man sich seinen Schopf gut merken. Zumal er geschnitten war, als hätte man ihm einen Kochtopf auf den Schädel gesetzt und sämtliche überstehenden Haare ringsum abgeschnitten – bis auf das Rattenschwänzchen, das hinten hervorlugte und sich zu einer Locke drehte.

»Und wenn schon.« Fipsi zuckte mit den Schultern. »Ich hab das Rad ja stehen lassen. Da steht Aussage gegen Aussage. Bleib entspannt, Küken. Manchmal bist du der spießigste Mensch auf der Welt.« Ihm war es mittlerweile gelungen, die Zigarette anzuzünden, und er pustete den Rauch genüsslich in Beekes Richtung.

Sie schluckte und biss sich auf die Lippen. So etwas ließ sie sich nur höchst ungern sagen. Also hielt sie ihre Klappe, auch wenn sie mit ihrer Ansicht definitiv im Recht war.

Da Beeke schwieg, glitt über Fipsis Gesicht ein selbstzufriedenes Grinsen. »Es hat eben alles Vor- und Nachteile!«

»Welchen Vorteil siehst du darin, beinahe ein Fahrrad geklaut zu haben?« Beeke raufte sich das Haar. Wollte Fipsi es nicht verstehen oder war er wirklich derart begriffsstutzig? Verdammt, erst hatte sie sich so gefreut, dass die drei gekommen waren, aber nun ... Sie bauten hier offenbar nur Mist!

BVB-Bert kratzte sich an dem dunklen Bart, der seit Neuestem an seinem Kinn spross und einen scharfen Kontrast zu seinem gelben Haarschopf bildete.

Beeke sah ihn auffordernd an. »Du willst was sagen?«

»Fipsis Vorteil an der Sache liegt darin, dass er ja abtauchen musste und so nicht erwischt wurde.«

»Schon klar.«

»Du hörst nicht zu, Küken. Geht noch weiter«, sagte BVB-Bert.

»Es geht sogar richtig doll weiter«, ergänzte Enna. »Er hat sich nämlich Dornen ins Fleisch gerammt.«

Beeke sandte einen Blick zum Himmel. Musste Enna immer so dramatisch sein?

»Ins Fleisch gerammt«, wiederholte sie. »Worin liegt dabei der Vorteil?« Beeke kam nicht mehr mit, zumal die drei nur wissend dreinschauten. Es war besser, das Thema zu wechseln. »Wo schlaft ihr denn gleich eigentlich? Vor allem bei dem Sauwetter.«

Jetzt äußerte sich wieder BVB-Bert, während Fipsi offenbar an Beekes Unwissenheit Spaß hatte. »Beeke, so langsam laufen die Fäden auch bei dir zusammen, du denkst jetzt in die korrekte Richtung. Das ist gut so.«

In Beeke kochte langsam die Galle hoch. »Hört auf, mich auf die Folter zu spannen und ständig hochzunehmen. Verdammt, worin liegt der Vorteil, das Rad nicht geklaut zu haben und sich gleichzeitig die Hände oder sonst was bei der Flucht an Dornen zu verletzen? Dann beantwortet mir zumindest diese Fragen, wenn ihr schon nicht verraten wollt, wo ihr heute Nacht schlafen werdet.«

»Alles ganz leicht«, begann nun BVB-Bert wieder und schob sein Käppi hin und her, bis es am richtigen Ort saß, »voll easy.

Also, der Vorteil von Fipsis Abgang liegt darin, dass er sich verstecken musste, was eben nicht ohne die Verletzungen abging.«
BVB-Bert brauchte nach der langen Ansage sichtbar eine Pause, weshalb Enna den Faden aufnahm. »Und genau dabei hat er eine Unterkunft gefunden, wo wir pennen können, ohne dass es was kostet. Genial, oder?«

BVB-Bert ruckelte wieder an dem Käppi herum und nahm es schließlich vom Kopf. »Hat eben alles immer zwei Seiten. Fein, nicht wahr?«

Fipsi trat die zu Ende gerauchte Zigarette aus. »Der alte Anzugfreak hat mich bis zum ›Meeresstern‹ verfolgt ...«

»Das ist da ganz in der Nähe«, sagte Enna.

»Was zum Teufel habt ihr als Unterschlupf entdeckt?« Beeke verdrehte genervt die Augen. »Es reicht mit eurem Drumherumgerede. *Was* genau wollt ihr mir sagen?«

»Was liegt hinter dem ›Meeresstern?‹«, war Ennas Gegenfrage.

Beeke zuckte mit den Schultern. Woher sollte sie das wissen? »Mann, ich war jahrelang nicht auf der Insel, und an dem einen Tag, den ich nun hier bin, konnte ich mich noch nicht groß umsehen oder Sightseeing machen. Ich bin zum Arbeiten da, schon vergessen?«

»Miss Spießi hält sich natürlich an die Vorgaben, die man ihr macht, ist klar«, stichelte Fipsi.

Beeke presste die Lippen aufeinander und war kurz davor, abzuhauen. Ihr reichte das dumme Gerede ihrer Freunde, diese versteckten Spitzen. Was wollten sie denn auf Wangerooge, wenn sie doch nur rummeckerten? Trotzdem war sie neugierig, was Fipsi denn nun entdeckt hatte.

Der reckte seinen Oberkörper, obwohl er dabei von hinten richtig nass wurde. »Es handelt sich um einen alten Bunker. Zugewachsen mit Heckenrosen und nur sehr locker versperrt. Das

Schloss konnte ich sofort knacken. Ich habe darin alte Matratzen gefunden, unsere Schlafsäcke haben wir ja dabei. Niemand wird uns dort sehen.« Er reckte die Faust triumphierend zum Himmel. »Der geilste Ort der Welt!«

Jetzt kramte Bert eine Zigarette aus der Tasche und versuchte, sie im Wind anzuzünden. Dabei murmelte er: »Wenn Fipsi was macht, dann richtig.«

»Und wozu brauchtet ihr das Fahrrad? Warum wolltet ihr es überhaupt ›ausleihen‹?«, fragte Beeke. Sie vermied die Wörter Diebstahl oder stehlen. Bloß die Freunde nicht weiter reizen!

»Das Rad brauchen wir ja nun nicht mehr«, sagte Fipsi grinsend, »aber wenn ich nicht diese Leihaktion versucht hätte, wäre ich nicht über den Bunker gestolpert. Also rechnet sich der Versuch allemal, oder? Alles ganz easy.«

»Ganz easy«, wiederholte Beeke. Sie kam sich schon vor wie ein Papagei. »Aber warum wolltest du das Rad?«

»Ach, Küken!« Fipsi lächelte. »War klar, dass du das nicht verstehst.« Er strich Beeke über das blaue Haar. »Nur so. Mal was abgehen lassen!«

»Hm«, sagte Beeke. Sie wollte das auch gar nicht verstehen. Das Eigentum anderer war tabu. Wahrscheinlich war sie wirklich spießig.

»Nun denn, wir können im Bunker zumindest erst mal pennen, und morgen schauen wir mal, was man auf Wangerooge noch so anstellen kann.«

»Hauptsache, ihr klaut nichts«, warf Beeke ein und kam sich selbst unglaublich konservativ vor.

Enna zog die Stirn in Falten. »Hey, Beeki, wir klauen nicht. Fipsi wollte es leihen, und es hätte morgen wieder an Ort und Stelle gestanden. Er wollte damit nur zum Westturm fahren, weil es da am Abend schick sein soll. Wir sind keine Diebe. Manchmal etwas durchgedreht, das ja. Manchmal etwas schräg. Aber nie kriminell, das weißt du!«

Beeke fröstelte und wollte jetzt lieber nach Hause. Nach Hause?, lachte eine Stimme in ihr. Die Gartenlaube von Onkel Hein war ja wohl nicht viel besser als der Bunker, wo ihre Freunde die Nacht verbringen würden.

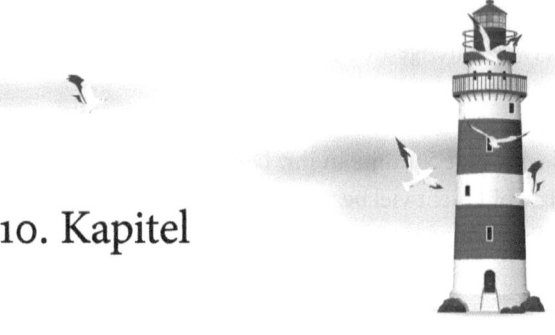

10. Kapitel

»Hat sie sich noch immer nicht gemeldet, Dirk?« Minou bestrich ihr Knäckebrot dünn mit Marmelade. Die Butter ließ sie schon seit Jahren weg. Sie liebte auch das karge Frühstück.

»Nur mit dieser knappen WhatsApp. Mutter scheint auf ihrer Insel wirklich gut klarzukommen. Das hätte ich nicht gedacht.«

Minou lächelte versonnen. »Nun, sie ist erst den dritten Tag dort. Abwarten!«

Dirk biss in seine Brötchenhälfte, die er dick mit ein paar Salamischeiben belegt hatte, was seine Frau mit einem Stirnrunzeln zur Kenntnis nahm. »Nun ist sie da ganz allein auf der Insel. Ganz ohne Freunde.« Dirk hatte ein furchtbar schlechtes Gewissen.

Minou knabberte an ihrem Knäckebrot. »Deine Mutter hatte auch in Jever keine Freunde. Sie benimmt sich einfach unmöglich!«

»Sag das nicht. Bitte sei nicht so respektlos!«

»Ich rede von ihr, wie ich will!«, patzte Minou zurück. »Und du sieh lieber zu, dass du nicht ihre Formen annimmst, so wie du dir diese Kohlenhydrate in den Hals stopfst. Dein Hemd spannt ganz schön in der letzten Zeit.«

Dirk sog die Luft scharf ein. »Minou, hör auf damit! Ich mag es nicht, wenn du mich und Mutter beleidigst!«

Minou sprang so heftig auf, dass der Stuhl nach hinten kippte. »Ich beleidige dich und deine dicke Mutter?«

»Ja, das tust du. Und das verletzt mich!«

»Mich verletzt auch so einiges. Zum Beispiel, dass du es zulässt, wie sie mich behandelt! Dass du es zugelassen hast, dass sie unser zukünftiges Vermögen auf dieser Nordseeinsel verschleudert! Sie hat doch Verantwortung ihren Kindern gegenüber.« Minou machte eine Pause. »Nun, zumindest, was dich angeht. Du bist immerhin der Sohn, der sich um sie kümmert, während Lena einfach ihrer Wege geht.«

»Lass Lena aus dem Spiel.«

»Ach, deine werte Schwester wird schon antraben, wenn wir deine Mutter einsargen. Das Erbe will sie bestimmt haben!«

Dirk umklammerte den Griff seiner Kaffeetasse. Er wollte sich nicht mit Minou streiten, aber seitdem sie in München angekommen waren, hatte sich der Ton zwischen ihnen weiter verschärft. Es war schon schlimm gewesen, als Suse ihnen sagte, dass sie keineswegs mit nach Süddeutschland ziehen wollte. Klar, so ganz unrecht hatte seine Mutter ja nicht gehabt, als sie ihm unterstellte, er wolle sie in einer einfachen Seniorenwohnanlage unterbringen.

Das benötigte Geld wäre so kalkulierbar gewesen, und er hatte gehofft, dass seine Mutter ihnen aus Dankbarkeit für die Fürsorge einen Zuschuss zur Eigentumswohnung gewährt hätte. Knausrig war sie ja nie gewesen. Aber diesmal war sie weder dankbar noch spendabel, sondern vergeudete ihr Vermögen auf Wangerooge. Denn wenn sie ernst machte und sich dort ein Haus oder eine Wohnung kaufte, dann wäre das, worauf Dirk und Minou spekuliert hatten, in der Immobilie auf der Insel versenkt. Und daran kamen sie erst nach Mutters Tod.

»Vielleicht stirbt sie ja bald und will ihre restlichen Wochen jetzt auskosten«, giftete Minou weiter. »Vom Tod Geweihte haben manchmal noch solche To-do-Listen, die sie abarbeiten müssen. Ein Punkt ganz weit oben ist sicher: Wie wische ich Minou und Dirk noch so richtig eins aus!«

Dirk hob beschwichtigend die Hand. »Minou, so ist sie nicht. Gut, sie kann giftig sein, und du bist nicht ihre Traumschwiegertochter …«

»Ich bin für sie der Inbegriff an Gruselkabinett!«

Dirk schluckte. Das war umgekehrt leider genauso. Unsympathischer, als die beiden Frauen einander waren, konnte man sich gar nicht sein. Und wie Minou nun mit ihren lackierten Fingern auf ihn zeigte und den rot geschminkten Mund verzerrte, erinnerte sie ihn an Nina Hagen in ihrer Rolle als böse Stiefmutter im Schneewittchenfilm. Aber auch das sagte er besser nicht.

»Nun schweig nicht dazu! Sag was!«

»Mutter soll glücklich sein. Dazu hat sie ein Recht.«

»So?«

»Die Wohnung können wir auch allein bezahlen, selbst wenn es jetzt etwas enger wird als geplant. Wirklich nötig haben wir ihr Geld doch gar nicht! Ich verdiene schließlich genug. Auf diese Weise sind wir zumindest unabhängig.«

Dass Minou nicht arbeiten ging, aber zugleich einen hohen Luxus einforderte, sprach Dirk nicht an. Er wollte die Sache nicht noch weiter aufbauschen.

Minou aber fuhr ihn an: »Aber *ich* will weiter mein Cabrio fahren! Ich muss mich pflegen, um den Minimalstandard zu halten. Und ich will weiter *ohne* Einschränkungen in meinen Boutiquen einkaufen. Genau deshalb haben wir München gewählt, weil ich jetzt nicht mehr so weit fahren muss, um mich vernünftig zu kleiden. Es ist purer Egoismus, den deine Mutter antreibt! Sie denkt kein bisschen an uns!«

»Das muss sie auch nicht«, sagte Dirk, aber nur ganz leise.

Minou hatte es dennoch gehört. »Das sehe ich anders«, fauchte sie ihn an. »Sie hätte an uns denken müssen. Weißt du was? Du fährst auf die Insel und holst sie hierher!«

Dirk schüttelte schon wieder den Kopf. »Das werde ich sicher nicht tun. Solange sie sich dort wohlfühlt und nicht um Hilfe ruft, sehe ich keine Veranlassung dazu.«

Minou knallte ihr angeknabbertes Stück Knäckebrot auf den Teller. Es zerbarst in mehrere Teile. »Du hältst immer nur zu ihr! Aber ich bin deine Frau! Und es sollte dir daran gelegen sein, dass ich weiterhin gut aussehe, vor allem in einer Metropole wie München. Es ist eine Blamage, wenn ich nicht bei Bulgari, Dior oder Joop einkaufen kann! Eine Blamage!«

»Minou, beruhige dich!« So wütend hatte Dirk seine Frau noch nie erlebt, er wusste gar nicht, wie er sie stoppen sollte.

»Mein lieber Dirk Schadewald, du Muttersöhnchen«, schloss Minou ihre Rede. »Wenn sie dir so wichtig ist und du wirklich nichts, aber auch gar nichts unternehmen willst, dass sie zur Einsicht kommt, dann ziehe ich meine Konsequenzen! Meine Schlafzimmertür bleibt von jetzt an verschlossen. So, wie es bei der von Kaiserin Elisabeth von Österreich für den Kaiser Franz war! Das war nämlich ganz anders als in den kitschigen Sissi-Filmen!«

»Das weiß ich doch. Aber der Kaiser hat sie betrogen!«, wandte Dirk ein.

»Ha! Du betrügst mich jeden Tag! Mit deiner eigenen Mutter!« Minou rauschte davon und stürzte aus der Wohnungstür, die laut scheppernd hinter ihr zufiel.

Dirk hätte sich nicht gewundert, wenn nach diesem Akt ein Samtvorhang gefallen und frenetischer Applaus für Minou ertönt wäre. Doch es blieb totenstill.

»Guten Morgen, Oma Suse!«

Suse rieb sich die Augen und sah in drei grinsende Kindergesichter. Der Duft von Kaffee zog durch den Raum. Suse setzte sich auf. Sie brauchte einen Moment, ehe sie realisierte, wo sie sich befand. Auf Pauls Sofa! In seinen Sachen! Ihre hingen im Bad zum Trocknen. Sie ließ sich mit einem lauten Seufzer zurücksinken: blöder Gewitterschauer, blöde Aktion, den Haustürschlüssel zu vergessen! Wenigstens schien wieder die Sonne.

»Oma Suse, wohnst du jetzt hier?«, fragte Marius. Max hüpfte derweil freudestrahlend vor dem Sofa auf und ab. Lediglich Mathilda musterte Suse mit einem kritischen Blick. Sie war noch immer etwas blass um die Nase, in der Nacht hatte sie sich tatsächlich noch übergeben.

»Nein, es war eher ein Notfall, warum ich hiergeblieben bin«, erklärte Suse. Sie reckte die steifen Gliedmaßen. »Ich werde gleich in meine Wohnung gehen.«

»Oh, wie schade«, schmollte Marius. »Mit dir ist es lustig!« Er zupfte an Suses abstehendem Haar. Ihre Frisur glich am frühen Morgen dem kleinen König Kalle Wirsch. Suse setzte sich wieder auf, zuckte jedoch augenblicklich zusammen. So bequem, wie Paul das Sofa angepriesen hatte, war es leider nicht. Sie spürte jeden Knochen.

»Bist du alt?«, fragte Mathilda mitfühlend.

»Nein, warum?«

»Opa stöhnt morgens auch und sagt dann, er ist alt.«

Marius ignorierte den Einwand seiner Schwester. »Warum ist es denn ein Notfall, dass du hier schlafen musst? Hat es bei dir gebrannt?« Er legte den Kopf schief. »Aber dann kannst du ja nicht zurück. Versteh ich aber nicht. Bei Notfall kommt die Feuerwehr, und man wird kuriert.«

»Das heißt evakuiert«, berichtigte Mathilda ihn. »Er sagt immer das Falsche.«

»Egal«, wehrte Marius sich. »Ich kann sogar die Zahlen: 112! Retten! Löschen! Bergen! Das macht die Feuerwehr!« Notfälle gingen bei dem Fünfjährigen auf jeden Fall mit dramatischen Feuerwehreinsätzen einher, mindestens aber mit einem Polizeiwagen und Martinshorn.

»Nein, Marius, ich brauchte keine Feuerwehr. Ich habe mich nur ausgeschlossen. Bin ohne Schlüssel aus der Wohnung gegangen und komme nicht wieder rein.«

»Musst du jetzt die Scheibe einwerfen?« Seine Augen leuchteten bei der Vorstellung freudig auf.

»Auch das nicht. Ich rufe gleich Beeke an, denn sie hat einen Ersatzschlüssel.«

Enttäuscht wandte sich Marius wieder seinem kleinen Feuerwehrfahrzeug zu. »Das ist meine Einsatzleitung«, erklärte er. Danach ließ er ein paar Autos zusammenkrachen, die es anschließend zu bergen galt. Beeke als Retterin mit einem Schlüssel im Etui war offenbar eine zu unspektakuläre Vorstellung, da hatte er in seiner Welt Besseres zu bieten.

Suse stand auf, reckte sich noch einmal, entsetzt über das Knacken der Gelenke.

»Du bist doch ganz schön alt«, sagte Mathilda. »So, wie das knirscht und knackt. Bei Opa hört es sich nicht so schlimm an.«

Suse warf einen Blick in die kleine Küche, wo Paul gerade ein Spiegelei aus der Pfanne nahm. Er trug tatsächlich schon wieder Hemd und Anzughose, dieses Mal in Tweed, und glich einem englischen Landlord.

Suse sah an sich hinunter. Im Vergleich zu Paul wirkte sie arg derangiert, und das lag nicht nur an den abstehenden Haaren. Pauls Jerseyhose klebte an ihren runden Hüften, als habe man sie dort festgetackert. Sein T-Shirt kaschierte die überflüssigen Pfunde auch nicht gerade. Warum nur war ihr das so unangenehm? Sie nickte den Kindern kurz zu und huschte ins Bad, wo sie ausgiebig duschte (Paul hatte ihr tatsächlich ein frisches Handtuch hingelegt und sogar die mittlerweile getrockneten Sachen zusammengefaltet). Nachdem sie in ihre Kleidung geschlüpft war, fühlte sie sich erheblich besser.

Im Wohnbereich war bereits der Tisch gedeckt, allerdings wieder mit diesem kunterbunten Geschirrmix.

»Ich rufe jetzt Beeke an, dann kann sie mich gleich zu Hause reinlassen. Sie müsste ohnehin bei der Arbeit sein«, sagte Suse. »Danke für die Einladung zum Frühstück, aber ich esse lieber in meiner eigenen Wohnung.«

»Nein, Suse, das kannst du nicht machen!«, erwiderte Paul. »Die Kinder sind so glücklich, dass du da bist.«

Suse antwortete nicht, sondern zückte ihr Handy, in dem sie Beekes Nummer gespeichert hatte. Es dauerte nicht lange, bis das Mädchen ranging. Suse schilderte ihr kurz die Situation.

»Sie ist noch nicht im Haus«, sagte Suse kurz darauf zu Paul. »Aber sie kommt in einer halben Stunde. Dann esse ich doch mit euch.« Zögernd setzte sie sich an den Tisch und wunderte sich selbst darüber, wie richtig, wie vertraut es sich anfühlte.

Beeke hatte schlecht geschlafen und stand nun unschlüssig vor Suses Wohnung. Suse war also über Nacht bei Paul geblieben, weil sie den Schlüssel vergessen hatte. Sie würde gewiss gleich angerauscht kommen, wie immer mit grimmigem Gesicht, die Mundwinkel leicht nach unten gezogen.

Beeke hatte von Suse in dem kurzen Telefonat lediglich erfahren, dass Paul die Kinder allein gelassen und Mathilda einen Notruf an Suse abgesetzt hatte. Warum er überhaupt am Abend verschwunden war, hatte sie nicht erzählt. Beeke konnte sich denken, dass Suse vor Wut kochte, weil Paul einfach getürmt war. Frei nach dem Motto: So etwas hätte ich niemals getan! Suse Schadewald wusste alles, konnte alles ... Und trotzdem hockte sie hier mutterseelenallein auf Wangerooge. Beeke war sich von Tag zu Tag sicherer, dass Suse ein Geheimnis hatte, und sie hätte nur zu gern gewusst, worum es sich handelte. So wie Suse verhielt sich doch kein glücklicher Mensch! Der lebte dort, wo die Familie war, und spielte nicht Einsiedler auf einer Insel, wo sich Hase und Igel »Gute Nacht« sagten. Oder noch nicht mal das.

Beeke hatte zuvor bei Paul angerufen und ihm versprochen, gleich noch kurz vorbeizuschauen, weil er ihr alles in Ruhe erklären wollte.

Nur war sie nicht sicher, wie sie ihr Engagement für einen alten Herrn mit drei Kindern ihrer Clique verkaufen sollte. Sie hatten ja schon gestern Abend genug über sie gelästert. Ob die drei ihren Bunker überhaupt schon verlassen hatten? Vermutlich gammelten sie dort herum und gingen den Tag langsam an. Nach wie vor fand Beeke, dass es eine abgedrehte Aktion war, in solch einer verlassenen Ruine zu schlafen. Bunker gab es auf Wangerooge zuhauf, aber die meisten waren unter den Dünen begraben. Dann gab es noch den alten Lazarettbunker, den man als Besucherzentrum ausgebaut hatte. Von dem Bunker, den ihre Freunde entdeckt hatten, war Beeke nichts bekannt, obwohl Onkel Hein ihr am ersten Abend in einem Anfall von Sprechlust eine Menge über die Insel erzählt hatte.

Beekes Gedanken wurden unterbrochen, als Suse die Treppen heraufgeschnauft kam. Wider Erwarten umgab sie heute ein Strahlen, das Beeke nicht deuten konnte. Sie sah Suse genauer an. Es waren ihre Augen, die so glänzten.

»Bist du noch länger bei Paul geblieben? Zum Frühstück?« Erst mal unverfänglich nachfragen.

»Ja, bin ich. Ich kam ja nicht in meine Wohnung, das weißt du doch. Aber nun mach bitte die Tür auf, ich bin froh, dass ich wieder hier bin.« Sie klang immer noch überaus freundlich.

Beeke öffnete die Wohnungstür. »Ich fahre gleich noch zu Paul. Bin mit Onkel Heins Rad da.«

»Mach das«, sagte Suse. Sie huschte sofort in die Wohnung. Beeke folgte ihr hinein.

»Stört es dich, wenn ich so oft bei ihm und den Kindern bin?«, hakte sie nach.

»Ach was, ich bin froh, wenn ich meine Ruhe habe!«

Beeke sah, wie Suses Nasenflügel bei diesen Worten bebten. Suse log. Natürlich wollte sie dabei sein, auch wenn sie so tat, als sei das nicht der Fall.

»Ich kann sowieso nicht lange bei ihnen bleiben. Meine Freunde sind hier.«

»Diese Bunten?«, fragte Suse und traf genau ins Schwarze.

»Jep.«

»Deine Freunde sind hier auf Wangerooge?«, hakte Suse noch einmal nach. »Kann es sein, dass ich sie gestern Nachmittag schon in der Nähe vom Strand gesehen habe, als ich mit Paul spazieren war?«

»Ja. Genau das sind sie.«

Suse sah Beeke missbilligend an. »Das darf jetzt wirklich nicht wahr sein!« Ihre Stimme war nun wieder gewohnt biestig. Etwas hatte ihr plötzlich die Laune verhagelt. »Ich glaube, ich möchte jetzt allein sein.«

Suse komplimentierte Beeke in den Hausflur und schloss die Tür eine Spur zu heftig, aber Beeke blieb noch für eine Weile draußen stehen. Was war denn das jetzt plötzlich für ein Stimmungsumschwung?

»Ich wollte doch noch genau herausfinden, was wirklich gestern bei Paul und den Kiddies los war, bevor ich zu ihm fahre. Wollte beide Seiten hören. So ein Mist«, murmelte Beeke. »Paul haut doch nicht einfach so ab! Das passt nicht zu ihm.« Es half nichts, sie musste noch einmal bei Suse Schadewald klingeln.

Doch bevor sie dazu kam, hörte Beeke aus der Wohnung das Dröhnen eines Staubsaugers. Sie schüttelte den Kopf. Suse war eben erst wieder zu Hause und hatte nichts schmutzig machen können. Und trotzdem war ihre erste Handlung, den Staubsauger anzuwerfen? Mit der Frau stimmte wirklich etwas nicht.

Doch mochte Beeke sie. Sie war die Oma, die sie nie gehabt hatte, selbst wenn Suse Schadewald nicht dem gängigen Klischee entsprach. Sie fühlte sich, obwohl sie Paul und die Kinder und auch Suse erst so kurz kannte, für alle verantwortlich. Eine völlig neue Erfahrung. Aber Verantwortung bedeutete auch, nicht wegzusehen.

Auf ihrem Handy ging eine Nachricht ein. Sie war von Fipsi. Ihre Freunde waren also erwacht und verlangten nach ihr. Sicher brauchten sie Kaffee und belegte Brötchen.

Küken, wir stecken in der Klemme. Oder besser gesagt, im Knast. Kannst du da was drehen mit der Oma, von der du erzählt hast, und uns hier rausholen?

Beeke ließ das Handy sinken. War das mit dem Fahrrad doch aufgedeckt worden? Und gab es überhaupt einen Knast auf der Insel? Dann hätte Fipsi wohl kaum sein Handy noch.

Wo steckt ihr denn?

Beim Inselsheriff, Küken.

Und was habt ihr gemacht?

Nix. Nicht mal was geliehen, das sieht der Typ aber anders. Help!

Beeke starrte noch immer entsetzt aufs Display, als Suse die Tür mit einem Mal öffnete und erstaunt zurückzuckte. Sie hatte definitiv nicht damit gerechnet, dass sie noch davorstand.

»Was machst du denn noch hier?« Suse stellte den Staubsauger aus. »Eigentlich wollte ich die Matte saugen.«

»Und ich wollte eigentlich mit dir reden, bevor ich zu Paul gehe. Ich muss genau wissen, was los war gestern. Wir sitzen ja alle in einem Boot, und dann passieren solche Dinge!« Beeke war fast erleichtert darüber, dass sie auf diese Weise von Fipsi und ihren Freunden abgelenkt wurde. Ihr Kumpel bei der Polizei – das überforderte sie gerade. Das Problem musste verschoben werden. Eins nach dem anderen.

»So? Du kannst dir also nicht vorstellen, dass Paul einfach so abgehauen ist, stimmt's?« Suse bugsierte den Staubsauger zurück in den Flur und lehnte sich mit vor der Brust verschränkten Armen in den Türrahmen. »Du hast Thilda also meine Nummer gegeben.«

Beeke nickte. »Ja, ich dachte, weil Paul alles oft zu viel ist und ich arbeiten muss, wäre es cool, wenn Mathilda sich im Notfall an dich wenden kann. Und das war ja gestern prompt auch so.«

»Mir wäre es lieber, wenn nicht halb Wangerooge mithört. Geht ja sonst keinen was an«, erklärte Suse, trat einen Schritt beiseite und bat Beeke rein. »Und als Notfall kann man es wirklich bezeichnen, wenn Paul einen Fahrraddieb jagt! Der hatte übrigens auch einen so merkwürdigen Haarschopf, und ich vermute mal, da sich ja deine sogenannten Freunde auf der Insel herumtreiben ...« Suse ließ den Satz unvollendet.

Ihre Andeutung aber ließ Beeke zusammenzucken. Sie folgte ihr mit gesenktem Kopf in die Wohnung. Verdammt, hatte Fipsi etwa versucht, ausgerechnet *Pauls* Fahrrad zu klauen, der Blödi? Darauf hätte sie auch gestern schon kommen können, als er erzählte, dass der Besitzer einen Anzug trug und eine Glatze hatte. Jetzt saßen Fipsi und ihre Freunde auf der Polizeistation. Da hatten sie sich ja tief in den Dreck geritten. Wer wusste schon, was sie noch angestellt hatten.

»Du siehst bedrückt aus.« Suse reichte Beeke ein Glas Wasser. In ihren Augen schimmerte Mitleid. »Aber was willst du nun genau von mir?« Sie bedeutete Beeke, sich auf dem hellen Sofa niederzulassen, das noch nagelneu nach Kaufhaus roch.

Beeke ließ sich darauf fallen.

»Ich bin echt nur neugierig, was gestern los war. Du hast gesagt, dass ein paar Sachen schiefgelaufen sind, und bevor du mir das genauer erklärt hast, stand ich schon wieder draußen vor deiner Wohnungstür.«

Suse hatte sich derweil auch ein Glas Wasser eingeschenkt und setzte sich Beeke gegenüber in den Sessel. »Du hast recht. Es ist alles schiefgelaufen.« Sie fasste mit ein paar Sätzen zusammen, was genau passiert war.

Beekes Handy vibrierte erneut. Dieses Mal kam eine WhatsApp von Enna. Sie ließen einfach keine Ruhe, Beeke konnte sie nicht ignorieren.

Hey Küken. Sie haben Fipsi jetzt in das Zellenzimmer gesperrt, bei Wasser und Brot. Na, zumindest ohne Handy. Kannst du uns nun helfen?

Beekes Hände zitterten, als sie die Antwort eingab.

Ich weiß nicht, wie. Muss nachdenken. Also nur Fipsi, euch nicht?

Nur Fipsi. Wir stehen echt auf dem Schlauch. Stress für nix.

Was hat er denn nun getan?

Nix.

Suse sah Beeke an, deren Hände merklich zitterten. »Ärger?«

»Jep.«

Suses Blick ließ ahnen, dass sie sich zum Mars oder wenigstens zum Mond wünschte. Aber wie immer bewahrte sie Haltung, auch wenn ihr Tonfall etwas spröde klang. »Möchtest du drüber reden?«

»Weiß nicht. Ist etwas kompliziert.« Beeke gab sich plötzlich ungewohnt wortkarg. Was sollte sie Suse sagen? Hey, meine Freunde sind hier, wie du weißt. Und *sie* waren es wirklich gestern, die Pauls Fahrrad leihen wollten. Oder klauen, wie ihr das ausdrückt. Und sie pennen in dem Bunker mitten auf der Insel.

Nun muss ich Fipsi mal kurz aus dem Knast befreien, hat er wohl wieder Mist gemacht, der Schlimme ... Beeke stoppte ihren wirren Gedankenfluss. Sie nahm noch einen Schluck Wasser.

»Kompliziert klingt nach verdammt viel Ärger.« Suses Stimme glich tatsächlich der einer liebenden Oma. Ihr Interesse war keineswegs geheuchelt.

»Okay«, sagte Beeke gedehnt. Irgendwie tat es gut, sich alles von der Seele reden zu können. Sie begann damit, Suse darüber aufzuklären, warum sie überhaupt auf die Insel verbannt worden war. »Das ist der ursprüngliche Grund, warum nun alles drunter und drüber geht. Weil Mama meint, die Freunde sind nicht gut für mich.«

»Das ahnte ich bereits, nachdem, was du so erzählt hast. Mütter wollen immer das Beste für ihre Kinder.«

»Schon, aber ich mag die drei, und jetzt sind sie hier, stecken in der Klemme und brauchen mich. Als Freundin muss ich doch für sie da sein! Genau wie ich für dich und Paul mit den Kiddies da sein will.«

Suse hob abwehrend die Hand, das war wohl schon wieder zu viel des Guten für sie. »Haben sie außer dem Beinahe-Diebstahl noch etwas angestellt, dass sie dich um Hilfe bitten? Paul hat die Sache nämlich gar nicht angezeigt.«

Beeke druckste herum. »Nicht? Hm. Dann ist ja gut. Das war sowieso alles anders, als ihr denkt. Fipsi wollte das Rad nur ausleihen und später zurückbringen. Einmal kurz zum Westturm, weißt du? Er wollte unbedingt dahin, und Kohle für den Fahrradverleih hat er ja nicht. Wenn Paul ihn nicht gesehenen hätte, wäre es gar nicht aufgefallen, weil das Rad – schwupps – am nächsten Tag wieder an Ort und Stelle gestanden hätte.«

Suse sah man an, dass sie das Verdrehen von geltendem Recht überaus schwierig fand.

»Und nun ist Fipsi in der Polizeistation.« Beeke kniff die Lippen zusammen.

Suse schüttelte unmerklich den Kopf. »Er *muss* dann noch etwas anderes verbrochen haben.«

Beeke zuckte mit den Schultern.

»Fakt ist, dass ich mir wegen deiner Freunde die Nacht bei Paul Herzog um die Ohren schlagen musste.«

Beeke umklammerte das Wasserglas. »Ja, das stimmt ... irgendwie. Und jetzt, jetzt ...«

»Lass mich bitte kurz darüber nachdenken, Beeke. Gib mir einen Augenblick!« Suse sprang auf und lief vor dem Fenster hin und her. Sie glich einem Tiger in einem viel zu engen Käfig.

Währenddessen fingerte Beeke vorsichtig das Handy aus der Hosentasche, worin sie es nach der letzten Nachricht hatte verschwinden lassen.

»Eigentlich will ich gar nichts mehr hören«, sagte Suse. »Ich bin hierhergezogen, um meine Ruhe –«

»Die kannst du bald haben, Oma Suse. Wir befreien Fipsi aus dem Gefängnis, und dann ist alles gut. Versprochen!«

»Auf der Insel gibt es kein Gefängnis, da hat er dir einen Bären aufgebunden.«

»Leider nicht«, sagte Beeke. »Er sitzt in der Polizeistation. Die haben da ein Zimmer ... Ist so was wie ein Knast.«

11. Kapitel

Paul schrak zusammen, als das Telefon klingelte. Die Festnetznummer in der Ferienwohnung kannten eigentlich nur Sophie und sein Sohn. Er sah kurz zu den Kindern, die am heutigen Morgen ausnahmsweise ruhig miteinander spielten. Suses Anwesenheit schien Wunder gewirkt zu haben. Sogar Mäxchen saß inmitten seiner Duplosteine friedlich auf dem Teppich.

»Herzog«, meldete er sich vorsichtshalber doch mit Nachnamen.

»Hallo, hier ist Sophie!« Die Stimme klang etwas knisternd, was wohl an der Auslandsverbindung lag.

»Sophie!« Paul freute sich. Er mochte seine Schwiegertochter sehr. »Wie geht es euch?« Lag zu viel Hoffnung in seiner Stimme? Er wollte sie nicht unter Druck setzen.

»Uns geht es besser, Vater. Danke, dass du uns die Reise ermöglicht hast. Aber ...«

»Was aber?«, fragte Paul alarmiert.

»Wie geht es meinen Kleinen?« Ihre Stimme brach. »Ich vermisse sie so sehr! Wir sind jetzt schon so lange fort. Ich habe Heimweh!«

Paul fiel ein Stein vom Herzen. Der Grund ihres Anrufs hätte schlimmer sein können. »Die Kinder spielen gerade ganz friedlich. Das Leben auf der Insel tut ihnen sehr gut. Wirklich.«

»Vermissen sie mich?«

»Klar«, bestätigte Paul. »Sie fragen oft nach euch. Aber sie genießen auch den Urlaub, so wie es sein soll.«

Sophie räusperte sich. »Und du, Paul? Kommst du klar? Mit dem Kochen, dem Windelnwechseln und so? Ich weiß ja, wie anstrengend sie sind.«

Paul zögerte für einen Moment. Max war weder verblutet noch ertrunken. Dass sich Mathilda letzte Nacht übergeben hatte, zählte nicht, das Durcheinander in der Wohnung war dank Beekes Hilfe beseitigt, die Kinder würden wegen der Eierüberdosis nicht an einer Eiweißvergiftung sterben, und er plante keine weitere Verbrecherjagd. So gesehen war eigentlich alles okay.

»Ja, das ist wirklich alles gut zu schaffen.« Er hoffte, seine Schwiegertochter kaufte ihm diese kleine Unwahrheit ab, aber er hielt es für besser, nichts von Beekes und Suses Unterstützung zu erzählen. Sophie sollte nicht glauben, er hätte sich doch Hilfe gesucht, weil es ihm zu viel war. Und nicht, dass in ihr Eifersuchtsgefühle auf zwei ihr völlig fremde Frauen hochkamen.

»Ich weiß nicht«, begann Sophie erneut, »meinst du, es ist besser, wenn wir vorzeitig zurückkommen?«

Paul wusste nicht, was er darauf antworten sollte. »Wichtig ist nur, dass zwischen dir und Timo wieder alles im Reinen ist. Wenn du die Reise abbrichst, hat doch keiner etwas davon! Die Kinder wünschen sich eine heile Familie.«

Paul spürte durchs Telefon, dass Sophie lächelte. »Ja, ich weiß, Paul. Wir hatten genügend Zeit, uns wieder näherzukommen. Dinge anzusprechen, die in der Luft hingen. Aber ich glaube trotzdem, dass ich nicht einmal mehr eine Woche durchhalte. Ich versuche gleich, unseren Flug umzubuchen.«

Paul atmete spürbar erleichtert aus. Eigentlich hatte Sophie ihm gerade zwei positive Nachrichten zukommen lassen. Erstens: Seine Mission, was die Ehe seines Sohnes anging, war offenbar von Erfolg gekrönt. Zweitens: Wenn die beiden früher zurückkamen, war er schon bald die Verantwortung für die drei Kleinen los. Aber als er das dachte, kam ihm noch etwas anderes in den Sinn. Es gäbe dann auch keinen Grund mehr, Suse um Hilfe zu bitten. Und das war im Augenblick kein angenehmer Gedanke. Suse hatte zwar Haare auf den Zähnen, aber ihr Blick ... Der sagte etwas ganz anderes.

Sophie hatte derweil weitergesprochen, aber Paul hatte nicht mehr zugehört. Er nahm nur noch die letzten Sätze wahr: »Timo und ich werden also vermutlich am Samstag oder Sonntag auf Wangerooge sein, wenn das mit dem Flug klappt. Verrate den Kindern aber besser nichts, falls was dazwischenkommt. Nicht, dass sie enttäuscht sind. Du, ich muss jetzt Schluss machen, bis bald!«

Sophie legte auf, und Paul starrte noch für eine ganze Weile auf den Hörer in seiner Hand. Er hatte also noch drei Tage, in denen er Suse bitten konnte, ihm zur Hand zu gehen. Vielleicht blieben Sophie und Timo eine Nacht, aber dann würden sie gemeinsam die Insel verlassen. Und er würde Suse Schadewald nie wiedersehen.

Suse ging zum Fenster und schaute auf den Steingarten, der im Licht der Morgensonne friedlich vor ihr lag. Es hätte tatsächlich ein schöner Tag werden können. Mit einem ausgiebigen Strandspaziergang, einem Saunabesuch und einem guten Buch im Strandkorb. So wie es geplant war. Wenn es da nicht Paul gäbe. Und Mathilda mit ihren beiden Brüdern. Und Beeke. Es gab sie aber. Letztere stand hinter ihr und brauchte offensichtlich ihre Unterstützung in einer äußerst prekären Situation. Sie, Suse Schadewald, die Rächerin der Jeverschen Falschparker, sollte nun einem jungen, gefallenen Mann aus der Patsche gegen die Staatsgewalt helfen?

»Weshalb sitzt er denn nun ein? Hat man ihn doch ertappt wegen des Rades, auch wenn Paul das nicht zur Anzeige gebracht hat?«, rang Suse sich schließlich durch zu fragen, obwohl sich eigentlich alles in ihr dagegen wehrte. Es verpflichtete sie wieder ein Stück mehr. Und sie wollte doch nur ihre Ruhe!

Trotzdem wandte sie sich Beeke zu, die wie ein Häufchen Elend vor ihr stand. »Keine Ahnung, warum er dort ist. Hat Enna nicht geschrieben. Aber das ist auch egal: Er ist zu Unrecht inhaftiert worden.«

Suse musste bei Beekes geschraubter Wortwahl lächeln. Was ihr tatsächlich imponierte, war die Überzeugung, mit der Beeke davon ausging, dass dieser Fipsi auf keinen Fall etwas Kriminelles getan haben konnte. Es war naiv, aber zugleich sympathisch, weil es aus tiefstem Herzen kam. Nun, wenn man Stehlen als Ausleihen deklarierte, Drogenkonsum vermutlich als Spaß darstellte und Mord und Totschlag als Überlebenstraining sah, war das sicher auch so. Es war alles eine Frage des Blickwinkels.

»Hat er zuvor auch schon illegale Sachen gemacht?«, hakte Suse nach, in der Hoffnung, sich ein besseres Bild von Beekes Freunden machen zu können.

Beeke schüttelte den Kopf. »Nein. Er lebt halt. Anders, meine ich. Er, Enna und BVB-Bert nehmen das Dasein eben lockerer als die normale Gesellschaft. Sie sagen immer: Das Beste am Leben ist schließlich, dass man lebt!«

»Das Beste am Leben ist, dass man lebt«, wiederholte Suse und runzelte die Stirn. So konnte man auch durchs Dasein kommen. Laut sagte sie: »Auf Kosten anderer geht das ziemlich entspannt.«

»Das kann man so nicht sagen, Oma Suse. Sie schmarotzen ja nicht, sondern freuen sich einfach über jede Sekunde ihres Lebens und brauchen hin und wieder Unterstützung, damit sie klarkommen. Dafür sind schließlich Freunde da. *That's what friends are for.*«

»Blöder Spruch!«, grummelte Suse. Vor zwei Wochen hätte sie an dieser Stelle noch die große Richterin rausgekehrt. Jetzt verspürte sie keine Lust dazu. Beeke würde das ohnehin eines Tages selbst erkennen. Wäre sie den anderen bereits hoffnungslos verfallen, hielte sie sich jetzt nicht auf Wangerooge auf, um dem alten Seebär Hein unter die Arme zu greifen, weil ihre Mutter das wünschte. »Welcher ist denn Fipsi? Lila, gelb oder Playmobilbraun? Ich tippe auf Letzteren, weil Paul so etwas gesagt hat.«

»Genau. Braun. Rotbraun«, verbesserte Beeke. »So wie die Cowboys. Fipsi ist ein großer Fan von Western. Die Klassiker mit John Wayne und so. Was heute keiner mehr guckt. Nur Fipsi.«

Suse war überrascht, dass man in Beekes Generation überhaupt wusste, wer John Wayne war.

»Und was sollen wir deiner Ansicht nach tun? Den Dorfpolizisten überwältigen und deinen Präriefreund befreien?« Sie könnten ja Old Shatterhand alias Anzug-Paul dazu holen und auf Wangerooge die Slapstick-Version der Bad Segeberger Karl-May-Festspiele durchziehen.

»Wir müssen ihn retten. Du und ich!«, rief Beeke.

Suse kam sich mittlerweile vor wie eine alte Fregatte, die zu unterschiedlichen Einsätzen fahren und die Welt retten musste. »Also mach einen Vorschlag, wie wir deinen Freund – wie hieß er noch gleich?«

»Fipsi«, kam es wie aus der Pistole geschossen.

»Wie wir Fipsi aus dem Arrest bekommen sollen, ohne die Polizeiwache zu überfallen.«

»Na, mit dir! Sagte ich doch schon.«

»Mit mir?«, fragte Suse konsterniert. »Wie, mit mir? Soll ich mit einer Knarre reinmarschieren und ihn kidnappen?«

»Nein, du machst einfach eine Ansage, darin bist du schließlich gut. Dir glaubt man bestimmt, wenn du sagst, er ist unschuldig.« Beeke sah Suse an wie ein dreijähriges Kind, das um ein Stück Schokolade bettelte. Sie setzte noch eins drauf. »Du bist so selbstsicher, so tough und überzeugend. Wenn man jemandem vertraut, dann dir!«

»Dazu müsste ich ja erst mal wissen, was man ihm genau vorwirft«, hörte sich Suse sagen und fragte sich gleichzeitig, warum sie diese Diskussion überhaupt führte. Sie hatte sich nach dem Tod ihres Mannes geschworen, der Polizei aus dem Weg zu gehen, und sie würde für Beeke ganz sicher keine Ausnahme machen. Zurückrudern, Suse Schadewald. Ganz kräftig zurückrudern, mahnte sie sich. Sonst steckst du wieder mittendrin. Aber Beeke zu entkommen war fast unmöglich.

»Wir sind ja zum Glück nicht allein, sondern von zwei voll seriösen Typen umgeben! Das zählt!«

»Du redest von Paul und mir?«

»Volltreffer, Oma Suse«, redete Beeke begeistert weiter. »Wir rufen ihn an, er hilft dir bei dem Dorfbullen, und dann schaffen wir das locker. Ihr beide seid so überzeugend, meinst du nicht?« Beeke reckte sich und stieß die geballte Faust wie ein Freiheitskämpfer in die Luft. »Wir retten Fipsi!«

Suse hob abwehrend die Hände. Das ging ihr alles zu schnell. »*Wir* schon mal gar nicht, Beeke. Wenn, dann machst du das allein! Meinetwegen mit Paul im Komplott, wenn der mitspielt«, wies sie das junge Mädchen zurecht und musste unwillkürlich lächeln bei der Vorstellung, wie Paul in seinem Sherlock-Holmes-Tweed-Anzug gesittet vor dem Dorfsheriff stand und den vermeintlichen Dieb *seines* Fahrrads befreien wollte. Beeke hatte wirklich eigenartige Einfälle.

Das junge Mädchen strahlte schon wieder. »Wir finden schnell raus, worum es genau geht, und zack ist wieder alles im Lot, Oma Suse!«

Suse war noch immer nicht überzeugt vom Gelingen der Aktion. Aber man konnte Beeke auch unmöglich allein hingehen lassen, sie brachte es fertig, gleich mit eingebuchtet zu werden. »Also gut: Ich helfe dir, wenn du endlich aufhörst, mich Oma Suse zu nennen. Ich bin noch keine Großmutter!«

»Du wärst es aber bestimmt gern«, sagte Beeke ungerührt. »So was merkt man, wenn man dich mit Pauls Enkeln sieht. Aber danke, dass du das machst.« Ehe Suse sich's versah, hatte Beeke ihr einen Kuss auf die Wange gedrückt.

»Ich will keine Oma sein, bilde dir das bloß nicht ein und setze keine Gerüchte in die Welt, bloß weil sie dir in den Kram passen!«

Suses Handy klingelte, und der Blick aufs Display zeigte, dass es Paul war. Sie hatten heute Morgen beim Frühstück die Nummern getauscht. Nur so ... Für den Fall, dass ...

Blöde Idee!

»Geh ruhig dran, ich warte«, sagte Beeke.

Suse griff nach dem Hörer.

»Hier ist Paul. Wir wollten fragen, ob du Lust hast, morgen mit uns zum Ostanleger zu radeln. Unterwegs gibt es ein kleines Café, dort könnten wir einkehren. Sozusagen als Dankeschön für deinen Einsatz gestern Abend. Ich bin dir wirklich etwas schuldig.« Paul machte eine Pause. »Für heute hattest du ja mit dem Frühstück schon genug mit uns zu tun. Du wolltest schließlich auch Zeit für dich.«

Der letzte Satz rührte Suse. Aber eine Radtour mit Paul und den drei Kindern bedeutete kein Dankeschön, sondern vorprogrammiertes Durcheinander. Sie sah sich schon das Rad an den Wegrand werfen und Marius hinterherspurten, weil er auf Vogel-, Hasen- oder Sonstwasjagd war, während Max den Fahrradanhänger auseinandernahm. Und das alles, nachdem sie zuvor einen Kleinkriminellen aus den Fängen des Dorfpolizisten befreit hatten. Suse sehnte sich nach ihren Mahnzetteln in Jever zurück. Wie einfach und gradlinig war ihr Leben dort gewesen!

»Wir würden uns sehr freuen, wenn du dabei bist.« Paul konnte ganz schön charmant sein, und irgendwie rührte Suse das. »Ich will auch Beeke noch fragen.«

»Die steht neben mir, aber sie hat, glaube ich, gerade anderen Kummer«, antwortete Suse.

»Sie wollte eigentlich noch zu mir kommen«, setzte Paul an, aber da hatte Beeke bereits den Hörer in der Hand.

»Paul?«, fragte sie. Beeke hörte ihm kurz zu. »Ja, ich komme morgen gern mit. Muss aber gleich auch noch mit dir quatschen. Wegen des versuchten Fahrraddiebstahls gestern Abend. Ich brauche deine Hilfe. … Ja … genau … Wann? Okay … also bis gleich!« Sie legte auf und wandte sich wieder Suse zu. »Ich gehe jetzt doch noch kurz zu ihm. Dann erkläre ich ihm alles, wir kommen zusammen zu dir, und wir holen gemeinsam Fipsi aus dem Knast. Wie abgesprochen!«

»Ob Paul da wohl mitspielt?«, wandte Suse ein. Aber das war Beekes Sorge.

Die plante ohnehin schon weiter. »Bis zur Radtour morgen ist sicher längst alles geklärt, und wir werden eine krasse Zeit haben. Vielleicht hat Onkel Hein auch Lust mitzukommen. Dann lernt er dich mal persönlich kennen. Finde ich eine super Idee!«

»Falls er überhaupt noch mit dir radeln will, wenn du ihm gesagt hast, was passiert ist«, gab Suse zu bedenken.

»Nun sei nicht so eine Pessimistin und bleib entspannt! Er darf von Fipsi keinen falschen Eindruck haben.«

Wie soll man von einem Playmobilmann, der sich in der Nacht fremde Fahrräder ausleiht, *keinen* falschen Eindruck haben?, dachte Suse, biss sich aber auf die Zunge.

»Ich finde es super, wie toll wir zusammenhalten«, freute sich Beeke. Sie tat so, als sei Fipsi schon wieder frei, mit seinen Playmobilfüßen auf dem nächsten Fahrzeug angedockt, den Helm festgedrückt und das Leben einfach nur eitel Sonnenschein!

»Noch ist nichts gewonnen«, begann Suse, aber Beeke strahlte sie an. »Es ist super mit uns! Du bist, seit wir uns kennen, nicht mal mehr einsam!«

»Was ich auch gar nicht war«, rutschte es Suse heraus.

Beeke ignorierte den Einwand. »Also, ich sehe nur Vorteile!« Sie zog die Stirn kraus. »Das Zusammensein mit den drei Kleinen von Paul tut dir echt gut! Das ist Vorteil Nummer eins!« Sie lächelte breit. Beeke konnte sich wirklich begeistern, sogar für Dinge, die es objektiv gesehen gar nicht gab. »Es gibt übrigens *vier* Vorteile! Wow, echt viel!«

Das konnte ja heiter werden!

»Vorteil Nummer zwei besteht darin, dass ich eine weitere Aufgabe für dich habe, denn einsame Menschen dürfen nicht noch mehr vereinsamen und brauchen Aufgaben.«

»Moment!«, wandte Suse ein, doch gegen Beekes Redefluss hatte sie keine Chance.

»Sieh mal, Suse, du bist ja schon ziemlich alt.«

»Ich bin erst siebzig!«

»Für mich ist das voll antiquiert. Dem Leben fehlt doch dann der Pep, oder nicht? Aber genau das machen wir uns ja jetzt zunutze. Ich hab einen absolut genialen Plan!«

Suse schüttelte weiter den Kopf, doch mittlerweile war sie wirklich neugierig auf Beekes Vorteilspaket. Sie konnte es ja immer noch ablehnen.

»Oma Suse – sorry, Suse willst du ja genannt werden. Nun, Vorteil Nummer zwei heißt also Abwechslung: Wir suchen den wahren Verbrecher, denn für irgendetwas muss Fipsi ja eingebuchtet worden sein! Voll die Spannung in deinem langweiligen Leben, oder? Was anderes als Brot zu backen und Socken zu stricken! Na, ist das eine Ansage?«

Suse ließ sich hinterrücks gegen die Lehne fallen. Ja, das war eine Ansage, aber eine verdammt miese. »Und worin liegen die Vorteile drei und vier?«, fragte sie, wollte es aber in Wahrheit gar nicht mehr so genau wissen.

Das Mädchen plapperte ohne Unterlass weiter, schien Suses Befremden überhaupt nicht zu bemerken. »Nun, Paul bekommt Hilfe bei den Kindern: Vorteil drei. Und Vorteil vier, der geht in meine Richtung: Ich kann meinen Freunden helfen und habe mit euch beiden endlich Oma und Opa, so wie ich es mir immer gewünscht habe.«

Suse hielt die Augen geschlossen. Beeke stieß sie sacht an. »Bist du überwältigt? Kann ich verstehen, denn du profitierst schließlich am meisten von der Sache.« Sie legte den Arm um Suse. »Es sei dir gegönnt, du hast es am meisten verdient.«

Langsam öffnete Suse die Augen. »Dass ich so arm dran bin, wusste ich gar nicht!«

»Siehste«, freute sich Beeke, die Suses Sarkasmus in der Stimme überhört hatte, und zog sie noch einmal an sich. »Ich gehe jetzt mal zu Paul.« Sie ließ Suse los. »Anschließend kann der wahre Täter, was auch immer er verbrochen hat, endlich gefasst werden. Das ist wie beim Wilsberg-Krimi, da sind die Bullen auch immer zu blöd.«

Suse starrte noch lange auf die Tür, die gleich darauf hinter Beeke zugefallen war.

Paul erwartete Beeke bereits, und auch die Kinder stürmten gleich auf sie zu. Doch Beeke ließ sich nicht lange ablenken und rückte gleich mit dem heraus, was sie Suse vorhin erzählt hatte. »Und nun müssen wir uns um Fipsi kümmern!«

Paul hob abwehrend die Arme. Er fühlte sich überfallen und vermutete, dass es Suse ähnlich ergangen sein musste, aber wenn Beeke sich etwas in den Kopf gesetzt hatte, hatte man keine Chance.

»Nun mal langsam, Beeke! Du hast mir doch eben erzählt, dass mir dein Freund das Rad stehlen wollte. Das hätte mir immensen Ärger eingebracht! Warum soll ich ihm denn jetzt helfen?«

Beeke winkte ab. »Er hätte es doch nur geliehen, nicht gestohlen, Paul! Du musst auch zuhören!«

»Wenn man was wieder zurückbringt, ist das nicht klauen«, bestätigte Mathilda. »Klauen ist wegnehmen und behalten. So wie Joel mir mal meine Wachsmalstifte geklaut hat. Der hat sie sogar zerbrochen!«

Beeke stimmte der Kleinen zu. »Genau. Und Fipsi ist grundehrlich. Ein bisschen verrückt, aber –«

»Aber was soll dein Freund angestellt haben, wenn er in der Polizeiwache einsitzt?«, unterbrach Paul ihren Redefluss. »Den Fahrraddiebstahl oder *Verleih,* wie du es nennst, habe *ich* nicht angezeigt! Also kann er ja nicht meinetwegen in der Polizeistation sein.«

Beeke lächelte zufrieden. »Das hat Suse auch schon gesagt. Mich beruhigt, dass es wirklich so ist, Paul.«

Paul hingegen beruhigte das weniger. Ihm blieb ein mulmiges Gefühl. Wegen nichts hielt auch der Inselpolizist niemanden fest!

Beeke plante bereits den nächsten Schritt. »Wir holen jetzt Suse ab, und dann finden wir vor Ort heraus, was genau passiert ist.« Sie versprühte nach außen hin Optimismus, aber Paul glaubte an ihren leicht zuckenden Mundwinkeln zu erkennen, dass sie nicht ganz vorbehaltlos an einen problemlosen Ausgang der Geschichte glaubte.

»Hat dein …« – Paul druckste herum – »dein Freund schon öfter Probleme mit dem Gesetz gehabt?«

Beeke lachte laut auf. »Du redest schon genauso geschwollen wie Oma Suse! Du meinst, ob ihn die Bullen schon öfter verknackt haben?«

So konnte man es auch ausdrücken. »Genau das meine ich.«

»Okay, das kam schon öfter vor, aber er ist immer wieder rausgekommen, weil das alles nur Luftblasen waren. Manno, der tut nichts, der hat nur Fun.«

Wahrscheinlich immer hart am Limit des Gesetzes, mutmaßte Paul. Aber Beeke hatte ihm auch aus der Klemme geholfen, da wollte er jetzt nicht kneifen. »Ist gut, Beeke, wir gehen mal hin und erkundigen uns, was los ist. Aber ich verspreche dir nichts, weil ich grundsätzlich nichts Illegales mache!« Paul sah in den Spiegel und zupfte die Krawatte zurecht. Der Polizei sollte man lieber gesetzt und anständig gegenübertreten, immerhin verkörperte selbst der einzige Polizist auf Wangerooge die Staatsgewalt.

»Aber es gibt noch was, worüber wir reden müssen«, schnurrte Beeke plötzlich. »Also wenn das hier vorbei ist.«

»Was meinst du?«, hakte Paul vorsichtig nach.

»Suse hat was, merkst du das nicht?«

Suse hatte einen immensen Dickkopf, ein loses Mundwerk, meist die sprichwörtlichen Haare auf den Zähnen und letzte Nacht den Schlüssel vergessen, dachte Paul. »Nein, hab nichts mitbekommen.«

»Männer!«, stöhnte Beeke. »Empathisch wie ein Toastbrot.«

»Was soll Suse haben? Außer schlechte Laune.«

»Ein Problem!«

»Ein Problem? Na, ich weiß nicht!« Sie hatte am Strand was angedeutet, aber sie wollte nicht darüber reden, und dann beließ man es dabei, fand Paul. Beeke sah das offenbar anders.

»Sie bedrückt etwas! Ich will es herausfinden und ihr helfen. Sie hütet ein Geheimnis und will nicht damit rausrücken. Ich spüre so was.«

»Geheimnisse sind cool«, bestätigte Mathilda. »Die drei Fragezeichen haben auch immer ein Geheimnis.« Sie sah mit abschätzendem Blick zu Marius und Max, die einem Legomännchen gerade den Unterleib amputierten. »Wir können es ja lüften. Oma Suses Geheimnis. Aber ohne die Jungs!«

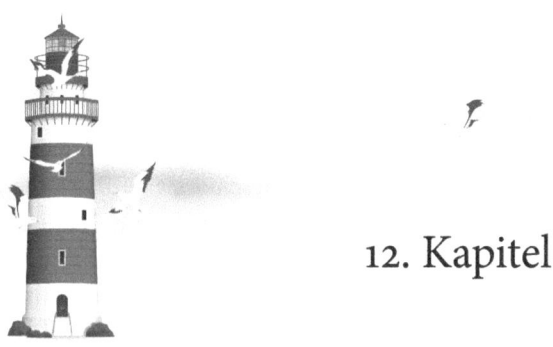

12. Kapitel

Suse sah Paul und die Kinder nebst Beeke auf ihr Haus zueilen. Das junge Mädchen tippte hektisch etwas in ihr Handy. Nach einem kurzen Kampf mit sich selbst hatte Suse beschlossen, Beeke zu helfen. Sie brachte es nicht übers Herz, sie allein zu lassen. Außerdem, aber das gab sie nur ungern zu, hatten Beekes Worte und Gesten sie berührt. Dieser vorbehaltlose Glaube an andere Menschen!

»Du bist schon umgezogen?« Beeke strahlte.

»Ja, wir sollten keine Zeit verlieren«, stellte Suse klar.

»Genau«, bestätigte Paul. »Ich freue mich schon sehr auf die Radtour morgen. Das Wetter wird wohl mitspielen.« Er senkte den Kopf. »Nun stehen wir doch wieder vor deiner Tür. Eigentlich solltest du ja heute deine Ruhe haben, aber das ist mit Beeke nicht ganz so leicht.«

»Nun bleibt mal entspannt. Ist doch schön, wenn wir uns gegenseitig unterstützen. So ist das Leben! Ich habe mir sogar von Onkel Hein das Okay geholt, dass ich heute und morgen offiziell frei habe. Ist schließlich eine wichtige Mission, die vor uns liegt.«

Das passte zu Beeke: einen Tag arbeiten und zwei Tage frei!, dachte Suse. Und nach dem nächsten Satz wäre sie am liebsten wieder in ihre Wohnung verschwunden. »Wir sind ja schon wie eine richtige Familie geworden!« Beeke grinste breit.

Nur hatte Suse A gesagt, und darauf folgte nun mal B. Also ignorierte sie Pauls Bemerkung, beschloss allerdings, die Radtour später abzusagen. Doch als Mathilda die Hand in ihre schob, wusste sie, dass sie es doch nicht tun würde.

Die Polizeistation in der Charlottenstraße war schnell erreicht. Draußen hing ein Schild mit den Öffnungszeiten, ansonsten musste man den Inselsheriff per Handy kontaktieren.

»Er müsste im Büro sein«, stellte Suse fest. Ihr Herz klopfte gar nicht so schlimm wie gedacht. Eine Polizeistelle hatte auf der Insel sogar etwas Gemütliches. Und ihre Gefühle waren hier ohnehin zweitrangig, denn nun galt es zu handeln. Innerlich krempelte Suse ihre Ärmel hoch. »Die Polizeistation ist laut Aushang geöffnet!« Sie klingelten, und ein untersetzter Mann mittleren Alters machte kauend die Tür auf, ein Salamibrötchen in der Hand. Er wischte sich den Mund mit dem Handrücken ab, wobei ein Stück Wurst auf den Boden fiel, das er mit einem Fußtritt beiseite beförderte. »Moin, was kann ich für Sie tun?« Misstrauisch betrachtete er die kleine Gruppe vor seiner Wache. Besonders Beeke schien ihm unangenehm aufzufallen. »Gehören Sie zu den Ker...« Er räusperte sich. »Zu der Dreiergruppe?«

»Das sind meine Freunde«, piepste Beeke. Keine Spur mehr von ihrer sonstigen Selbstsicherheit. »Bei Ihnen ist einer von denen zu Unrecht untergekommen.«

»Das entscheiden nicht Sie!«, gab der Polizist unwirsch zurück. »Schöne Freunde haben Sie da.«

Der lässt uns nie rein, dachte Suse. Ein Schlumpfinchen, eine Oma, daneben eine Dreifachbrut, einer davon mit Rotznase. Das haute auch Paul mit seinem Anzug nicht mehr raus, selbst wenn er heute aussah wie Lord Montgomery persönlich.

Der Polizist zögerte in der Tat. »Sie kommen also *alle* wegen Jonas Frisch?«

»Fipsi«, übersetzte Beeke schnell, bevor Suse etwas erwidern konnte. »So nennen wir ihn. Ja, deshalb sind wir hier.«

»Dann kommen Sie bitte rein!«, forderte er die Gruppe am Ende doch auf. Nach und nach quetschten sich alle in den kleinen Raum der Polizeistation.

Der Beamte verschwand augenblicklich hinter seinem hellbraunen Holzschreibtisch, setzte sich auf den Stuhl, legte den Rest des Brötchens ab und rückte die Brille zurecht. Er wühlte umständlich in dem Papierhaufen vor ihm, wollte vermutlich seine Arbeitsüberlastung demonstrieren.

»Also, der Fall Jonas Frisch treibt sie hierher«, begann der Beamte. »Verwandt oder verschwägert?«

»Befreundet«, erklärte Beeke.

»Befreundet zählt nicht«, entgegnete der Polizist und wies mit der Hand zur Tür. »Dann können Sie ja wieder gehen. Ist sowieso ein bisschen eng hier. Ich kläre alles, und dann sehen wir, wo das Bürschchen am Ende landet.«

Suse wich nicht von der Stelle, während Paul bereits ergeben einen Schritt zurück gemacht hatte. »Wir gehen nicht so einfach«, sagte Suse mit einem Seitenblick auf ihn. »Noch ist unsere Mission hier nicht beendet.« Na bitte, es ging doch! Suse war sehr zufrieden mit sich.

Der Beamte wandte sich an Paul, der für ihn offenbar am seriösesten wirkte. »Also gut, was führt Sie zu mir, wenn Sie mit dem Beschuldigten weder verwandt noch verschwägert sind? Es hat eine Tatbegehung stattgefunden, die ich nicht ignorieren kann.«

»Nun reden Sie mal nicht so geschwollen! Tatbegehung! Wer sagt denn so was? Schlechtes Amtsdeutsch, Herr … Wie heißen Sie überhaupt?«, mischte sich Suse ein, aber Paul hob beschwichtigend die Hand.

»Mein Name ist Udo Wilken-Meents.«

Eine männliche Bindestrich-Emanze, die es nicht ertragen konnte, den eigenen Namen abzugeben!

Der Polizist erklärte gleich eifrig: »Wilken-Meents ist seit vier Generationen unser Familienname. Das rührt daher, dass wir vor vielen Jahrzehnten zwei große ostfriesische Ländereien zusammengeführt haben, Oma Gerda damals aber –«

»Eva aus dem Paradies war übrigens eine geborene Janßen, sie kam aus Wittmund«, unterbrach Suse ihn. Herr Wilken-Meents reagierte nicht. Vermutlich war ihm der altbekannte Ostfriesenwitz unbekannt. Oder war er so dumm, dass er den Zusammenhang nicht hergestellt hatte?

Opa Paul stieß Suse sacht an. »Ruhig Blut, Suse. *Wir* wollen was von ihm!«, sagte er im Flüsterton.

Suse nickte und lächelte den Polizisten nun gewinnend an.

»Das ist eine nette Familiengeschichte. Ich wollte nur auch etwas beitragen, ich bin nämlich mit besagter Eva verwandt und heiße nur Schadewald, weil ich geheiratet habe.«

»Ehrlich, auch echte Ostfriesin?«

»Im Herzen ja. Mittlerweile sind wir aber beide Friesen, Herr Wachtmeister!«, korrigierte Suse ihn. »Wir leben hier, und Wangerooge gehört politisch zu Friesland. Das wissen Sie doch besser als ich!«

»Ja, es ist ein Graus! Wangerooge ist die einzige Insel, die nicht zu Ostfriesland gehört. Ich würde so gern im echten Ostfriesland arbeiten! Wegen Oma Gerda und der ganzen Geschichte. Verstehen Sie?« Er senkte den Kopf. »Hab aber keine andere Stelle bekommen.«

»Nun, Herr Wachtmeister, wat mutt, dat mutt!«

»So, nu sün wir kloar«, bestätigte er mit der plattdeutschen Redewendung und wirkte ob der ostfriesischen Wurzeln deutlich gnädiger gestimmt. »Dann wollen wir mal sehen, was ich für Sie tun kann.« Er biss noch einmal von seinem Brötchen ab, wohl als Zeichen, dass für ihn die Welt vorerst wieder in Ordnung war. Suse ließ er dabei allerdings nicht aus den Augen, sie schien ihm sehr zu gefallen. Frau Schadewald als Nachfahrin von Eva, geborene Janßen aus Wittmund, hatte sein Vertrauen erweckt.

Paul hatte in der Zwischenzeit Mäxchens Nase vom Schnodder befreit, Mathilda einen Schokoriegel in die Hand gedrückt, wovon Max aber unbedingt die Hälfte abhaben wollte und die von seiner Schwester angeregte Diskussion, dass man im Leben aber nicht *alles* teilen müsse, nicht akzeptierte. Er boxte sie ständig in die Seite, während Marius mit großen Augen das Geschehen in der Polizeistation verfolgte. Endlich mal kein gespielter Brand wie mit seinen Sikku-Autos. Gleich würde der Polizist bestimmt eine Knarre ziehen. Suse sah ihm seine hoffnungsvollen Gedanken förmlich an.

Weil Max aber noch immer lautstark sein Recht auf Schokolade einforderte, suchte Suse so lange in der Handtasche, bis sie einen abgepackten, zerkrümelten Keks von ihrem letzten Café-Besuch gefunden hatte. Damit war Max zumindest für eine Weile beschäftigt.

Nachdem wieder Ruhe herrschte, führte Paul das Gespräch auf Fipsi zurück. »Wir sind hier, Herr Wilken-Meents, weil Sie Beekes Freund auf der Wache festhalten, und wir wüssten gern, warum.«

Herr Wilken-Meents gab nun doch Auskunft. »Jou, das kann ich Ihnen sagen: Der ist eingebrochen.« Er nahm einen Schluck aus einer Teetasse. Viele braune Tropfspuren schlängelten sich seitlich am ehemaligen Weiß der Tasse hinunter. Suse schüttelte sich insgeheim.

»Wie können Sie in Ruhe was trinken, während es meinem Freund in der Zelle schlecht geht, weil er zu Unrecht einsitzt!«, entfuhr es Beeke. »Das kann nämlich alles gar nicht sein! Fipsi bricht nirgends ein.«

»Doch«, sagte der Polizist ungerührt. »Ist aber so.«

Suse ging angesichts des harschen Tonfalls von Beeke schnell und mit freundlich-süffisanter Stimme dazwischen. »Wo soll er denn eingestiegen sein, Herr Wilken-Meents?« Lächeln, den Kopf schief gelegt, ein bisschen Frauchen-Haltung, das zog immer.

Aber Herr Wilken-Meents entpuppte sich dann doch als nicht so leicht zu knackende Nuss.

»Schloss aufgebrochen«, war seine knappe Antwort. »Ist halt nicht erlaubt.«

»Schloss aufgebrochen?«, rief Beeke, lauter als beabsichtigt.

Paul legte seine Hand auf ihren Arm. »Er ist die Staatsgewalt, Mädchen. Kleine Brötchen backen!«, mahnte er leise. »Das muss sonst Fipsi ausbaden.« An den Polizisten gewandt, sagte er dann: »Jonas Frisch soll also eingebrochen sein?«

»Einbrecher müssen ins Gefängnis«, erklärte Marius mit roten Ohren. »Bei Wasser und Brot!« Er verlangte, sofort die Zelle inspizieren zu können, weil er so was noch nie gesehen hatte und es bestimmt toll wäre zu schauen, ob die genauso aussah wie die der Playmobil-Polizeistation. Mathilda knabberte noch immer am Schokoriegel, sie wirkte etwas gelangweilt. Vermutlich hatte sie sich den Besuch hier spektakulärer vorgestellt.

»Der junge Mann ist in den Bunker eingestiegen. Das ist Hausfriedensbruch. Dafür wird er bestraft. So einfach ist das.« Herr Wilken-Meents stellte den Löffel in die Tasse, als Zeichen, dass das Teetrinken für ihn beendet war (ein alter ostfriesischer Brauch), und stand auf. Seine Worte waren Information und Rauswurf zugleich. Suse sah von Beeke zu Paul und den Kindern.

»Was hat er denn mitgehen lassen, dass es eine Festnahme rechtfertigt?«, fragte Suse. Sie war zu ihrem gewohnten Suse-Tonfall zurückgekehrt.

»Nichts«, antwortete der Herr Wilken-Meents. »Darum geht es ja auch gar nicht.«

»In dem alten Bunker war ja wohl auch nichts zu holen. Worum geht es denn dann?«, hakte Suse nach.

»Einbruch. Er ist unerlaubt eingestiegen und hat randaliert.«

»Randaliert?«, fragte Beeke ungläubig. Das passte offenbar nicht zu Fipsi. Suse fragte sich gleichzeitig, wo denn die anderen beiden gewesen waren, wenn man nur Fipsi festgesetzt hatte.

»Randaliert. Jou. So sieht das aus.«

»Da ist wohl nichts zu machen«, stellte Paul nach einer Weile peinlicher Betretenheit fest. »Sie werden die Sache der Staatsanwaltschaft übergeben?«

»So ist es. Ich kläre noch den restlichen Sachverhalt.«

»Er kommt bestimmt frei, er hat ja nichts gemacht.« Beeke gab einfach nicht auf.

Herr Wilken-Meents zuckte mit den Schultern. »Wir werden sehen.«

Paul schob die Gruppe nach draußen. Das Wort eines Polizeibeamten hatte für ihn großes Gewicht. Niemals würde er das hinterfragen.

Vor der Tür kauerten eine lilagefärbte Gestalt und ein gelbschwarzer Jüngling mit erwartungsvollem Blick. Beeke hob bedauernd die Schultern und wandte sich an Suse und Paul, die die beiden mit skeptischem Blick musterten. »Das sind meine Friends. Ich habe sie vorhin herbestellt.«

Paul wandte sich ihnen mit einem distanzierten Lächeln zu, so ganz schien er mit ihnen nichts anfangen zu können. Die Kinder musterten sie neugierig. Suse grüßte kurz, verharrte auf der Schwelle und schüttelte den Kopf. »Lauft schon mal vor. So geht das nicht! Ich will dem Ostfriesen noch ein bisschen auf den Zahn fühlen.« Sie schloss die Tür nachdrücklich hinter sich.

»Was macht Oma Suse jetzt?«, fragte Mathilda und reckte den Hals, doch es gab nichts mehr zu sehen. »War total langweilig da drin. Können wir jetzt gehen?«

Paul hatte sich ein paar Schritte entfernt und schien ganz in Gedanken versunken.

»Noch nicht. Oma Suse will noch mal mit dem Polizisten reden, damit er meinen Freund freilässt«, sagte Beeke. »Er hat nämlich gar nichts getan!« Sie sah unsicher zu Enna und BVB-Bert, die mit finsteren Gesichtern neben ihr standen.

»Wir dachten, deine Oma kommt, und schon ist Fipsi frei«, maulte BVB-Bert. »Mann, wir haben nichts angestellt, wir wollten doch nur irgendwo pennen, und schon kommt da so ne andere Oma, mit Rollator und Kopftuch, und fühlt sich von uns gestört. Was ist denn das für eine komische Insel, wo man nicht mal irgendwo schlafen darf?«

»Genau«, bestätigte Enna. »Wir hätten randaliert, hat die Frau behauptet. Dabei ist Fipsi nur die Bierflasche runtergefallen.«

»Und ich musste schrecklich lachen«, sagte BVB-Bert grinsend.

»Und da wundert ihr euch«, schnaubte Beeke. »Es war ja schon verdammt spät, als ihr diesen Lärm veranstaltet habt. Da schlafen ältere Leute tief und fest.«

»Du klingst inzwischen wie deine Mutter«, grummelte Enna. »Ist halt passiert! Außerdem hat die Rollatortussi ja nicht geschlafen, sondern hat ihren Dackel ausgeführt. Sonst hätte sie uns gar nicht gehört, Mann!«

»Wer soll denn wissen, dass sie uns gleich den Dorfbullen auf den Hals hetzt?« BVB-Bert war mehr als verstimmt.

»Hätte ja auch was Schlimmes sein können«, erklärte Mathilda mit großen Augen. »Ein Verbrechen oder so!« Der Kleinen stand das Entsetzen in den Augen, und Beeke fragte sich, wie oft Mathilda sich wohl heimlich den Fernseher anmachte, um Krimis zu gucken.

»Wenn was Schlimmes passiert, kommt die Feuerwehr«, kommentierte Marius, und in seinen Augen zeigte sich Hoffnung, dass endlich ein Blaulicht um die Ecke bog und Leben auf die Insel brachte.

»Aber sagt mal«, nahm Beeke den Faden wieder auf, »warum hat die Polizei nur Fipsi festgenommen und euch laufen lassen, wenn ihr zusammen im Bunker wart?«

»Getürmt, bevor es heiß wurde«, sagte BVB-Bert.

»Ihr seid getürmt und habt Fipsi einfach dort gelassen?« Beeke war fassungslos.

»Er hätte ja mitkommen können«, sagte Enna. »Aber er wollte nicht und fand, wir wären Schissbüxen.«

Paul hatte die ganze Zeit wie ein begossener Pudel neben den jungen Leuten gestanden, doch mit einem Mal ging ein Ruck durch seinen Körper. »Ich geh da jetzt auch wieder rein. Ich muss Suse helfen«, sagte er und stürzte mit zusammengekniffenen Augenbrauen auf die verschlossene Tür zu.

»Jetzt kommt der Angriff«, sagte Marius. »Opa Paul kämpft gleich mit dem Pilozisten da drin! Ich will da auch rein. Will sehen, wie er den Pilozisten besiegt.«

»Polizist, Marius! Polizist!«, verbesserte Mathilda ihn.

»Was wollen die beiden Alten jetzt da drin? Andocken und warten, bis der Rost sie zerfressen hat? Das bringt doch stumpf gar nichts, was die da tun!« BVB-Bert trat einen Stein beiseite.

Beeke verschränkte die Arme vor der Brust. »Ihr seid so armselig!«, fuhr sie ihre beiden Freunde an. »So schrecklich armselig! Erst verbockt ihr alles, dann schreit ihr um Hilfe, und jetzt benehmt ihr euch derart mies, dass es mir fast die Luft nimmt! Manno, die kämpfen da drin gerade euren Kampf.«

»Wie ein Ninja«, erklärte Marius, aber keiner hörte hin.

BVB-Bert fing sich als Erster. »Was regst du dich so auf, Küken?«

»Ich ... rege ... mich ... deshalb so auf, weil ihr erbärmliche Schmarotzer seid! Die beiden haben nichts, aber auch gar nichts mit euch zu tun und reden sich dennoch euretwegen um Kopf und Kragen. Und warum? Weil *ich* sie darum gebeten habe! Und ihr tut so, als litten sie an fortgeschrittenem Altersschwachsinn!«

»Was ist das?«, mischte sich Mathilda ein, aber Beeke hatte im Augenblick keine Lust auf weitere Erklärungen. Sie wurde immer lauter, obwohl Mathilda sie ängstlich am Ärmel zupfte. »Und wisst ihr noch was? Ihr solltet euren Geisteszustand mal überprüfen lassen! Vielleicht würdet ihr dann begreifen, dass das alles kein Spaß ist, was ihr so anstellt.« Beeke holte einmal tief Luft. »Mir reicht es, o Mann, wie es mir reicht!«

BVB-Bert und Enna wollten eben zum Gegenschlag ausholen, als die Tür der Polizeistation aufging. Max hatte während Beekes Wutausbruch zu weinen begonnen.

»Da sind wir wieder«, sagte Suse ruhig. Weder ihrer noch Pauls Mimik war anzumerken, ob sie einen Schritt weitergekommen waren. Beeke mochte auch gar nicht danach fragen. Wenn nicht, hatte Fipsi schließlich selbst schuld.

»Lasst uns gehen!« Paul rückte seine Krawatte zurecht.

»Und Fipsi?«, fragte Enna.

»Später«, erklärte Suse. »Ihr könnt aber hier draußen auf ihn warten.«

»Heißt das tatsächlich, du hast ihn freibekommen?«, fragte Beeke.

»Nicht ich allein«, wehrte Suse ab. »Paul hat letztlich den Ausschlag gegeben. Er zahlt auch das geknackte Schloss.«

»Und keine Auflagen?«, fragte Enna in einem ihr völlig neuen Jargon.

Suse sah die drei jungen Leute mit durchdringendem Blick an. »Doch, es gibt etwas, was ihr tun solltet.«

»Und?«

»Aufs Festland zurückgehen und endlich euer Leben in den Griff kriegen.«

»Hä?« BVB-Bert sah Suse mit schräg gelegtem Kopf an. »Wir haben doch alles im Griff. Alles easy, alles in der Spur!«

»Was habt ihr denn im Griff, wenn Fipsi in der Zelle sitzt, weil ihr unerlaubt in einen Bunker eingestiegen seid und dort auch noch randaliert habt?«, entfuhr es Beeke.

»Nun, so … den … den Rest«, stotterte Enna, aber es klang wenig überzeugt, zumal sie offenlassen musste, was denn der Rest eigentlich war.

»Viel Rest ist da nicht, wie ich das einschätze«, mischte sich Paul wieder ein. »Ihr habt keine richtige Unterkunft und keinen richtigen Job. Ehrlich gesagt, ist da rein gar nichts.«

BVB-Bert klappte den Mund auf und zu, er rang sichtlich um Worte.

»Also, zumindest haben wir bald Fipsi wieder!«, versuchte Enna, die Situation zu retten, aber Suse und Paul winkten ab. »Lasst uns verschwinden, es reicht erstmal.«

Beeke konnte Suse und Paul kaum folgen. Sie hatten einen so flotten Schritt drauf, dass auch Mathilda und Marius rennen mussten. Max hingegen krähte bei diesem Geschwindigkeitsrausch in seinem Buggy fröhlich vor sich hin.

»Nun wartet doch auf mich!«, rief Beeke schließlich.

Suse hielt tatsächlich inne. »Ich dachte, du bleibst bei deinen Freunden, entschuldige. Aber ich hatte wirklich keine Lust, noch länger in der Nähe der Polizeistation zu bleiben. Es war so … ernüchternd dort.«

»Ernüchternd?«, fragte Paul.

»Ach, Erinnerungen«, rutschte es Suse heraus. Diese Bemerkung machte Beeke hellhörig. Hatte sie es doch gewusst! Suse Schadewald schleppte ein Geheimnis mit sich herum.

»Wollen wir uns nicht in ein Café setzen? Ich lade euch ein«, schlug Beeke vor. »Ich will gleich noch kurz Fipsi treffen.«

»Du lädst uns ein?«, hakte Suse sofort nach. »Wovon?«

»Na ja, ich lad euch ein mitzukommen. Vom Bezahlen habe ich nicht gesprochen.«

Paul willigte sofort ein. Er schien froh zu sein, dass ein Cafébesuch die Kinder vor der Rührei-mit-Speck-Variante bewahrte. Sie konnten dort auch etwas essen. Sie steuerten in der Zedeliusstraße das Hotel Hanken an.

»Ich hätte gern einen Cappuccino«, bestellte Suse, sobald sie an einem Tisch Platz genommen hatten. Paul entschied sich für eine Kanne Ostfriesentee auf dem Stövchen, die drei Kinder bekamen Kakao mit Sahnehaube und eine Portion Pommes mit Ketchup. Nicht einmal Suse kommentierte das. Sie war mit Beeke beschäftigt.

»So, nun mal Tacheles! Deine Freunde gefallen mir nicht. Wenn es Schwierigkeiten gibt, dann kommen sie und lassen die Karre von dir aus dem Dreck ziehen.« Suse hatte ihren bestimmenden Tonfall angeschlagen.

Beeke schluckte. »Sie sind wirklich nicht bösartig!«

Paul lächelte der Kellnerin freundlich zu, als sie die Getränke und gleich darauf die Pommes brachte. Danach mischte er sich ins Gespräch ein. »Ich befürchte, sie ziehen dich immer tiefer in ihr dunkles Loch. Du musst achtgeben.«

Beeke kniff die Lippen zusammen. Aber was sollte sie sagen? Suse und Paul hatten ihr geholfen. Trotz der Vorbehalte gegen ihre Clique. Sie hatten Fipsi nicht einen Moment hinterfragt, sondern Suse war wie Jeanne d'Arc zurück in die Polizeistation geprescht und hatte ihren Kumpel aus der Sache rausgehauen.

»Wie habt ihr das gemacht?«, lenkte Beeke ab. »Also Fipsi gerettet? Könnt ihr zaubern?«

»Also, zaubern kann Suse nicht, aber sie kann sehr überzeugend sein.« Paul grinste. Er ließ mit dem Sahnelöffel die Sahnewolke, das »Wulkje«, in die Tasse tropfen und legte Marius danach ein paar danebengefallene Pommes zurück auf den Teller.

»Also bloße Überredungskunst?«

Suse nickte und wischte gleichzeitig Mäxchen die Schokoladen-Ketchupschnute sauber. Die Kinder waren ungewöhnlich still und vollends mit dem Essen beschäftigt. Suse rührte nachdenklich ihren Cappuccino um. »Manchmal muss man einfach nur die Wahrheit sagen und nicht um den heißen Brei herumreden. Das führt in der Regel zu einem schnellen Ergebnis. Vor allem, wenn man wie ich Eva in der Ahnenreihe vorweisen kann. Das haut selbst den stärksten Inselpolizisten um!«

Paul grinste breit. »Darauf muss man erst einmal kommen, Suse! Großartig!«

Beekes Handy klingelte, eine WhatsApp ging ein.

»Geschafft!«, jubelte Beeke und zeigte die Nachricht herum. *Fipsi ist tatsächlich draußen, das Trio-Dent-Duo hat was gut bei uns!*

»Dritte-Zähne-Duo also«, presste Suse hervor, aber Beeke fiel den beiden so glücklich um den Hals, dass Suse nicht länger auf die Bemerkung einging.

»So, und du willst das alles bei der Oma wiedergutmachen?« Fipsi saß auf der Lehne einer Bank und drehte sich eine Zigarette. »Wie willst du das tun?«

»Wir müssen ja wohl zumindest Danke sagen, oder etwa nicht?« Beeke sah hinunter zum Strand, an dem sich wegen des guten Wetters viele Urlauber tummelten. Ihr fröhliches Lachen drang zu ihnen hoch.

»Kauf ihr eine Primel«, schlug BVB-Bert vor, sichtlich stolz darauf, dass er eine Blume mit Namen benennen konnte.

»Primeln gibt es nur im Frühjahr«, machte Enna seinen Stolz gleich wieder zunichte.

»Dann hol ich was, das jetzt blüht. Krokus!«
Enna winkte ab. BVB-Bert war nicht zu helfen.
»Ich meinte was anderes als Blumen«, sagte Beeke. »Blumen kann jeder.«
»Ein Baum«, schlug BVB-Bert unbeirrt vor. »Wir kaufen deiner Oma einen Baum, der wächst dann so vor sich hin, und später kann sie ihre Schaukel dranhängen. Wenn sie nicht mehr so gut zu Fuß ist.«
»›Später‹ gibt es bei alten Leuten nicht«, winkte Fipsi ab.
Beeke verdrehte genervt die Augen. »Mann, jetzt hört mir doch mal richtig zu! Ich will Oma Suse keine Blumen, Bäume oder sonstiges Buschwerk schenken.«
»Schmuck?« Fipsi gähnte. »Dann müssten wir doch erst einen Bruch machen. Für Schmuck fehlt die Kohle.«
»Wir könnten ihr doch eine Packung Merci-Schokolade vor die Tür legen«, sagte Enna. »Hab ich mal in der Werbung gesehen, als ich meine Alten besucht habe. Da sind dann immer alle ganz gerührt, fallen sich mit Tränen in den Augen in die Arme und so. Wie wäre es damit?«
»Ja, das ist easy und passt«, beschied Fipsi. »Beeke hat Kohle, die kann diese Schokolade kaufen.«
Beeke hingegen schüttelte weiterhin vehement den Kopf. »Ihr begreift nichts, oder? Oma Suse braucht keine Almosen, keine Blumen und erst recht keine Schokolade! Sie hasst außerdem so ein Theater. Sie braucht etwas anderes!
»Was anderes?« BVB-Bert war hoffnungslos überfordert.
»Hilfe«, sagte Beeke lapidar.
»Wobei, beim Giftspucken?« BVB-Bert kringelte sich vor Lachen über seinen eigenen Witz.
»Dachte, da ist die alte Dampflok schon Weltmeisterin«, zog Fipsi am gleichen Strang.
Beeke wandte sich ab. Ihr war noch nie so deutlich geworden,

wie einfältig ihre drei Freunde waren. Wie hätte ihre Mutter das mit ihren ewigen Sprichworten treffsicher ausgedrückt? *Die denken lediglich von zwölf bis Mittag.* Ob es den Spruch auch auf einem Kaffeebecher gab?

»Hey, Küken!« Fipsi grinste sie an und warf die Kippe vor ihre Füße, in der Erwartung, dass sie sie für ihn austreten würde, damit er nicht aufstehen musste.

»Wisst ihr was?«, begann Beeke, »es ist wohl das Beste, ihr tut das, was Oma Suse und Opa Paul gesagt haben. Verschwindet von der Insel und bekommt euer Leben in den Griff.«

»Hey, was für böse Töne aus dem Babymund.« BVB-Bert lachte. Enna hingegen sah Beeke fassungslos an. Hinter ihrer Stirn arbeitete es angestrengt. »Wieso bist du hier auf Wangerooge plötzlich so schrecklich altmodisch? Ich fass es nicht.« Sie wandte sich an BVB-Bert und Fipsi. »Lasst uns das nächste Schiff aufs Festland nehmen. Das funzt hier echt nicht. Hier fehlt der Hook, um was zu reißen.«

Die beiden Jungs nickten. »Recht hast du, Enna. Und tschüss und wech.« Fipsi tippte sich mit der Handkante an die Stirn. »Wir hätten gar nicht erst kommen sollen. Ein Fehler!«

Sie wandten sich ab, und Beeke sah ihnen verzweifelt nach. Verdammt, sie hatten doch gesagt, sie wären ihre Freunde!

13. Kapitel

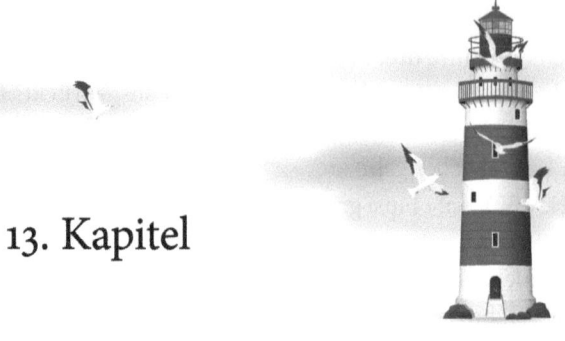

Suse sah auf die Uhr. Sie hatte gestern wirklich gar nichts mehr von Paul und den Kindern gehört, und nicht einmal von Beeke. Wider Erwarten hatte Suse das gar nicht gefallen. Das stumme Telefon, die Stille um sie herum waren eigenartig gewesen. Dennoch widerstrebte ihr diese Radtour, die sie jetzt mit den anderen unternehmen sollte. Sie war derart unsportlich, dass es für sie wahrlich kein Vergnügen sein würde, über Wangerooge zu radeln. Sie waren in zehn Minuten, um Punkt 15 Uhr, wie Paul ausdrücklich betont hatte, verabredet, und alles, was Suse sich gewünscht hatte, um diese Fahrt zu verhindern, war nicht eingetreten. So konnte sie weder strömenden Dauerregen noch einen plötzlich einsetzenden Nordseeorkan als Ausrede geltend machen. Immer wieder war sie auf den kleinen Balkon getreten und hatte prüfend den Zeigefinger in die Luft gehalten, um herauszufinden, ob ein zu kräftiger Wind aus Nordwest die Tour nicht doch zunichtemachen könnte.

Genau um drei Uhr klingelte es Sturm, und Suse ging die Treppen hinunter. »Wir sind total pünktlich!«, rief Marius, dessen Nase unter einem merkwürdig geformten Starwars-Helm hervorlugte. »Die Uhr wusste Bescheid, wann wir losmüssen!«

Mäxchen krähte fröhlich in einem gelben Anhänger, der nicht nur von der Farbe, sondern auch von der Dimension her durchaus als das Postauto der Insel hätte durchgehen können. Mäxchens Kopf schmückte ebenfalls ein Modell Marke »Außerirdisch«, und in Suses Vorstellung mutierte der Postwagen spontan zu einer Rakete.

Marius und Mathilda hatten eigene Räder.

»Hier fahren nur die paar Elektrowagen«, erklärte Paul, als er Suses zweifelnden Blick bemerkte. »Das ist recht ungefährlich. Hab gelesen, dass man Kindern auch mal was zutrauen muss.«

Suses Blick blieb als Nächstes an Pauls Äußerem hängen. Selbst für diesen Ausflug hatte er nicht auf einen Anzug verzichtet. Jetzt war es ein dunkelblaues, feingewebtes Modell. Hosenklammern, die wie angetackert wirkten, bewahrten das sensible Material davor, sich in der Kette zu verfangen. Und er trug, genau wie seine Enkel, einen Helm. Dagegen war nichts einzuwenden, nur musste auch bei ihm eine Rakete mit einem Feuerschweif durchs Weltall fliegen?

Mathilda war Suses Blick gefolgt, und ihre Hand tastete augenblicklich nach ihrem eigenen Helm, der sich mit seinem Schweinchenrosa und dem abgebildeten Porky Pig zumindest in lebhaftem Kontrast von ihrem dunklen Haar abhob.

Paul sah Suses abwertenden Blick. »Gab nur noch diese Helme. Ist halt Hochsaison, da ist alles verliehen. Und besser Starwars und rosa Schweinchen als überhaupt keinen Schutz.«

Suse ließ das unkommentiert und holte ihr Rad aus dem Schuppen hinter dem Haus. Sie hatte es mit ihren anderen persönlichen Sachen auf die Insel bringen lassen. Suse besaß jedoch keinen Helm, und so viel Geld, dass sie einen tragen würde, konnte man ihr gar nicht bieten. So vernünftig es auch war – bevor *sie* einen Helm aufsetzte, biss sie lieber vorzeitig ins Gras. Lieber Gott, flehte Suse innerlich, lass es bald Abend werden.

Und bitte bewahre mich davor, auch nur irgendwem zu begegnen, der mich kennt.

Ist ohnehin eher unwahrscheinlich, Suse Schadewald. Es gibt nur eine Handvoll Menschen auf Wangerooge, die dir bekannt sind. Und genau die machen gerade die Fahrradtour mit dir!

Tapfer bestieg sie ihr Rad und fuhr den anderen hinterher. Sie hatte beschlossen, die Nachhut zu bilden, dann konnte sie immer noch so tun, als gehöre sie nicht dazu und käme nur leider an dem eigenartigen Grüppchen nicht vorbei. Außerdem behinderte sie die anderen nicht, falls sie wegen ihrer mangelnden Kondition zurückfiel.

»Müssen wir Beeke abholen oder treffen wir uns irgendwo mit ihr?«, fragte Suse schließlich. Sie musste ziemlich laut schreien, damit Paul sie hörte.

Er drehte sich kurz um, dabei geriet sein Rad merklich ins Schwanken. »Ja, sie wartet an der Gartenlaube!« Er bog bereits nach links in das Wäldchen ab, musste sich allerdings mit dem Fuß abstützen, damit er nicht vollends das Gleichgewicht verlor.

Nach kurzer Zeit hatten sie Onkel Heins Laube erreicht. Beeke wartete an der Gartenpforte, glücklicherweise ohne Starwars-Helm. Die Gruppe stoppte, wobei Marius Mathildas Hinterrad rammte. Es dauerte eine Weile, ehe sie sich entwirrt hatten.

»Wollen wir gleich weiter?«, fragte Paul sofort.

»Noch einen Augenblick.« Beeke grinste. »Onkel Hein meint, es ist wirklich besser, wenn er mitkommt, damit ihr euch nicht verfahrt. Er sagt, wenn ich frei habe, kann er das auch mal für sich in Anspruch nehmen. Wir müssen das letzte Stück zum Ostanleger wohl laufen, denn der Sand ist dort für die Räder zu tief.« Sie holte kurz Luft. »Auf jeden Fall ist die Strecke ganz schön weit, jedenfalls für die Kleinen.«

Suse verdrehte die Augen. Ihren Vermieter Herrn Janssen hätte sie lieber unter anderen Umständen kennengelernt. Ob es auffiel, wenn sie sich unauffällig zurückzog? Sie umklammerte bereits den Lenker, aber dann bedachte Mathilda sie mit einem bittenden Blick, und Suse konnte nicht anders, als sich der Situation zu ergeben. Früher war sie mit Dirk und Lena auch Fahrrad gefahren. Ohne Helm natürlich. Alle ohne Helm. Damals war das Land noch nicht dem Sicherheitswahn verfallen.

In dem Augenblick kam Herr Janssen aus der Laube. Er trug ein dunkelblaues Fischerhemd mit einem 5-Euro-großen Loch im linken Ärmel. Den Kopf schmückte die klassische Schiffermütze.

»Darf ich vorstellen?«, riss Beeke Suse aus ihrer Betrachtung. »Mein Onkel Hein. Er kennt den Weg.«

Wie der Kutscher, dachte Suse. Der kennt den Weg auch immer.

So schwer wird es auf der Insel ja wohl nicht sein, sich zu orientieren. Der Ostanleger kann sich nur im Osten befinden. Und dorthin wird sicher ein Weg führen, aber egal. Dann eben auch noch ihr Wohnungseigentümer. Er glich Käpt'n Blaubär und passte zu der merkwürdigen Truppe. Gut, dass Dirk und Minou sie nicht sehen konnten!

Onkel Hein nickte allen zu, dabei entblößte er sein nicht mehr ganz vollständiges Gebiss. Beeke stieß ihn in die Seite. »Deine Zähne«, zischte sie, und Onkel Hein verstand. Er griff in die Hosentasche und holte die Prothese heraus. Geschickt platzierte er sie an Ort und Stelle, was Marius einen anerkennenden Blick entlockte. Mathilda flüsterte hingegen: »Das ist ja ekelig. Wieso kann der seine Zähne rausnehmen?«

Marius hatte den Kommentar gehört und befummelte vergebens seine oberste Zahnreihe.

»Jou!«, begann Onkel Hein. »Dat is moi, dass ich mitfahren kann. Bin lange nicht mehr im Osten gewesen, dat wird mol wedder tied.«

Suse überlegte, ob der alte Mann einer Radtour bis dorthin wirklich gewachsen war, aber ihre Befürchtung erwies sich als unbegründet. Onkel Hein setzte sich – ebenfalls helmlos – an die Spitze und legte ein enormes Tempo vor. »E-Bike!«, rief er mit einem Blick über die Schulter, verlangsamte aber die Geschwindigkeit, als er bemerkte, dass Mathilda und Marius große Schwierigkeiten hatten mitzuhalten.

Suse fuhr, wie geplant, am Ende der Schlange, Onkel Heins O-Beine locker im Blick. Ihm folgte Beeke, deren Haarschopf im Sonnenlicht purpurblau glänzte. Dahinter strampelten Mathilda mit Schweinchenhelm und die Starwars-Aktivisten mit ihrem Anzug-Anführer Paul.

Nach einer Weile rief Mathilda: »Stopp! Marius kann nicht mehr! Der Wind ist so doll!«

»Er weht ziemlich kräftig von Osten, wer hätte das gedacht?«, bestätigte Suse, denn entgegen ihrer früheren Annahme konnte man durchaus von einer steifen Brise sprechen.

»Das beschert uns gutes Wetter.« Onkel Hein lachte. »Aber lasst uns ruhig ein Päuschen am Strand machen. Da vorn führt ein Weg über die Dünen, da kommen wir ans Wasser!«

»O ja, Pause und Picknick«, sagte Mathilda erfreut, nur hatte keiner ein Picknick mitgenommen. Paul hob bedauernd die Schultern. »Hab nur drei Capri-Sonnen dabei«, sagte er.

Klar, an das Zuckerzeug hatte er gedacht. Ob er die Kinder wenigstens vernünftig eingecremt hatte?

Während sie die Räder abschlossen, verteilte Paul Orangen-Zitronen- und Colageschmack an die Kinder.

Sie erklommen den Dünenkamm. Oben angekommen, blickte selbst Hein verzückt, was aber auch an der Flasche Jever Pils liegen konnte, die er stiekum aus der Tasche seiner überdimensional weiten Hose gezogen hatte. »So'n Bier ist bei einer Radtour was Feines«, grunzte er, knackte den Kronkorken mit einem Feuerzeug und ließ ihn in der Hosentasche verschwinden. Dann gingen sie hinunter an den Strand und ließen sich in den Sand fallen. Onkel Hein setzte die Flasche an. Es gluckste laut, als er trank.

Mathilda, Marius und Max steckten den Strohhalm in ihr Zuckerwasser, und in kürzester Zeit hörte man das eigentümliche Geräusch, das immer entstand, wenn sich das Getränk in der Alutüte dem Ende zuneigte.

Marius und Max gaben Paul die leeren Tüten und stürmten voller Elan den Nordseewellen zu. Beeke und Paul rannten augenblicklich hinterher, denn der Strand war breit, und sie konnten die Kleinen unmöglich allein am Spülsaum spielen lassen.

Suse kam sich vor wie eine Zuschauerin in einem schlechten Film. Sie hatte weder die Radtour gewollt noch diese Pause am Strand. Vor allem nicht mit dem Seebären an ihrer Seite, der nur mit dem Inhalt der grünen Flasche liebäugelte. Suses Leben hatte wahrlich größere Highlights gehabt.

Plötzlich spürte sie Mathildas Hand in ihrer. »Du siehst traurig aus, Oma Suse, wenn du so zu Beeke und Opa guckst. Ist es, weil wir hier angehalten haben und nicht am Ostanleger?«

»Nein, Thilda. Ich bin nicht traurig.«

»Das glaube ich dir aber nicht, Oma Suse. Es tut mir leid, dass Marius so aus der Puste war.« Mathilda schmiegte sich dicht an sie.

»Das ist in Ordnung. Ich habe mir eher Sorgen gemacht, weil ihr so überanstrengt ausgesehen habt. Manchmal findet man unterwegs viel schönere Plätze als gedacht. Man muss nicht immer irgendwo ankommen.«

Was war denn das jetzt für ein Spruch? Natürlich musste man ankommen, dafür war man schließlich unterwegs!

»Das hast du schön gesagt, Oma Suse!«

»Ja?« Suse drückte Mathilda an sich, und ein warmes Gefühl durchflutete sie. Eine Weile hielt Mathilda den Mund, aber dann zappelte sie unruhig herum. »Du bist aber doch traurig!«

»Warum sollte ich traurig sein, an einem so wunderschönen Tag wie heute?«

»Weil du komisch guckst. Wie auf dem Leuchtturm. Da hast du auch so ausgesehen.«

Suse strich Mathilda über den dunklen Schopf. »Das meinst du nur!«

»Kinder und Betrunkene sagen immer die Wahrheit, mien Deern«, kommentierte Hein und trank den Rest des Bieres aus.

»Bin aber keine Deern, sondern eine erwachsene Frau«, konterte Suse.

Sie hatte gar nicht bemerkt, dass auch Beeke inzwischen zurückgekommen war und Paul mit den beiden Jungs am Wasser allein zurückgelassen hatte. Das junge Mädchen ließ sich an Suses anderer Seite nieder. »Was gibt's?«, fragte Beeke. »Ihr seht so ernst aus.«

»Oma Suse ist traurig«, sagte Mathilda.

»Stimmt doch gar nicht!«

»Hab ich ihr auch schon gesagt, aber sie glaubt es nicht.« Beeke lachte. Sie musterte Suse, die sich sofort unbehaglich fühlte. »Weißt du, was ich vermute?«

»Na?«, fragte Suse schnippisch.

»Du bist traurig, weil deine Kinder nicht in deiner Nähe sind.«

»Unsinn. Mein Sohn baut sich gerade in München eine neue Existenz auf, und Lena ...« Suse verstummte. Es reichte, dass sie Paul von Lena erzählt hatte.

»Lena? Welche Lena?«, hakte Beeke augenblicklich nach. Sie war Suse eine Spur zu neugierig, und Suse hatte auch nicht das Bedürfnis, mehr preiszugeben.

»Lena ist weg«, erklärte Mathilda mit ihrem dünnen Stimmchen. »Hat Opa gesagt. Oma Suse weiß gar nicht, wo ihr Kind ist.« Sie hielt erschrocken inne und strich Suse über den Unterarm. »Hat der böse Wolf deine Lena vielleicht geholt? Beim Blumenpflücken?«

»Dann müsst ihr dem Ungetüm den Bauch aufschneiden.« Onkel Hein kicherte. Er hielt wie von Zauberhand noch eine zweite Flasche Bier in der Hand (das waren also die beiden länglichen Beulen an den Oberschenkeln gewesen), musterte sie erst unschlüssig, öffnete sie dann aber. Wieder verschwand der Kronkorken in seiner Tasche.

»Wann hat dein Opa das gesagt?«, zischte Suse. Wie kam der Kerl dazu, *ihre* Geheimnisse mit den Kindern zu teilen?

»Zu mir gar nicht«, beeilte Mathilda sich zu sagen. »Und zu Marius und Max auch nicht. Aber Papa hat am Morgen angerufen. Erst hat Opa Paul von uns erzählt, und dann hat er gesagt, dass Papa Mama nicht sagen soll, dass er Hilfe von einer Frau hat, die nicht weiß, wo ihre Tochter steckt. Und dass die Lena heißt. Er hat es uns also gar nicht verraten.«

Suse stieß laut die Luft aus. Ihr reichte es. Voll und ganz. »Ihr kommt sicher für den Rest des Ausflugs prima ohne mich aus. Ich fahre jetzt zurück. Viel Spaß noch!«

»Aber Oma Suse!«, rief Mathilda, doch sie war schon auf halber Strecke zurück zum Dünenkamm. Sie würde sich keinesfalls weiter mit dieser Horde abgeben. Sie doch nicht! Und Paul, der konnte was erleben. Ach was, sie würde mit Paul Herzog in ihrem restlichen Leben kein Wort mehr reden.

»Oma Suse war eben so schrecklich böse, als sie weggefahren ist!« Mathilda war völlig verzweifelt und wollte Suse hinterherradeln, aber Paul bestand darauf, dass sie den Ausflug fortsetzten. »Es ist erst vier Uhr. Wir wollen zum Ostanleger, und wenn Suse nun doch nicht mit möchte, ist das ihre Entscheidung.«

»Ich kann aber nicht mehr Fahrrad fahren!«, maulte Mathilda. »Und ohne Oma Suse kann ich erst recht nicht mehr.«

Paul gab nach. »Dann bleiben wir noch ein bisschen hier am Strand und fahren später zurück.« Er rannte schon wieder los, weil Max dabei war, einer Silbermöwe nachzujagen. Marius folgte ihm.

Beeke nahm Mathilda in den Arm und flüsterte ihr ins Ohr: »Weißt du, Thilda, ich glaube, wir müssen Oma helfen, auch wenn sie behauptet, dass sie gar keine Hilfe braucht. Sie tut bloß immer so cool.« Sie setzten sich in den Sand.

»Wobei soll denn Oma Suse Hilfe brauchen?«

»Sie vermisst ihre Kinder.«

Mathilda rückte ein Stück ab. »Ja, das hat Opa auch zu Papa gesagt.«

Beeke bedeutete ihr, ein bisschen leiser zu sein, aber außer Onkel Hein konnte sie ohnehin keiner hören, und der war viel zu sehr mit seiner Flasche beschäftigt. Sie senkte trotzdem ihre Stimme. »Wir sollten ihre Tochter für sie finden, ich glaube, das würde sie glücklich machen.«

»Und wie machen wir das?« In Mathildas kleinem Gesicht waren mehrere Fragezeichen zu sehen.

»Ich hab da so eine Idee. Wo ihr Sohn wohnt, könnten wir rausfinden. Und der weiß vielleicht, wo diese Lena steckt. Bestimmt hat sie nur Streit mit ihrer Mutter, nicht mit dem Bruder.«

»Super!« Mathilda rieb sich die Hände. »Was meinst du, wie Oma Suse sich freut, wenn wir plötzlich mit Lena vor der Tür stehen.« Sie sprang auf und hüpfte aufgeregt im Sand herum. »Oma Suse wird die glücklichste Frau der Welt sein, oder?«

Beeke nickte. »Ich schau mal, ob ich die Adresse von ihrem Sohn herausbekomme. Aber nun hör auf, so herumzuhüpfen, ich bekomme den ganzen Sand ins Gesicht.«

Mathilda setzte sich wieder. »Und wie willst du rauskriegen, wo der wohnt?«

»Irgendwie.«

Das reichte Mathilda als Antwort. Sie beschäftigte bereits eine andere Frage. »Und was ist, wenn der Sohn auch nicht weiß, wo Lena steckt? Könnte doch sein, oder?«

»Dann haben wir ein Problem, aber alle Probleme sind lösbar, das habe ich gelernt. Wenn du wüsstest, was ich schon mitgemacht habe«, begann Beeke, aber Mathilda ließ sie nicht ausreden. Sie interessierte sich im Augenblick nur für die Kinder von Suse. »*Wie* willst du das lösen?«, hakte sie nach.

Sie starrten beide nachdenklich Richtung Meer, bis Mathilda plötzlich aufsprang und wieder aufgeregt von einem Bein aufs andere hüpfte. »Fotos!«, rief sie. »Beeke, dafür gibt es doch Fotos! Oma Suse hat bestimmt welche von ihrer Tochter. Mama hat von uns dreien ganz viele Bilder. Die schaut sie sich immer wieder an, und manchmal hat sie sogar Tränen in den Augen. Freudentränen, sagt sie.«

»Da hast du recht, aber Oma Suse wird mir die Fotos wohl kaum zeigen. Und zum anderen: Was nützt es, wenn ich weiß, wie Lena aussieht?« Beeke kicherte. »Und überhaupt, selbst wenn wir ein Bild finden, wüssten wir ja nicht einmal, ob sie es ist, weil wir gar nicht wissen, wie Lena aussieht!«

»Alte Leute schreiben in ihre Fotoalben oder auf die Bilder immer drauf, wer das ist. Macht Opa Paul auch.« Mathilda grinste wieder breit. »Ich hab eine super Idee!« Sie machte eine verschwörerische Miene. »Du hast doch einen Schlüssel von ihrer Wohnung. Vielleicht findest du da was. Nicht nur Fotos, echte Hinweise!«

»Ich kann doch nicht einfach so bei ihr in die Wohnung gehen! Wie stellst du dir das vor?«, entrüstete sich Beeke, obwohl ihr der Gedanke, den sie in Sekundenschnelle weiterspann, durchaus gefiel. »Außerdem wird sie Lenas Adresse nicht haben, sonst könnte sie schließlich einfach bei ihr anrufen. Oder ihr schreiben.«

»Wenn sie das will«, sagte Mathilda. »Wenn Oma Suse aber was nicht will, dann tut sie das auch nicht. Opa Paul sagt, sie ist stur wie ein Esel.«

»Ich breche trotzdem nicht bei ihr ein«, bekräftigte Beeke.

»Mit einem Schlüssel ist das kein Einbrechen, und wir wollen ja nichts klauen, sondern nur gucken, wie Lena aussieht und wie sie mit Nachnamen heißt und so.«

»Mathilda, hast du mir nicht zugehört? Ich mach das nicht!«

»Nee, *du* hast mir nicht zugehört!« Mathilda sprang auf. »Es ist kein Einbrechen, weil das so ist wie mit dem Klauen von Opa Pauls Rad, das Fipsi auch zurückgebracht hätte. Oder so ähnlich.«

Beeke verstand, was Thilda sagen wollte, auch wenn es ein bisschen wirr klang. Auf jeden Fall mussten sie etwas unternehmen.

Suse warf einen Blick auf die Uhr. Es war gleich fünf. Sie würde jetzt noch einen kleinen Spaziergang machen und versuchen, sich zu beruhigen.

Draußen genoss Suse die frische Luft und den Moment, mit sich allein zu sein und ihren Gedanken nachzuhängen. Immerhin hatte sie täglich ausgiebige Strand- und Dünentouren unternehmen wollen. Allein sein, die Ruhe genießen ... Aber sie verspürte dennoch im Augenblick größere Lust, den Ort zu erkunden und zu schauen, was sich in den ganzen Jahren, seit sie das letzte Mal mit Lena und Dirk hier gewesen war, verändert hatte. Seltsam, dass ihr die beiden auf Wangerooge so nah waren und in ihr Erinnerungen hervorriefen, die sie lange verdrängt hatte.

Als sie an einem kleinen Bernsteinladen vorbeitrödelte, wurde sie unsanft angerempelt. Ein junger Mann hastete an ihr vorbei, das Gesicht konnte sie nicht erkennen, weil er sich die Kapuze tief ins Gesicht gezogen hatte. Der Figur nach hätte es dieser

Fipsi sein können, aber Suse wollte keine voreiligen Schlüsse ziehen, und vor allem wollte sie sich mit diesem Typen gar nicht mehr beschäftigen.

»Flegel«, schimpfte Suse ihm hinterher, aber der Kerl entschuldigte sich nicht. Es gab einfach Menschen, die legten ihre pubertäre Unverschämtheit niemals ab.

Suse lief weiter, kümmerte sich weder um den sich hinter ihr bildenden Menschenauflauf noch um das Geschrei, das sich zeitgleich erhob. Bloß keine weiteren Verwicklungen mehr, bloß ab nach Hause. Sie bog an der nächsten Ecke ab und beschleunigte ihren Schritt. Kurz beschlich Suse das Gefühl, sie würde verfolgt, doch das bildete sie sich gewiss nur ein.

14. Kapitel

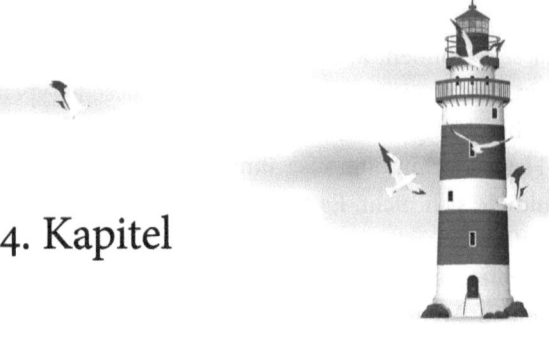

Suse schreckte von ihrem Frühstück hoch, weil es an ihrer Tür klingelte. Es war erst kurz vor sieben. Sie war beizeiten aufgestanden, um einen langen morgendlichen Spaziergang zu unternehmen. Wer zum Teufel belästigte sie um diese Zeit? Als sie öffnete, stand Udo Wilken-Meents vor ihr. Suse schlug das Herz bis zum Hals. »Ich muss Sie bitten, mich zu begleiten, Frau Schadewald.«

»Warum?« Sie hatte doch gewusst, dass von der Polizei nichts Gutes zu erwarten war.

Er räusperte sich. »Es gibt schwerwiegende Verdachtsmomente gegen sie.«

»Verdachtsmomente?« Suse verzog amüsiert die Mundwinkel.

»Nun, es gab gestern gegen Abend einen weiteren Einbruch, und man hat Sie, wie ich in mühevollen Ermittlungen herausgefunden habe, in der Nähe des Tatortes gesehen. Das hat mich stutzig gemacht, zumal Sie vorgestern ja sehr eifrig bemüht waren, diesen merkwürdigen Jugendlichen nach dessen Einbruch freizubekommen. Das sieht aus, als würden Sie mit ihm unter einer Decke stecken!«

»Ich soll mit Fipsi paktieren?« Suse war entsetzt.

»Jou, Sie glauben, sehr geschickt vorzugehen, aber da haben Sie die Rechnung ohne mich gemacht. Fünfundzwanzig Jahre Berufserfahrung stehen vor Ihnen!« Herr Wilken-Meents drückte die Brust raus. »Da zählt auch eine Eva, geborene Janßen nichts mehr.« Ein süffisantes Grinsen glitt über sein Gesicht.
»Meinen Sie wirklich, ich hätte nicht bemerkt, dass Sie mich hochnehmen wollten?«

Mist, er hatte sich schlaugemacht und kannte nun den Witz, dachte Suse. Das verschlechterte ihre Lage erheblich. Polizisten, die sich veräppelt vorkamen, waren eine latente Gefahr.

»Ich soll also einen Einbruch begangen haben? Welchen Bunker habe *ich* denn geknackt? Auswahl gibt es auf der Insel ja genug.«

Herr Wilken-Meents antwortete nicht, sondern wackelte demonstrativ mit den Handschellen, die er aus der Hosentasche gezaubert hatte. Suse spitzte die Lippen und konnte sich nicht verkneifen zu sagen: »Kann es sein, dass Sie sich auf dieser Insel ein bisschen langweilen und nun auf der Suche nach Aufgaben sind, die den Tag rascher herumgehen lassen?«

Treffer versenkt, aber ihre Lage hatte sich zugleich noch einmal dramatisch verschlechtert ...

Erfreut wirkte Herr Wilken-Meents in der Tat nicht. »Bitte kommen Sie mit, damit wir die Anschuldigungen gegen Sie klären können.« Er räusperte sich. »Das geht nicht zwischen Tür und Angel, das muss anständig zu Protokoll genommen werden!«

»So ein Blödsinn«, schimpfte Suse vor sich hin, während sie ihre dünne Jacke schnappte und dem Mann durchs Dorf zur Polizeistation folgte. Gott sei Dank war um diese Tageszeit noch nicht viel los.

Die wenigen Leute, die schon unterwegs waren, sahen den beiden mit befremdlichem Blick nach. Einige tuschelten. Suse war das sehr unangenehm. Es hätte nur noch der Strick um den Hals gefehlt!

Glücklicherweise war es nicht allzu weit bis zur Charlottenstraße, sodass sie schon bald die Tür hinter sich schließen und die neugierigen Gaffer draußen lassen konnten. Suse atmete erleichtert aus.

Herr Wilken-Meents wies auf einen Stuhl vor seinem Schreibtisch. »Bitte nehmen Sie Platz, es wird ein Weilchen dauern.« Er sortierte zunächst einen Stapel Papiere und sah dabei noch ein bisschen wichtiger aus als vorhin an Suses Haustür. Es gab bestimmt Menschen, die er mit diesem Gehabe beeindrucken konnte. »Ich werde das Ganze jetzt vernünftig zu Protokoll nehmen«, begann er. »Muss ja alles seine Ordnung haben!«

»Wo soll ich denn nun eingebrochen sein?«, fragte Suse eine Weile später, weil sie die Stille, die nur durch das Kratzen seines Kulis auf dem Papier unterbrochen wurde, nervte. Was um Himmels willen trug Herr Wilken-Meents bloß dort auf seinem Formular ein? Nach einer Weile hob er den Kopf und schaute Suse an. »Gleich, Frau Schadewald. Ich werde Sie gleich mit konkreten Beweisen für Ihr Fehlverhalten konfrontieren.«

»Ich war gestern Nachmittag mit Herrn Herzog unterwegs«, begann Suse, weil der Polizist schon wieder auf seinem Formular herumkritzelte, »und mit seinen Enkeln, Beeke Bellinghorst und ihrem Onkel Hein, übrigens auch ein geborener Janssen. Aber mit ss, nicht mit ß wie meine Oma. Wir haben eine Radtour gemacht.«

Herr Wilken-Meents überhörte den Kommentar und tat äußerst geschäftig.

Wahrscheinlich muss er seine Existenz auf Wangerooge tatsächlich mit allen Mitteln verteidigen, dachte Suse. Was für ein Wichtigtuer! Die demonstrative Pause, in der er den Stift betont langsam beiseitelegte und sie sekundenlang mit seinen kleinen Teddyaugen fixierte, bestärkte sie in diesem Gefühl.

»Wann sind Sie gestartet, Frau Schadewald? Zur Radtour, meine ich.«

»Um Punkt drei«, gab Suse ruhig von sich. »Darauf hat Herr Herzog größten Wert gelegt.«

»Und wann sind Sie zurückgekommen?«

»Ich war um halb fünf zu Hause und habe dann später noch einen kleinen Spaziergang gemacht.«

»Gut«, grinste der Polizist. »Dann können Sie es gewesen sein. Nach der Radtour.«

»Wo soll ich denn eingestiegen sein? Nach der Radtour?«

Herr Wilken-Meents strich sich lächelnd über den feisten Bauch. »Es wurde im Schmuckgeschäft eingebrochen.«

»Dieses Mal also ein echter Einbruch? Kein Bunker?«

»Genau! Da ist jemand in Muddis Bernsteinwinkel eingestiegen. Und es besteht Grund zu der Annahme, dass Sie das waren. Wenn ich Ihre Ausflüchte nun höre, bin ich sehr sicher, die Täterin vor mir sitzen zu haben.«

Suse schüttelte den Kopf. Erst einmal musste sie sich einen Überblick verschaffen. »Liegt das Geschäft in der Zedeliusstraße?«

»So sieht es aus.«

»Ja, da in der Nähe war ich«, gab Suse zu.

Ein breites Lächeln glitt über das Gesicht des Polizisten. »Also schon mal ein Geständnis.« Er kritzelte seinem Formular eine Notiz hinzu.

»Nein, ich habe doch nicht gestanden, eingebrochen zu sein!«, schimpfte Suse los. »Ich habe lediglich zugegeben, dass ich gestern gegen 17 Uhr oder etwas später an Muddis Bernsteinwinkel vorbeigelaufen bin.«

»Man hat Sie dort gesehen, das haben drei Zeugen ausgesagt.«

»Ich war ja auch da! Das sagte ich doch schon«, bemerkte Suse genervt. »Aber ich bin nicht mal eben in das Lädchen eingestiegen und habe es ausgeraubt!«

Herr Wilken-Meents lehnte sich genüsslich zurück, wieder ging er nicht auf Suses Worte ein. »Es soll Schmuck fehlen. Wo haben Sie das Diebesgut? Gleich an ihre Komplizen mit den bunten Haaren weitergegeben, damit sie es aufs Festland schaffen?«

»Wovon reden Sie?« Suse sprang auf, sodass der Stuhl bedenklich wackelte. »Ich habe nichts gestohlen! Nichts! Nichts! Nichts!«

»Die Fakten sprechen gegen Sie.«

Suse haute mit der Faust auf den Tisch. »Nun reicht es mir, Herr Wilken-Meents! Was auch immer Sie mir unterstellen: Ich habe nichts getan!«

Der Polizist stand auf, um sich eine Tasse Tee zu holen. Die Kanne stand auf dem Stövchen mit Rosenmotiv. Suse bot er nichts an. Danach setzte er sich ihr wieder gegenüber, noch immer hatte er seine Arroganz nicht abgelegt. »Nun, Frau Schadewald, Sie sind schon eine beeindruckende Persönlichkeit.«

Suse überlegte für einen Augenblick, ob sie sich geschmeichelt fühlen sollte oder nicht. Das hatte noch niemand zu ihr gesagt, allerdings war der jetzige Anlass doch eher fragwürdig.

»Sie haben allerdings meine Pfiffigkeit nicht bedacht, Frau Schadewald. Ich konnte Sie nach ihrem hemmungslosen Auftreten in der Polizeistation nämlich sehr gut beschreiben. Es gibt also eine phänomenale Täterbeschreibung. Das wirkt sich insgesamt negativ aus. Vor allem mit dem Hintergrund, dass Sie kein Alibi haben und sogar zugeben, am Tatort gewesen zu sein.«

Herr Wilken-Meents wirkte derart selbstzufrieden, dass es sogar Suse die Sprache verschlug. Es hätte nur noch gefehlt, dass er sich die nicht vorhandene Sonnenbrille in das nur noch spärlich vorhandene Haar geschoben hätte. Trotzdem war es jetzt an der Zeit, aus der Lethargie zu erwachen und sich zu wehren. Dreimal tief ein- und ausatmen, den Typen fixieren, freundlich lächeln, auch wenn man lieber zuschlagen würde.

»Lieber Herr Wilken-Meents, noch einmal langsam für Sie zum Mitschreiben: Ich gebe zu, gestern Abend an Muddis Bernsteinwinkel vorbeispaziert zu sein, aber ich habe keinen Einbruch begangen und schon gar nichts gestohlen, was ich sonst wem mit auf den Weg gegeben habe! Auch nicht den drei jungen Menschen mit den bunten Haaren.«

Der Polizist nickte. »Das sagten Sie bereits. Aber wo ist dann der Schmuck? In Ihrer Wohnung?«

Suse beugte sich über den Tisch. Es hätte nicht viel gefehlt, und sie hätte ihr Gegenüber am Schlafittchen gepackt, aber dann wäre wohl endgültig alles vorbei gewesen. Was für ein blödes Spiel! Sie wünschte sich nach Jever in ihre Altbauwohnung zurück. Dorthin, wo es keine Bernsteinlädchen gab, die sie hätte überfallen können, keine bunt gefärbten Typen, die sie vor dem Untergang retten musste, und erst recht keine Schlumpfine und keinen Anzuggroßvater mit seiner Brut. Wobei sie die Brut wieder ausklammerte, die Kinder waren das einzig Positive an ihren neuen Bekanntschaften.

»Bitte setzen Sie sich wieder hin, Frau Schadewald, und vor allem sollten Sie sich beruhigen. Widerstand gegen die Staatsgewalt ist zwecklos.« Herr Wilken-Meents lächelte, und Suse murmelte vor sich hin, ob er seine Ausbildung im Playmobil FunPark gemacht habe oder im Legoland in Billund. Bestimmt musste man auf der Insel gar kein echter Polizist sein! Da reichte eine Portion Enthusiasmus und ein paar Wochen Trainingslager in einer Spiel-Polizeistation. Der Mann setzte ja alle Regeln außer Kraft! Diese Worte verfinsterten das Polizistengesicht merklich. Er schluckte einmal heftig, führte dann aber seine Vernehmung ungerührt fort.

»Sind Ihre Komplizen schon mit der Fähre zurück aufs Festland gefahren?«, hakte Herr Wilken-Meents nach. »Keine Sorge, die kommen nicht weit, die nageln wir dort bald fest. Die Kollegen sind informiert!« Er stand auf. Suse hatte sich ohnehin noch nicht wieder hingesetzt.

Und dann konnte sie gar nicht so schnell gucken, wie sie in das Arrestzimmer geschoben wurde. Zuvor gestattete Herr Wilken-Meents Suse noch, ihren Sohn Dirk anzurufen. Trotz ihres Streits verspürte sie das dringende Bedürfnis, mit ihm zu sprechen.

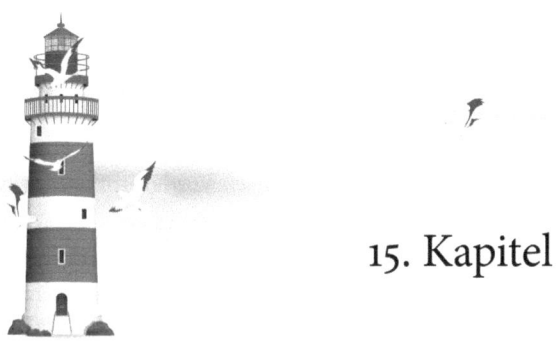

15. Kapitel

Dirk schaute so fassungslos auf das Telefon, dass Minou sogar das Lackieren der Fingernägel unterbrach. Dirk würde nie verstehen, wie man solche Tätigkeiten schon in aller Herrgottsfrühe verrichten konnte. »Schlechte Nachrichten? Ist deine Mutter auf ihrer Nordseeinsel zusammengebrochen und schreit nun um Hilfe? Oder treibt sie mit einem Floß in Richtung Atlantik, weil der Inselbürgermeister sie schon nach der kurzen Zeit in die Verbannung geschickt hat, so unverschämt, wie sie ist?«

»Es ist exakt das eingetreten, was ich befürchtet habe«, sagte Dirk düster.

Minou sah ihren Mann abwartend an.

»Eigentlich ist es noch viel schlimmer«, fuhr er fast tonlos fort. »Meine Mutter sitzt im Knast.«

Minou schraubte das Nagellackfläschchen zu und schob es in die Mitte des Glastisches. »Im Knast? Ja, gibt es so was denn überhaupt auf dieser winzigen Insel?«

Dirk verneinte. »Natürlich kein richtiges Gefängnis, aber sie haben eine Unterbringungszelle. Da ist sie in Verwahrung. Ich muss sofort nach Wangerooge!«

»Heute?«, fragte Minou entsetzt. »Es ist Freitag! Wir haben

Wochenende. Das letzte freie, bevor du Ende nächster Woche deine neue Arbeit antrittst! Sie schafft das schon allein.«

»Nein, das glaube ich nicht. Ich nehme heute noch einen Flug. Dann bin ich am Abend auf der Insel. Verdammt!« Dirk haute mit der Faust auf die Stuhllehne. »Ich habe es gewusst!«

»Was hat sie denn überhaupt angestellt?« Minou blies gegen den feuchten Lack und wackelte dabei mit der Hand.

»Sie soll in einen Bernsteinladen eingebrochen sein. Und außerdem hat sie den Beamten beleidigt. Sie hat ihn gefragt, ob er seine Ausbildung im Playmobil FunPark gemacht hat. Oder im Legoland in Billund!« Dirk raufte sich das Haar. »Herrgott, was bin ich mit dieser Mutter gestraft!«

»Sie ist dement, das hab ich doch schon immer gesagt, aber du wolltest ja nicht hören. Wir hätten sie in diesem Altenheim parken sollen.« Minou prüfte, ob der Lack trocken war. »Sie hätte keinesfalls mehr allein wohnen dürfen. Das wäre auch hier in München schiefgegangen. Stell dir mal vor, eine Demenzkranke im Großstadtverkehr! Wir hätten sie Abend für Abend aus irgendeinem U-Bahn-Schacht befreien müssen, weil sie ständig den letzten Bahnhof verpasst hätte!«

»Minou, sie lebt aber nicht hier, sondern auf Wangerooge. Du regst dich über etwas auf, was gar nicht der Realität entspricht.«

»Aber dann wohl bald, denn wenn du sie aus der Zelle herausbekommst, was du mit deinen guten Anwälten bestimmt schaffst, wird sie nach München kommen müssen!« Minou raufte sich das Haar und fluchte sogleich, weil die frisch lackierten Nägel dadurch in Mitleidenschaft gezogen worden waren. »Sie kann schließlich nach dem Vorfall unmöglich allein in Friesland bleiben. Also, wenn sie kommt: Ab ins Heim!«

»Jetzt muss ich erst einmal klären, wie das passieren konnte.« Dirk kratzte sich am Kinn. »Geklaut hat sie bestimmt nicht. Warum auch? Sie hat Geld wie der Bauer Heu. Ich glaube nicht mal, dass sie wirklich eingebrochen ist. So etwas passt nicht zu ihr. Ganz und gar nicht!«

Minou lachte kurz auf. »Wieso passt das nicht zu ihr?«

»Du weißt doch, sie hat in Jever sämtlichen Parksündern Feuer unter dem Hintern gemacht. Da bricht sie doch nicht selbst das Gesetz!«

Minou angelte nach ihrem Vergrößerungsspiegel. »Die Nägel lackiere ich später noch mal nach«, sagte sie zu sich selbst, wandte sich dann aber wieder ihrem Mann zu. »Dirk, wer weiß, welcher Spleen dahintersteckt und in welcher Mission sie unterwegs war. Und vor allem: für wen! Fakt ist, sie wollte nicht auf dich hören, nun muss sie die Konsequenzen tragen. Nicht dein Problem!« Sie dehnte ihren Mund und beäugte in dem Spiegel ihre feinen Mimikfalten.

Dirk war schon dabei, den Rechner hochzufahren. »Doch, Minou, es ist mein Problem, weil sie meine Mutter ist. Ich schau jetzt nach dem Flug und der passenden Fährverbindung.« Er seufzte. »Warum zum Teufel muss es gerade eine Insel sein? Und warum Wangerooge, wo man auch noch auf Ebbe und Flut achtgeben muss und man nicht jederzeit anreisen kann?« Er hackte auf der Tastatur herum. »Ich hab was gefunden! Der Flug geht um 16 Uhr. Wenn ich um 13 Uhr von hier ein Taxi nehme, schaffe ich das gut. Ich wäre um 18 Uhr in Bremen und drei Stunden später in Harlesiel. Da kann ich den Inselflieger nehmen.« Er wischte sich den Schweiß von der Stirn. »Perfekt, Minou!«

Dirk buchte die Reise. Vorsichtshalber rief er am Flughafen in Harlesiel an und fragte, ob ihn einer der Piloten auch abends rüberfliegen würde. Begeistert war man dort nicht, aber da er seinen Notfall plausibel schildern konnte, lenkte der Mann am Tower schließlich ein. »Aber nur, wenn das wirklich nicht zu spät wird, Herr Schadewald. Wir wollen hier auch mal Feierabend haben. Wir sehen das dann.«

Minou seufzte. »Die fliegen dich dann nicht mehr, das sind Ostfriesen in Harlesiel! Wart's nur ab!« Ihr Ton wurde schnippischer. »Du musst wissen, was du tust. Ich habe dich gewarnt! Aber du weißt ja immer alles besser! Meinst du nicht, es ist an der Zeit, deine beleidigte Schwester mal in den Allerwertesten zu treten, damit sie hier antrabt und dir bei dem ganzen Schlamassel hilft?«

»Lass Lena aus dem Spiel! Du weißt, dass sie komplett abgetaucht ist. Keine Ahnung, in welchem Winkel der Erde sie sich rumtreibt. Und selbst wenn ich sie finden würde: Es wird nichts mehr mit ihr und Mutter. Das Thema ist schon lange erledigt. Ich pack dann mal.« Er sah bittend zu Minou, während er zur Tür ging. »Hilfst du mir? Mein gestreiftes Hemd ist gar nicht gebügelt.«

Minou schüttelte den Kopf. »Ich und bügeln!«

»Hätte ja sein können, dass du mir hilfst.« Dirk kniff wütend die Brauen zusammen.

Beim Rausgehen warf er die Tür hinter sich zu, öffnete sie dann aber wieder und brüllte Minou an: »Es ... ist ... meine ... Mutter, um die es hier geht! Meine Mutter, verdammt!«

»Ja, und sie hat nur dich und ist jetzt ganz allein ... bla ... bla ... bla ...«

Dirk schüttelte fassungslos den Kopf, als Minou nachsetzte: »Lena ist deine Schwester und hat Narrenfreiheit, muss sich um nichts kümmern. Aber warte, wenn es ums Erbe geht! Dann ist sie wieder da!«

Dirk ballte die Faust. »Es geht jetzt aber nicht ums Erbe. Mutter lebt nämlich noch.«

»Leider«, giftete Minou ungerührt zurück. »Sonst hätten wir ein gewaltiges Problem weniger!«

»Weißt du, was du da sagst?«, fragte Dirk fast tonlos.

Minou lächelte Dirk kurz an. »Meinst du, ich sollte die Oberlippe mal aufspritzen lassen?« Sie strich über den rechten Mundwinkel. »Ich finde, meine Nasio-Labial-Falten haben sich vertieft! Da besteht ernsthaft Handlungsbedarf.«

Dirk knallte die Tür zu.

Suse prüfte die Pritsche. Sah nicht sehr gemütlich aus. Sie wollte Beeke bitten, nachher eines ihrer Bücher vorbeizubringen. Herr Wilken-Meents hatte ihr gnädigerweise auch noch ein Gespräch mit Paul erlaubt, nachdem sie kurz mit Dirk gesprochen hatte. Vergessen war, dass Suse nie wieder ein Wort mit ihm hatte sprechen wollen.

Schließlich brauchte sie ein paar Dinge, wenn sie einen Tag in diesem Gemäuer verbringen sollte. Mit einem guten Buch würde sie die Zeit hier schon herumbekommen, bis die Wahrheit ans Licht kam. Hoffentlich steckte nicht doch Beekes Clique hinter dem Diebstahl, denn dann käme sie tatsächlich in Erklärungsnot. Dirk war am Telefon wie immer wortkarg gewesen, aber Suse war der Ansicht, man sollte seinem Kind durchaus mitteilen, wenn man in Konflikt mit dem Gesetz und der Polizei geriet, und vor allem, wenn man die kommende Nacht in einer Arrestzelle verbringen musste.

Herr Wilken-Meents war nicht davon abzubringen, dass sie schuldig war, und er hatte Fluchtgefahr erkannt. Er musste auf dieser Insel schon die dollsten Sachen erlebt haben! Chicago war offenbar nichts dagegen.

Gegen elf trudelten Beeke, Paul und die Kinder ein. Sie hatten vom Inselsheriff tatsächlich die Erlaubnis erhalten, Suse auch im Arrestzimmer besuchen zu dürfen.

»Da seid ihr ja!« Suse freute sich, als Beeke mit Mathilda und Marius eintrat. »Dieser Möchtegern-Verbrecherjäger will mich nicht gehen lassen, sodass ich wohl oder übel einen Tag und eine Nacht hier verbringen muss. Länger darf er mich ja nicht festhalten.«

»Wow!«, sagte Marius, und er wirkte tatsächlich ein bisschen neidisch. »Ich will auch mal einbrechen, damit ich in einer Zelle schlafen darf!« Seine Augen leuchteten. »Obwohl du keinen Streifenanzug anhast, so wie das in echt ist.«

»Untersteh dich!«, warnte Suse ihn. »Die Pritsche ist verdammt hart. Und ich fühle mich auch ohne Streifenhörnchendesign sehr verhaftet.«

»Der Pilozist ist auch komisch.«

»Das heißt nicht Pilozist, sondern Polizist«, verbesserte ihn Mathilda. »Wie oft muss ich dir das noch sagen?«

Suse wandte sich ihr zu. »Schon gut, Thilda. Aber wo stecken denn eigentlich Opa Paul und Max?«

»Vorn. Sie reden mit dem Pilozisten.«

Mathilda streckte Marius die Zunge raus. Dann strich sie Suse sacht über den faltigen Handrücken. »Sag mal, Oma Suse, musst du jetzt immer hierbleiben?«

»Oma Suse hat bestimmt was ganz Schlimmes gemacht«, sagte Marius. »Sonst wäre sie nicht hier. Sie muss noch lange bleiben. Oder ...« – er zog seine Spielzeugpistole hervor, die er auf dem Weg hierher heimlich eingepackt haben musste – »wir schießen Oma Suse frei!« Er gab ein paar zischende Laute von sich. Dann knallte es, weil er den Pistolenlauf versehentlich gegen den Tisch geschlagen hatte. Das brachte immerhin Herrn Wilken-Meents auf die Idee, mal kurz nach seinem Häftling zu schauen.

Beeke sah sich vorsichtig um. »Schön und gemütlich ist echt was anderes! Kein Wunder, dass Fipsi hier so schnell wieder raus wollte.«

»Dafür bin *ich* ja jetzt hier, halte die Matratze warm und sorge dafür, dass sich der gute Herr Wilken-Meents bei seiner Arbeit nicht zu Tode langweilt.« Suse sah zu Beeke, die von der Sonne ein hochrotes Gesicht bekommen hatte. »Wo sind denn eigentlich deine Freunde?«

Beeke zuckte mit den Schultern. »Weiß ich echt nicht. Hab sie nicht mehr gesehen, seitdem ich mich mit ihnen nach unserem Cafébesuch getroffen habe.« Sie sah Suse scharf an. »Ich ahne, was du sagen willst, aber das kann nicht sein! Du glaubst doch nicht ernsthaft, dass die drei was mit dem Bruch zu tun haben und nun froh sind, dass du für sie einsitzt? Also, dass sie es so drehen, als wärst du es gewesen?«

»Woher soll ich wissen, wer hinter dem Einbruch steckt? In den Bunker sind sie schließlich auch eingestiegen, und Pauls Rad war ebenfalls nicht vor ihnen sicher. Ganz von der Hand zu weisen ist es, objektiv betrachtet, also nicht.« Suse fixierte Beeke mit festem Blick. »Du kennst sie besser als ich.« Sie wandte sich ab.

»Ich glaub nicht, dass meine Friends so was machen. Echt nicht«, hörte sie Beeke sagen. »Das sind keine Verbrecher! Auch wenn du es mir nicht glaubst.«

Suse drehte sich wieder zu Beeke um und sog scharf die Luft ein. Es brachte nichts, jetzt mit ihr über die Clique zu debattieren. Stattdessen sagte sie: »Beeke, du kannst mir einen Gefallen tun, damit mir die Zeit hier nicht so lang wird.«

Beeke sah Suse fragend an.

»Du hast doch einen Schlüssel von meiner Wohnung, oder?«

Beeke griff an ihre Tasche. »Ja, den habe ich dabei. Warum?«

»Auf meinem Nachtschrank liegt ein Buch, das ich gern zu Ende lesen würde. Kannst du es mir bitte holen?«

»Darfst du hier denn lesen?«, fragte Mathilda. »Im Gefängnis muss man doch eher bei Wasser und Brot sitzen. Hab ich jedenfalls im Fernsehen gesehen.«

»Ich finde, das ist gar kein echtes Gefängnis«, bestätigte auch Marius kritisch. »Viel zu groß.« Er sah sich aufmerksam um. »In meinem Buch sind echte Eisengitter vor dem Fenster, und es gibt nur ein schmales Bett mit einer grauen Decke. Du hast sogar ein Kopfkissen!«

Mathilda nickte und ergänzte: »Und es ist zu hell. Eine Gefängniszelle muss dunkel und klein sein, mit Strichen an der Wand. Und hier bei Oma Suse steht sogar eine Plastikblume!«

Suse lächelte. »Ehrlich gesagt, finde ich es schlimm genug hier, vor allem, wenn die Tür zu ist. Aber ich denke, ich darf lesen, damit die Zeit nicht zu lang wird.« Sie wandte sich erneut Beeke zu. »Bist du also so nett und holst mir meinen Roman?«

Mathilda spitzte plötzlich die Ohren. »Beeke soll allein in deine Wohnung gehen?«

Beeke sah sie an und legte kurz den Finger auf die Lippen. Mathilda nickte unmerklich. Irgendetwas führten die beiden im Schilde. Suse hätte zu gern gewusst, was es war, aber sie hatte im Augenblick andere Probleme, als sich um diese Kindereien zu kümmern.

»Klar, mach ich«, versprach Beeke schnell. »Ich geh mit Mathilda rasch los, und wir holen, was du brauchst.« Im nächsten Moment war sie schon verschwunden. Mathilda folgte ihr wie ein Schatten. Marius sah sich immer noch interessiert um.

Kaum waren die beiden weg, betrat Paul mit Max auf dem Arm den Raum. Er wirkte merklich besorgt, und Suse kam sich angesichts seiner Miene eher vor wie in einem Krankenzimmer.

»Was machst denn du für Sachen? Mit der Polizei legt man sich doch nicht an, Suse! Das ist die Staatsgewalt, die sitzt am längeren Hebel.«

»Hab ich auch gar nicht! Die Staatsgewalt hat sich mit *mir* angelegt. Das ist etwas völlig anderes«, verteidigte Suse sich. »Der gute Mann hat angefangen mit dem Streit, indem er mir Ungeheuerliches, wirklich Ungeheuerliches unterstellt hat. Da muss er sich nicht wundern, wenn ich mich ein bisschen wehre!«

»Ist gut, Suse«, beschwichtigte Paul sie. »Du musst aber wohl zunächst hierbleiben. Dass du tatsächlich in Muddis Bernsteinwinkel eingestiegen bist, glaube ich natürlich nicht. Und wegen der Sache, dass du ihn beschimpft hast, lässt sich bestimmt was machen.« Paul klang wie ein Anwalt.

»Er wird rein gar nichts finden. Weder Schmuck noch Fingerabdrücke. Er ist ein Stümper!«, entrüstete Suse sich.

»Pst, nicht so laut«, warnte Paul. »Wenn er das hört! Kann ich irgendetwas für dich tun?« Er legte seine Hand auf Suses.

Sie entzog sie ihm nicht. Paul Herzog strahlte eine angenehme Ruhe aus. Er glaubte vorbehaltlos an Suses Unschuld, egal, wie groß ihr Streit am Vortag auch gewesen war. Er hatte sich dennoch bemüht, sie freizubekommen und würde morgen nach Ablauf der Frist wieder da sein, um sie abzuholen. Das mussten sie nicht einmal verabreden, weil es selbstverständlich war. Suse betrachtete ihn mit seinem grauen Anzug und dem verschwitzten Gesicht. Sie fühlte sich neben Paul ein bisschen zu wohl.

»Weiß dein Sohn Bescheid, oder soll ich mich darum kümmern?«, fragte Paul nun.

Suse drückte seine Hand. »Ich hab ihn angerufen, danke.«

»Nun holen wir das Buch, und dabei gucken wir nach den Fotos!« Mathilda grinste vielsagend.«

»Ich werde nur dieses Buch holen. Sonst nichts.« Beeke hielt inne. »Oma Suse hat sofort gemerkt, dass wir was im Schilde führen, und ich kann es mir nicht leisten, in Verruf zu kommen! Ich habe zwar den Schlüssel, aber das ist eine Vertrauensstellung!«

Mathilda hüpfte wie ein Flummi auf und ab. »Vertrauensstellung, was ist das?«

»Dass ich nicht einfach tun und lassen kann, was ich will.«

»Du sollst auch nur nach den Bildern suchen oder nach einer Adresse.«

»Das meine ich ja. Das geht nicht so leicht. Ich soll *nur* das Buch holen, mehr nicht. Deshalb darf ich nicht in Oma Suses Sachen herumschnüffeln. Damit missbrauche ich meine Stellung!«

»Wenn du Lena finden willst, müssen wir das aber machen«, widersprach Mathilda. »Und du hast gesagt, dass wir das wollen. Du hast es versprochen. So gut wie!«

Beeke war sich wirklich nicht sicher, ob es okay war, in Suses Sachen nach einem Hinweis auf Lena zu suchen. Mathilda war erst sieben, sie konnte die Tragweite einer solchen Aktion gar nicht ermessen. Es gab bestimmt andere Wege.

Mathilda wich ihr jedoch nicht von der Seite und konnte es kaum erwarten, bis sich die Tür zu Suses Wohnung endlich öffnete.

»Ist das cool hier«, staunte die Kleine und lief durch sämtliche Zimmer. »Oma Suse ist aber ordentlich!«, stellte sie fest, weil nichts herumstand oder herumlag. »Wo könnte sie denn Fotos versteckt haben?«

Mittlerweile war Beeke ziemlich genervt von ihr. »Kannst du mal mit dem Gerenne aufhören? Du wirfst womöglich noch etwas um. Das würde Oma Suse gar nicht lustig finden, wie du weißt.« Beeke öffnete die Tür, hinter der sie das Schlafzimmer vermutete. Suses Buch lag, wie angekündigt, auf dem Nachtschrank. Dort, wo sie aufgehört hatte zu lesen, steckte ein Lesezeichen, das sich mit einem Gummiband um den Buchdeckel schlang.

»Oma Suse ist genauso ordentlich wie Opa Paul«, hörte Beeke Mathildas Stimme. »Jedenfalls, wenn er allein zu Hause ist und wir nicht da sind.« Ihre Stimme klang dumpf, offenbar inspizierte sie jeden Winkel. »Sie hat sogar dasselbe Bild wie er.« Die Stimme war wieder klar und deutlich, denn Mathilda war unter dem Bett aufgetaucht.

»Was für ein Bild?« Auch Beeke war von der peniblen Ordnung überwältigt.

»Von dem Rotkohl!«, rief Mathilda.

»Von wem?«

»Von dem Rotkohl. Der Maler! Opa hat auch ein Rotkohl-Bild.«

»Was soll das sein?«

»Na, der Maler, der so blaue Würfel macht. So ein Bild, was ich auch malen kann, aber Opa kauft es lieber teuer in einer Galerie ein.«

»Ein Maler, der Rotkohl heißt?«, hakte Beeke nach. Davon hatte sie noch nie gehört. Sie steckte das Buch ein und ging zu Mathilda. »Sie hat kein Bild von ihren Kindern herumstehen«, verkündigte die Kleine. »Da hängt wirklich nur der Rotkohl!«

Jetzt erkannte Beeke, was Mathilda meinte, und brach in lautes Lachen aus. »Du redest von dem Bild da?« Sie wies auf einen überdimensionalen Kunstdruck, der mit seinem Blau das Wohnzimmer dominierte.

»Ja, genau«, sagte Mathilda. »Opas hängt im Flur, da sieht es nicht ganz so blau aus, weil es dunkel ist. Aber es ist dasselbe Bild.«

»Der Maler heißt aber nicht Rotkohl.« Beeke grinste noch immer, als sie die Unterschrift erkannte. »Er heißt Mark Rothko.«

»Egal, aber es ist dasselbe Bild.«

»Wenn, dann das gleiche, sie hat es ihm ja nicht gestohlen.« Beim Wort gestohlen lief Beeke ein Schauder über den Rücken.

»Und was machen wir jetzt, wo Oma Suse von Lena und Dirk gar kein Bild hat?«, fragte Mathilda.

Beeke zuckte mit den Schultern. »Wir werden diesen Dirk anrufen. Er kann uns bestimmt weiterhelfen. Ich muss nur seine Telefonnummer finden. Die hat Oma Suse sicher irgendwo aufgeschrieben.« Sie ging zum Telefontisch, und wie erwartet lag

Suses handgeschriebenes Adressbuch darauf. Und natürlich war Dirks neue Anschrift dort vermerkt, gleich auf der ersten Seite und dick unterstrichen.

Nach Lenas Nummer suchte Beeke vergeblich. Suse hatte den Kontakt zu ihrer Tochter wirklich vollständig abgebrochen. Hastig kritzelte sie Dirks Anschrift und Telefonnummer auf einen kleinen Zettel, riss die Seite aus einem Block, der auf dem Telefontischchen lag, heraus und stopfte sie in die Hosentasche. Obwohl das alles zu Oma Suses Bestem sein sollte, hatte sie dennoch das Gefühl, etwas Verbotenes zu tun. Man wühlte nicht in anderer Leute Sachen, man schaute nicht in fremde Adressbücher, und man suchte auch nicht nach Fotos, die einen nichts angingen.

Mathilda war noch zu klein, um das zu verstehen. Und so hatte sie jetzt auch keine Skrupel, sämtliche Schubladen zu öffnen und nachzusehen, ob Oma Suse nicht doch irgendwo ein Foto aufbewahrte.

»Lass das bitte, Thilda. Das macht man nicht. Du willst doch auch nicht, dass jemand in deinen Sachen wühlt.«

Mathilda zuckte mit den Schultern. »Tut Mama auch, wenn sie aufräumt. Aber bei mir findet sie nur Stifte und Malzeug. Manchmal einen kleinen Schatz, den ich versteckt habe.«

Beeke schloss die offen stehende Schublade mit Nachdruck. »Ich fühle mich nicht wohl dabei. Lass uns einen anderen Weg suchen, als Oma Suse nachzuspionieren. Ich habe Dirks Telefonnummer, ich rufe ihn an und frage nach Lena. Das ist irgendwie besser!«

Mathilda zog eine Schnute. »Dann ruf ihn jetzt an«, schlug sie vor. »Manno, Oma Suse ist eingesperrt. Sie braucht ihre Familie!«

Beeke überlegte für einen Augenblick und befand dann, dass die Idee eigentlich gut war. Sie holte den Zettel wieder aus der

Hosentasche und glättete ihn. Dann steckte sie den Zeigefinger in die Wählscheibe und begann, sie zu drehen. Das Telefon wirkte in Suses durchaus modern eingerichteter Wohnung ein wenig verloren. Aber es passte zu Suse. Da Mathilda ein solches Telefon nicht kannte, machte sie ganz große Augen. »Das ist ja cool. Mit Scheibe! Und wie das klackert, wenn sie sich zurückdreht!«

Beeke hörte nicht weiter hin, denn gleich nach dem zweiten Tuten nahm am anderen Ende jemand ab und bellte schrill seinen Namen in den Hörer. Beeke fragte nach Dirk Schadewald.

»Wer sind Sie, dass Sie meinen Mann sprechen wollen?«, keifte die Frau sofort.

Beeke fasste mit wenigen Sätzen zusammen, worum es ging.

»Na, da hat meine Schwiegermutter sich ja in der kurzen Zeit schon einen feinen Freundeskreis aufgebaut«, gellte die Stimme weiter, und Beeke war kurz versucht, den Hörer auf die Gabel zu werfen. Sie fragte unwillkürlich, warum Oma Suse nicht den Kontakt zu *diesem* Teil der Familie abgebrochen hatte. War diese Lena womöglich noch schlimmer als die Frau am Telefon?

»Also, wenn Sie meinen Mann sprechen wollen, kommen Sie zu spät. Er hat sich gerade auf den Weg in den Norden gemacht. Meine Schwiegermutter weiß ja ziemlich genau, wie man sich in Szene setzt und sein einziges Kind manipuliert.«

»Sie hat noch eine Tochter –«, begann Beeke, aber die keifende Stimme ging sofort dazwischen: »Sie hat nur meinen Mann. Lena ist für uns gestorben.« Klack. Aufgelegt.

Mathilda hüpfte von einem Bein aufs andere. »Und, was sagt sie?« Dass Beeke mit einer Frau gesprochen hatte, war bei der Lautstärke nicht zu überhören gewesen.

»Ihr Sohn ist auf dem Weg hierher«, sagte Beeke. Nun, dann konnte man diesem Dirk ja mal gehörig auf den Zahn fühlen. »Für uns gestorben« klang nach gewaltigem Stress.

16. Kapitel

Dirk lief zum Check-in. Es war schwer gewesen, noch einen Platz im Flugzeug nach Bremen zu ergattern. Er wusste nicht, was ihn in dieser kleinen Maschine erwartete, und sie flößte selbst ihm als Vielflieger alles andere als Vertrauen ein.

Immerhin gab es Sitzplätze, an Catering war allerdings nicht zu denken, was sein Bauch ihm übelnahm, denn ihm war nach dem Streit mit Minou der Appetit vergangen. Jetzt aber knurrte sein Magen. Egal, in Bremen würde er das Essen nachholen. Spätestens im Zug. Er sah auf sein Ticket. Das konnte er auch vergessen, denn er fuhr mit der Regionalbahn nach Oldenburg und von dort mit der Nordwestbahn nach Sande. Da musste er umsteigen Richtung Esens, denn ein Tidebus nach Harlesiel fuhr um diese Zeit nicht mehr, weil ohnehin kein Schiff ging. Je näher er dem Zielort mit der Bahn kam, desto günstiger wurde aber das Taxi.

Essen wurde ohnehin überbewertet, für seinen Bauch war die Zwangsdiät sicher ganz gut.

Dirk fiel ermattet auf seinen Sitz und war erleichtert, dass er zumindest am Fenster saß. So konnte er sich den kurzen Flug damit vertreiben hinauszuschauen.

Die Maschine hob ab und brachte ihn mit jeder Minute seiner Mutter und der alten Heimat ein Stück näher. Und obwohl er erst vor kurzer Zeit gen Süden gefahren war, fühlte es sich verdammt gut an.

Suse hörte es vorn in der Wache rumoren, dann vernahm sie Beekes Stimme. Sie war ganz schön lange weg gewesen. »Ich habe ein Buch für Frau Schadewald, damit es nicht so langweilig für sie ist.«

»Sie sitzt im Arrest, da wird nicht gelesen«, brummte Herr Wilken-Meents. Er war mit seinen Ermittlungen kein Stück weitergekommen, was seine Laune offensichtlich nicht angehoben hatte, dachte Suse. Nur konnte er Suse nichts nachweisen, weil es nichts nachzuweisen gab. Da hätte er sämtliche Spaziergänger festnehmen lassen müssen, die sich zu dem Zeitpunkt in der Nähe von Muddis Bernsteinlädchen aufgehalten hatten. Suse schrak zusammen. Moment, da war doch ein Typ an ihr vorbeigerannt, als würde er vom Teufel verfolgt! Ob der etwas damit zu tun hatte? Mist, sie hatte sein Gesicht nicht sehen können, konnte nur ungefähr sagen, wie groß er gewesen war. Und mit dieser vagen Ansage würde Herr Wilken-Meents allenfalls vermuten, dass sie von sich ablenken wollte.

Das Gespräch vorn drehte sich noch immer darum, ob Suse nun ihren Roman lesen durfte oder nicht. Schließlich willigte der Dorfsheriff ein, weil es sich a) um keinen Krimi handelte, der Suse auf weitere böse Ideen bringen konnte, und weil sie sich b) schließlich nicht in Isolationshaft befand und weil c) entschärfte Bedingungen und sinnvolle Beschäftigung das Aggressionspotenzial eines Gefangenen herabsetzten.

»Ist gut, junge Frau«, sagte Herr Wilken-Meents am Ende gönnerhaft. »Bei Frau Schadewald handelt es sich schließlich nicht um eine Terroristin. Allenfalls gilt sie als freche Diebin, so will ich Gnade vor Recht ergehen lassen.«

Die Tür öffnete sich, und Beeke schlüpfte mit dem Buch in der Hand hinein. »Gut, dass du keine Krimis liest, das hätte ich nicht durchsetzen können«, flüsterte sie verschwörerisch und händigte Suse ihren Roman aus.

»Ich wollte mir ursprünglich einen regionalen Krimi kaufen«, sagte Suse, »aber ich mag es, wenn alles friedlich zugeht. Deshalb habe ich mich für einen romantischen Inselschmöker entschieden.«

Beeke zuckte zurück, diese Antwort hatte sie nicht erwartet. Suse und Romantik. Suse und die Vorstellung »Alles geht friedlich zu« war eigentlich so unpassend wie ihr merkwürdiges altes Telefon in der Wohnung.

»Es wird alles gut«, beruhigte Beeke Suse, die jetzt, da sie ihr Buch in Händen hielt, merklich ruhiger wirkte. »Gleich versuche ich, meine Freunde zu erreichen. Sie können dich entlasten.«

»Morgen früh um acht muss der Kerl mich freilassen, ob es ihm passt oder nicht.« Suse legte sich auf die Pritsche.

»Wo warst du so lange?«

»Ich habe das Buch geholt und anschließend Mathilda zu Paul gebracht. Und wenn man dort ist, kommt man so rasch nicht wieder weg. Aber nun bin ich ja da!«

Suse legte ihre Hand auf Beekes. Für einen Augenblick stellte sich eine große Vertrautheit ein.

»Ich würde gern sofort meine Freunde anrufen«, sagte Beeke. »Aber das Handy liegt vorn, ich durfte es nicht mit reinnehmen. Du könntest dich womöglich mit den Komplizen absprechen oder andere widerwärtige Dinge tun, wenn ich es mit zu dir reingenommen hätte, sagt Herr Wilken-Meents.« Beeke seufzte. »Ein Spaß ist das hier echt nicht.«

»Hauptsache, Paul kommt mit den Kindern klar, solange ich nicht erreichbar bin«, sagte Suse. »Darauf musst du jetzt allein ein Auge haben, okay?«

»Noch hat er alles im Griff«, beruhigte Beeke sie. »Sah entspannt aus, als ich Mathilda nach Hause gebracht habe.«

Suse seufzte und zog die Hand wieder weg. Wer hätte das gedacht! Sie hatte sich tatsächlich mit dem Blauschopf verbündet! Es war wohl wirklich besser, sie vertiefte sich jetzt ins Lesen.

Beeke war schon auf dem Sprung. »Ich muss dann los, hab im Haus noch zu tun. Onkel Hein sieht das zwar alles voll relaxed, aber ich will die Situation nicht ausreizen. Heute muss ich mal wieder ran.«

Das waren ja völlig neue Töne des Mädchens! Suse war erstaunt. Sie fixierte Beeke, die mit einem Mal irgendwie erwachsener wirkte. Ach, das war bestimmt nur Einbildung! Wie konnte denn so etwas sein?

Kaum war Beeke draußen, schickte sie eine WhatsApp in die Freundesgruppe.

Hey, wo steckt ihr? Ich brauche eure Hilfe!

Natürlich dauerte es, bis sich einer der drei bequeme, Beeke zu antworten. Erst, als sie bereits den Hausflur gewischt und die Eingangstür von Fingerspuren beseitigt hatte, hörte sie das leise Ploppen ihres Handys, das eine Nachricht ankündigte.

Was ist los, Küken? Nix fit im Schritt?

Die Antwort konnte nur von BVB-Bert stammen, und so war es auch.

Nein, jetzt ist Oma Suse verhaftet. Der Mann, der sich Bulle schimpft, scheint Langeweile zu haben.

Fipsi ließ sich herab zu antworten. Mit fünf tränenlachenden Smileys.

Egal, ich brauche eure Hilfe! Der glaubt, ihr steckt mit Oma Suse unter einer Decke und seid mit der Beute aus einem Einbruch auf und davon.

Bitte kommt!!! Das ist echt eine blöde Situation! Oder seid ihr schon wieder auf dem Festland?

Sind noch hier, Küken, wir eilen. Wohin?

Gartenlaube Onkel Hein?

Beeke tippte die Wegbeschreibung ein. Dann räumte sie die Putzutensilien zusammen und stürmte zur Laube, wo Onkel Hein im verwilderten Garten sein Pfeifchen rauchte und die Welt wie eh und je als sehr entspannt und fröhlich hinnahm.

»Da bist du ja, mien Deern. Hast heute mal wieder was im Haus gemacht?«

Beeke nickte. »Ja, war voll nett, dass du mir die zwei Tage freigegeben hast. Jetzt will ich dich nicht länger mit der Arbeit hängen lassen.«

»Das ist gut. Danke.« Onkel Hein machte eine Pause. »Was für ein Ding mit Frau Schadewald. Hat sich schon im Dorf rumgesprochen. Sie ist tatsächlich in Arrest. Schlimme Sache!« Er kraulte seinen Bart. »Ich glaub aber nicht, dass sie geklaut hat. Das passt nicht.«

»Was du nicht sagst, Onkel! Gleich kommen meine Freunde, wir wollen Suse da rausholen.«

Onkel Hein nickte. »Mit den Bunten willst du das machen? Weiß ich auch schon, dass das deine Freunde sind.«

»Ja, sie helfen mir!«

»Jou.« Onkel Hein lehnte sich wieder zurück und schloss die Augen. »Denn man tau.« Er sog an der Pfeife und sann kurz nach. »Wie wollt ihr das anstellen?«, fragte er schließlich. »Oma Suse freischießen? Oder was ist der Plan? Ich hätte da was. Wenn ihr das braucht.« Onkel Hein erhob sich, schlurfte zum Schuppen, dessen Tür bedenklich schief in den Angeln hing, und kam mit einem alten Gewehr wieder. Der Hals hing schlaff herab und wackelte bei jeder Bewegung hin und her. »Ist schon ein bisschen alt, und ich glaub, das Ding funktioniert gar nicht mehr. Damit hab ich früher Hasen geschossen!« Ein Leuchten glitt über Onkel Heins Gesicht. »Na ja, aber für'n Fake ist das noch zu gebrauchen. Sagt man doch so in deiner Generation. Fake.« Er prüfte Kimme und Korn, schüttelte aber wieder bedenklich den Kopf. »Wirklich nur als Attrappe, aber es hat bestimmt Wirkung!«

Beeke grinste. So begeistert hatte sie ihren Onkel noch nie erlebt. »Du hast ja Ideen! Das können wir doch nicht machen! Dann buchtet Herr Wilken-Meents uns doch gleich mit ein.«

»Oder ihr entkommt rechtzeitig.« Onkel Hein legte das Gewehr auf den Rasen und angelte unter der Schaukel noch eine Flasche Bier hervor, die er mit einer gekonnten Bewegung öffnete. »Einem Polizisten, der so etwas Schwachsinniges tut, ist nicht anders zu helfen, als ihn zu überrumpeln. Auch wenn er mein Stammtischbruder ist, geht das jetzt zu weit. So'n büschen Angst einjagen würde ihm nix schaden.« Er warf einen wehmütigen Blick auf das Gewehr. »Aber mit meiner alten Emma ist wohl kein Staat mehr zu machen.«

»Deine Knarre hat einen Namen?«

»Jou.« Onkel Hein nahm einen Schluck Bier. »Wenn meiner Emma allerdings die Nase dauernd runterfällt, lacht sich Udo womöglich kaputt. Wir brauchen einen anderen Plan.« Er holte den Kautabak aus der Hosentasche und stopfte sich den Priem in den rechten Mundwinkel.

Beeke schüttelte den Kopf. Das konnte ihr Onkel doch nicht ernst meinen! »Onkel Hein, das geht nicht.« Beeke betrachtete ihn. »Sag mal, kannst *du* nicht was für Oma Suse tun? Du kennst Herrn Wilken-Meents doch vom Stammtisch. Oder einer deiner Kumpels kennt ihn. Schließlich seid ihr alle miteinander verbandelt, hast du erzählt. Der Mann muss doch mit sich reden lassen!«

Onkel Hein beäugte den Hals der Bierflasche, in dem sich die Strahlen der untergehenden Sonne brachen. »Kann ja mal seh'n, was sich machen lässt. So nach zwei, drei Lütten ist er bestimmt einsichtig. Treff ihn die Tage bestimmt in der Kogge.« Er spuckte den Priem aus.

»Danke, Onkel Hein!«

Dirk schaute auf die Uhr, als er in Sande ausstieg. Er hatte den Zug in Bremen verpasst, weil er solch einen großen Hunger gehabt hatte, dass er unmöglich ohne etwas zu essen hatte weiterreisen können. Zum Glück hatte er aber die nächste Bahn nach Sande bekommen. Der Zug nach Esens fuhr vom gegenüberliegenden Gleis ab.

Kaum saß er auf seinem Platz, telefonierte er rasch mit dem Flughafen in Harlesiel, aber dort machte man ihm keine Hoffnung mehr, heute noch auf die Insel zu kommen. »Wenn Sie jetzt erst in Sande sind, können sie den Flughafen in Harlesiel erst gegen halb zehn erreichen. Fliegen Sie morgen, Herr Schadewald! Nu ist Feierabend! Gibt in Carolinensiel vielleicht noch ein Zimmer. Versuchen Sie es einfach.«

»Hören Sie, meine Mutter ist verhaftet worden, ich muss nach Wangerooge!«, schrie er ins Handy. Die Blicke der Umstehenden sahen ihn teils neugierig, teils erschrocken an. Die ältere Dame, die völlig abgehetzt neben ihm Platz genommen hatte, erhob sich und suchte sich einen anderen Sitzplatz drei Bänke weiter entfernt.

»Sie sitzt ein«, donnerte Dirk ungeachtet weiter in den Hörer. »Verdammt, sie braucht mich *jetzt!*«

»Nun ist das aber zu spät! Wir sind hier in Ostfriesland, da gehen die Uhren anders, und das heißt, dass um diese Zeit eben nicht geht!«

Welche Logik! Dirk drückte das Gespräch weg. Es half nichts. Er würde sich von Esens aus ein Taxi nach Carolinensiel nehmen und dort ein Hotel suchen. Dann konnte er morgen früh gleich das erste Schiff von Harlesiel nach Wangerooge nehmen. Um ihn herum tuschelten mittlerweile alle. Die abschätzenden Blicke drückten unverhohlen Missbilligung aus.

In Esens war es glücklicherweise kein Problem, ein Taxi zu finden, nur wirkte der Fahrer pessimistisch, was Dirks Anliegen anging, um diese Zeit in dem Küstenbadeort noch ein Zimmer zu bekommen. »Jou, das können Sie gern versuchen«, sagte er. »Haben Sie schon auf die Uhr geguckt?«

»Ja, aber Hotels haben ja wohl länger geöffnet, wir leben doch nicht auf dem Mond.«

Der Fahrer dementierte es zwar nicht, schnalzte aber mit der Zunge und fügte hinzu: »Ist aber Saison.«

»Ich weiß«, sagte Dirk. Der Kerl sollte einfach den Schnabel halten. Er würde schon ein Bett finden. Er war schließlich Dirk Schadewald, und es würde auch nicht am Geld scheitern.

»Wenn Saison ist, ist alles voll«, bekräftigte der Fahrer noch einmal und hielt am Edeka-Markt an. »Und nun? Wohin möchten Sie?«

»Ortsmitte!«, befahl Dirk und suchte sein Portemonnaie raus. Er war froh, als er das Taxi verlassen konnte. Zunächst ging er den schmalen Weg neben dem Kapitänshaus hinauf und sah sich am Hafen um. Das Museum hatte lange geschlossen, in den Gaststätten aber herrschte noch reger Betrieb.

Eilig lief er von einem Hotel zum anderen und schließlich auch zu mehreren Pensionen, doch überall erhielt er dieselbe Antwort – zumindest dort, wo die Rezeption überhaupt noch geöffnet hatte. »Es ist Saison, wir sind ausgebucht!«, war die immer gleiche Antwort. Es war aussichtslos. In der Hauptsaison, da war offenbar jeder Kaninchenstall belegt.

Inzwischen kam Dirk sich schon vor wie Maria und Josef auf der Suche nach einer Herberge. Zwar fehlte ihm die schwangere Maria, doch das Ergebnis war dasselbe: Er würde auf einer Bank oder heimlich in einem Stall oder unter einem Carport schlafen müssen.

Genervt schlug er den Weg in eine der Wohnstraßen jenseits des Touristentrubels ein. Vielleicht fand sich hier eher etwas. Aber je weiter Dirk lief, desto stiller und ruhiger wurde der Ort.

In einer Seitenstraße, wo er unauffällig nach einem Unterstand Ausschau hielt, damit er wenigstens die Illusion eines Daches über dem Kopf hatte, sprach ihn eine Frau an. Sie stand am Gartenzaun, trug eine Kittelschürze und trat gerade die zu Ende gerauchte Zigarette aus. »Suchen Sie ein Zimmer?« Ihre Stimme klang tief und heiser. Fast wie die einer Löwin. Sie wies auf seinen Handkoffer. »Sie sehen so aus, und ich hätte eines in meiner Pension.« Sie sprach das Wort »Pangsion« aus, mit A und hartem G.

»Sie haben wirklich ein Zimmer frei?«, fragte Dirk. »Dann schickt Sie der Himmel!«

»Ja, das habe ich. Und alles zum Vorteilspreis von vierzig Euro plus zehn Euro fürs Frühstück. Mit Ei. Das Bad ist privat, können Sie aber mitnutzen.«

Dirk schluckte. »Ich nehme das Zimmer!«

»Ungesehen?«, hakte die Frau nach.

»Ungesehen, ja!«

Über das Gesicht der Frau glitt, vermutlich angesichts der nicht eingeplanten, aber durchaus willkommenen Einnahmen, ein breites Grinsen. Sie machte Licht im Flur und bedeutete Dirk, ihr zu folgen. Im Haus roch es muffig. Eine Mischung aus Erbsensuppe, Speck und Keksen. Dirk musste hinter ihr her über eine schmale Treppe bis zum Dachboden klettern, wo ein winziger Raum abgetrennt war. Fensterlos und mit einer nackten Glühbirne am Haken. Das Wort »Zimmer« war für diese Absteige eindeutig übertrieben.

»Das ist es«, sagte die Frau und hielt ihm die Hand hin. »Ich bin übrigens Frau Wilken, und hier ist der Schlüssel.« Sie angelte ihn aus den Tiefen ihrer Schürze, als sei sie durchaus auf späten Besuch eingerichtet.

»Frühstück gibt es morgen in der Küche«, riss Frau Wilken ihn aus seinen Gedanken. »Gleich um acht, bitte seien Sie pünktlich. Später geht nicht. Mein Sohn kommt morgen Abend, da muss ich beizeiten kochen und alles vorbereiten, der Junge soll sich ja wohlfühlen. Er arbeitet drüben auf der Insel. Auf Wangerooge.« Jetzt hob sie ihre Stimme, und es klang blanker Stolz darin. »Er ist dort Polizist!«

Dirk tat ein Stoßgebet, dass er seine Mutter beziehungsweise den Anlass seiner überstürzten Reise unerwähnt gelassen hatte. Vielleicht sollte er, falls die Dame fragte, morgen besser einen falschen Namen nennen, damit es auch im Nachhinein nicht zu Komplikationen kam. Er hörte sie schon überall herumerzählen, dass sie den Sohn einer Kriminellen unter ihrem Dach hatte wohnen lassen, falls der Sohn ihr abends von seinem »Fall« erzählte. Schweigepflicht hin oder her, Carolinensiel war ein Dorf.

Frau Wilken drehte sich noch einmal um, bevor sie hinunterging, und streckte Dirk die Handfläche entgegen. »Zahlen können Sie im Voraus. Vertrauen ist gut, Kontrolle ist besser!«

Dirk suchte die 50 Euro zusammen und drückte sie Frau Wilken in die Hand. »Wo finde ich denn morgen Ihre Küche?«

»Immer dem Geruch nach! Bei mir köchelt ständig etwas. Das Bad ist die Treppe runter, erste Tür links.« Frau Wilken drehte sich noch einmal um, räumte einen Wäschekorb vom Bett und wuchtete ihn ächzend in eine dunkle Ecke. Dann legte sie ihre kräftigen Arme beidseitig auf das Geländer und ging die Treppe hinunter.

Dirk schloss die Tür. Sein Nachtlager befand sich inmitten von Bügelwäsche, Bügelbrett und diversem Trödel, von dem er gar nicht wissen wollte, aus welchem Jahrhundert er stammte. Dirk hatte Frau Wilken in Verdacht, dass es sich um ein ausrangiertes Kindergitterbett handelte, von dem sie lediglich die Stäbe abgebaut hatte, um herumirrenden Touristen das Geld aus der Tasche ziehen zu können.

»Sei nicht undankbar, Dirk Schadewald. Die Alternative wäre eine Parkbank gewesen«, ermutigte er sich selbst. Dennoch rechtfertigte der angepriesene Vorteilspreis nichts in diesem Raum.

Dirk seufzte. Am besten duschte er rasch und legte sich dann gleich schlafen. Da ging die Zeit am schnellsten herum. Er kletterte die schmale Treppe nach unten und fand das Bad sofort. Angewidert starrte er auf das Potpourri verschiedener Tierhaare, die sich in unterschiedlichen Farbknäulen miteinander verbunden hatten und dem grünen Teppichflor farblich eine besondere Note gaben.

Die Dusche hatte einen gelblichen Rand, und das ganze Badezimmer war mit so vielen staubigen Flakons zugestellt, dass er sich fragte, ob man diese Parfümmenge in seinem ganzen Leben aufbrauchen konnte. Und er war von Minou immerhin viel gewohnt.

Nach dem Duschen fühlte er sich zwar erfrischt, aber nicht sauber. Egal, auf Wangerooge hätte er bei seiner Mutter sicher ein bequemes Bett, eine picobello saubere Dusche und alles, was man wollte. Penibel genug war sie ja!

Als er im Bett lag, rief er vorsichtshalber Minou an. Gerade weil sie sich in diesem heftigen Streit getrennt hatten, war es besser, sie nicht noch weiter zu reizen. »Was, du wohnst nicht im 5-Sterne-Hotel?«, polterte sie los. »Du wohnst in einer kleinen Pension? Das ist doch nicht dein Ernst.«

»Nicht schlimm, Liebes. Ganz klein und schnuckelig. Für eine Nacht wirklich gut!«

»Es ist unter deiner Würde! Das Hotel hätte deine Mutter von ihrem Diebesgut bezahlen können. Eine Pension!«

Und was für eine. Ich höre sogar die Mäuse rascheln. Wahrscheinlich bekomme ich gleich Besuch von ihnen.

»Es ist alles okay, Minou. Ganz klein, aber sauber. Ich melde mich morgen. Der Empfang ist hier so schlecht.« Dirk drückte seine Frau weg, weil sie sicher noch stundenlang weiterlamentiert hätte. Das Letzte, was Dirk an diesem Abend sah, war eine dicke Spinne, die sich langsam auf die immerhin frisch gewaschene Decke abseilte.

17. Kapitel

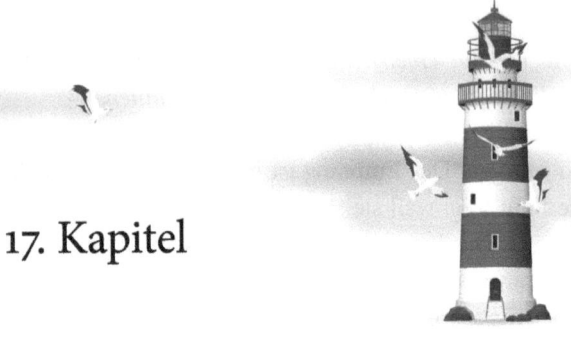

Suse erwachte am nächsten Morgen um acht mit latenten Kopfschmerzen. Ihr Nacken war völlig verkrampft, was mit Sicherheit an der viel zu dünnen und viel zu harten Matratze und dem fehlenden zweiten Kopfkissen lag. Herr Wilken-Meents hatte seinen Dienst schon angetreten, allerdings verriet sein schlurfender Gang, dass er entweder noch arg müde war oder es ihm nicht besonders gut ging.

Suse setzte sich auf. Dann ordnete sie das Haar, nahm den Kamm, der vor dem Spiegel lag, und nutzte das bereitgestellte Zahnputzzeug. Mehr war wohl nicht erlaubt, aber zumindest würde sie ihrem Gegner nicht mit Mundgeruch gegenüberstehen. Das ließ ihr Stolz nicht zu. Schlimm genug, dass eine Dusche fehlte. In ihrer Handtasche hätte sie ein Ersatzdeodorant gehabt, aber selbst die war von dem Polizisten in Gewahrsam genommen worden. Herr Wilken-Meents musste sie jede Minute frei lassen. Die 24 Stunden waren um, und wo sollte er bei ihr das Diebesgut gefunden haben?

»Guten Morgen«, hörte Suse vorn aus dem Büro, aber die Stimmen kamen ihr nur entfernt bekannt vor. Es dauerte eine Weile, ehe sie wusste, wer da draußen stand. Das waren die Bunten! Um diese Zeit? Was war denn mit denen los? Suse konnte nur vereinzelte Satzfetzen verstehen, aber es war eindeutig, dass sie beteuerten, nichts mit dem Einbruch zu tun zu haben. Na also! Es wunderte Suse allerdings, dass die drei noch immer auf der Insel waren. Wahrscheinlich hatte ihnen das Geld für die Rückfahrt gefehlt.

Schließlich drehte sich der Schlüssel im Schloss, und in den kargen Raum strömte eine frische Nordseebrise.

»Und? Muss ich nun aufs Festland?«, fragte sie. »In ein richtiges Gefängnis? Oder konnten Sie sich mittlerweile von meiner Unschuld und Ihrem Irrtum überzeugen?«

Herr Wilken-Meents schaute böse. »Sie können vorerst gehen. Aber bitte halten Sie sich zu meiner Verfügung und verlassen Sie die Insel nicht. Das gilt für alle vier. Noch ist der Verdacht nicht endgültig ausgeräumt!«

»Und wo sollen wir wohnen?« Enna warf einen begehrlichen Blick auf die Pritsche. Sie sah müde aus. Da der Bunker in der letzten Nacht tabu gewesen war, hatten sie vermutlich auf einer Parkbank genächtigt. Zumindest aber unter freiem Himmel, anders waren die vielen Mückenstiche, die sich in einem roten Arrangement über Gesicht, Hals und Ohren verteilten, kaum zu erklären. »Letzte Nacht haben wir bei Onkel Hein im Garten gepennt«, schnaubte sie. »Im Mückenparadies!«

»Das ist euer Problem«, erklärte der Dorfsheriff. »Mitgehangen, mitgefangen«, gluckste er selbstzufrieden. Diesen einen winzigen Triumph genoss er sichtlich. Und in Suse regte sich Widerstand.

»Der will uns doch nur eins auswischen, und deswegen sollen wir bleiben«, schimpfte Fipsi. »Wir haben null Kohle für ein Zimmer, im Bunker dürfen wir nicht pennen, und draußen will ich nicht mehr. Ist das überhaupt rechtens?«

BVB-Bert sah herausfordernd zu Suse. »Wir sind deinetwegen hier.«

Suse nickte. »Ich weiß, und ich habe auch eine Lösung für das Problem, gegen die selbst Herr Wilken-Meents keine Einwände haben dürfte.«

Der zog wichtig die Brauen hoch. »Und die wäre, Frau Schadewald?«

Suse grinste ihr Gegenüber an. »Die drei können bei mir bleiben, bis alles geklärt ist. Ich bin ja allein und habe Platz.« Als sie danach in die strahlenden Gesichter sah, wurde ihr selbst heiß und kalt.

Dirk hastete vom Bahnhof Wangerooge schnurstracks in Richtung Charlottenstraße. Er hatte gleich das erste Schiff genommen. Zuvor hatte er gegoogelt, wo die Polizeiwache zu finden war, und sich den Inselplan noch einmal genau angesehen, um keine Zeit zu verlieren. Ein bisschen kannte er sich auf Wangerooge noch aus, so oft, wie er früher mit seiner Mutter und Lena hier Urlaub gemacht hatte. Mit der Polizei hatten sie allerdings nie etwas zu tun gehabt.

Die Nacht war so schlimm gewesen, dass er auf das Frühstück bei Frau Wilken verzichtet hatte, auch wenn die zehn Euro schon bezahlt waren. Er hatte sich knapp von ihr verabschiedet und seinen Namen nur genuschelt in der Hoffnung, dass er sie nie wiedersehen musste. Nur das Reiseziel hatte sie aus ihm herausbekommen. Aber damit war er weiß Gott nicht der Einzige, wie sich unschwer an den Touristenströmen ausmachen ließ. Auf dem Festland hatte er am Anleger zwei belegte Brötchen und einen Coffee to go erstanden, allerdings lag ihm das noch jetzt quer im Bauch: Er hatte viel zu schnell gegessen.

Dirk bog in die Charlottenstraße ab – und traute seinen Augen kaum. Seine Mutter stand tatsächlich draußen auf der Straße, umringt von drei jungen Menschen, die aussahen, als wären sie eben mit einer fliegenden Untertasse vom Mars angereist.

Dirk verharrte irritiert, und in dem Moment überholte ihn ein weiterer Alien, in Schlumpfblau und weiblich. Die junge Frau zog ein niedliches dunkelhaariges Mädchen hinter sich her, das ihn entfernt an Lena erinnerte, als sie klein gewesen war.

»Oma Suse«, ertönte nun noch die Stimme eines kleinen Jungen, der wie ein Derwisch an Dirk vorbeizischte und sich seiner Mutter in die Arme stürzte. Ein Mann in einem Tweedanzug mit Einstecktuch, der einem englischen Lord glich und offenbar ebenfalls zur der Gruppe gehörte, rammte ihn in seiner Eile mit einem Buggy, in dem ein weiteres Kind saß und vergnügt an seinem Schnuller nuckelte. Immerhin besaßen diese Menschen normale Haarfarben.

Dirk wartete erst einmal ab. Wenn er diese Gruppe rund um seine Mutter betrachtete, wunderte ihn gar nichts mehr. Was war in der kurzen Zeit bloß mit seiner Mutter geschehen? Solche Menschen hätte sie früher nicht einmal gegrüßt! Dirk atmete tief aus.

»Du bist draußen!«, freute sich eben Miss Schlumpf, während Frau Polly Pocket in Lila sich eine Zigarette drehte. Der Kerl in den Dortmunder Vereinsfarben hob die Hände wie ein Mönch dankend in den Himmel, während die Playmobilfigur bedächtig mit dem Kopf nickte.

Dirk konnte es drehen und wenden, wie er wollte: Es gab in diesem ganzen Haufen keinen Menschen, dem er eine Wohnung vermietet hätte. Selbst der Anzugträger erschien ihm suspekt. Er sah nicht nur aus wie ein Graf, er glich diesem Baron von Zwiebelschreck, der bei Bibi Blocksberg herumgeisterte, wie ein Ei dem anderen. Seine Mutter war die Hüterin einer Comic-Familie geworden!

Immerhin hatte sie sich äußerlich nicht verändert, lediglich die Frisur saß nicht so perfekt wie sonst, was aber sicher der Nacht in der Zelle geschuldet war.

Dirk näherte sich allen vorsichtig. Keiner aus der Gruppe bemerkte ihn, sie schienen in Feierlaune zu sein. Denn was er durchaus verstanden hatte, war, dass Suse offenbar nicht mehr im Arrest sitzen musste. Das würde seinen Aufenthalt merklich verkürzen.

»Hallo Mutter«, sagte er schließlich, aber es war zu leise, keiner hörte ihn. Also brüllte er die beiden Wörter noch einmal so laut, dass er das Geschnatter merklich übderdröhnte.

»Dirk!«, entwich es Suse. Ihr war nicht anzumerken, ob sie sich über sein Kommen freute oder nicht.

»Ich bin sofort aufgebrochen, nachdem du angerufen hast«, erklärte er.

»Warum?«

»Ich bin dein Sohn, und so wie es aussieht, hast du in immensen Schwierigkeiten gesteckt.«

»Ja, das war was! Aber ich bin schon wieder auf freiem Fuß. Ich und einbrechen! Lächerlich!« Suse lachte auf. »Und ich soll mit Beekes Freunden ein Komplott geschmiedet haben. Die kommen hier auf der Insel auf Ideen!«

Dirk betrachtete die jungen Leute noch einmal und fand die Vermutung des Polizisten durchaus nachvollziehbar, nur äußerte er das lieber nicht. »Willst du mich deinen Bekannten nicht mal vorstellen?«, fragte er.

»Klar!« Suse nannte der Reihe nach alle Namen.

»Das sind also die Menschen, mit denen du dich auf Wangerooge umgibst«, fasste Dirk in möglichst neutralem Tonfall zusammen. Ob seine Mutter überhaupt noch wusste, was sie tat?

»So, ihr Lieben«, sagte Suse, ungerührt von Dirks skeptischem Gesichtsausdruck. »Dann lasst uns gehen!«

»Wohin?«, fragte das lila Mädchen.

Nun mischte sich der Anzugmann ein. »Wir gehen alle ins Hotel Hanken und frühstücken eine Kleinigkeit. Wir müssen schließlich feiern, dass alles gut ausgegangen ist!«

Suse sah zu Dirk. »Kommst du mit?«

»Ja, was soll ich sonst tun?«

»Stimmt.« Suse lachte und wirkte so befreit, wie Dirk sie seit Jahren nicht erlebt hatte. »Du willst bestimmt auch bei mir schlafen, oder?«

»Das hab ich gedacht, ja«, sagte Dirk. »Warum eigentlich *auch?*«

Dem Gesichtsausdruck seiner Mutter nach barg das ein Problem, das sie momentan allerdings eindeutig nicht ansprechen wollte.

Maike Bellinghorst war beunruhigt. Sie hatte zweimal mit Beeke telefoniert, aber ihre Tochter wirkte verändert. Nicht mehr so aufsässig, wie sie es von ihr gewohnt war. Eigentlich hätte sie das beruhigen müssen – warum es sie stattdessen fast an den Rand der Verzweiflung brachte, konnte sie nicht sagen. Gestern Abend hatte Onkel Hein sie pflichtbewusst aus der Telefonzelle angerufen, sich aber wortkarg wie eh und je gegeben. Nichts, aber auch gar nichts hatte sie wegen Beeke herausbekommen. Maike versuchte, sich das Gespräch erneut ins Gedächtnis zu rufen, um vielleicht doch zwischen den Zeilen etwas Positives herauszuhören.

»Was treibt Beeke auf der Insel?«

»Sie hilft.«

»Kannst du dich auf sie verlassen?«

»Jou.«

»Und sie macht keinen Blödsinn?«

»Nö.«

»Aber ich habe herausbekommen, dass ihre Freunde sich nicht mehr in Wilhelmshaven aufhalten.«

»Und?«

»Ich möchte nicht, dass sie einen schlechten Einfluss auf Beeke ausüben. Nicht, dass sie auch auf Wangerooge sind.«

Schweigen.

»Onkel Hein, ist alles in Ordnung?«

»Kann man so sagen. Jou.«

Es war zwecklos gewesen. Und auch die rückblickende Betrachtung half nicht weiter. Sie hätte zuvor mit einkalkulieren müssen, wie schwierig die Kommunikation mit ihrem Onkel war, und dass es schon seinen Grund hatte, weshalb sie vorher kaum noch miteinander zu tun gehabt hatten. Hein Janssen war einfach ein komischer Kauz. Und ihm hatte sie ihre einzige Tochter anvertraut! Womöglich steckte Beeke längst in den größten Schwierigkeiten, und sie, ihre Mutter, hatte das zu verantworten!

»Ich sollte auf Wangerooge nach dem Rechten sehen«, flüsterte Maike. So konnte sie keine Nacht mehr ruhig schlafen. Bestimmt waren Enna, Fipsi und dieser BVB-Bert längst dort, und sie drehten krumme Dinger oder taten sonst lauter illegale Sachen. Onkel Hein war sicher froh, wenn sein buntes Vögelchen beschäftigt war. Egal womit. Hauptsache, er hatte seine Ruhe in der kleinen Laube. Immerhin hatte er nicht verneint, dass die drei auf der Insel waren! Es half nichts. Sie musste ihrer Tochter zu Hilfe eilen, bevor alles zu spät war.

Es war gemütlich im Hotel Hanken, und Paul sprach einen Toast auf alle aus. »Das haben wir doch wunderbar hinbekommen! Erst Beekes Freund befreit, und nun ist auch Suse wieder auf freiem Fuß!« Er beugte sich zu ihr hinunter und zwinkerte ihr zu. »Vor allem das freut mich, denn Suse ist alles, aber bestimmt nicht unehrlich, davon konnte ich mich mehrfach überzeugen.«

»Unehrlich bin ich nicht«, bestätigte Suse. »Manchmal vielleicht ein bisschen direkt. War schwer genug, diesen Polizisten davon abzubringen, mich wegen Beleidigung dranzukriegen.«

»Der Pilozist war böse!«, krähte Marius, was ihm von Mathilda nicht nur einen gezielten Bodycheck einbrachte, sondern auch die immer wiederkehrende Belehrung, dass es nicht Pilozist, sondern Polizist hieß.

»Aber der Pilozist hat Oma Suse eingesperrt«, krähte Marius unbeirrt weiter. »Dabei ist Oma Suse gar kein Verbrecher.«

Mittlerweile drehten sich die ersten Köpfe in ihre Richtung um, und Suse erkannte vor allem bei Dirk das erste Unbehagen.

»Das hatte ich gestern schon. In der Bahn«, flüsterte er.

Suse grinste. Er, der überaus korrekte Mann, wurde plötzlich hautnah mit einem Verbrechen konfrontiert. Zwar mit einem, das niemand von ihnen begangen hatte, aber immerhin galten vier Leute am Tisch weiterhin als verdächtig, so lange nicht das Gegenteil bewiesen war. Vor einer Woche hätte sie ähnlich peinlich berührt reagiert.

Einer der Tischnachbarn stand sofort auf, nachdem er das Gespräch mit hochroten Ohren belauscht hatte. »Gehören Sie zu der Gang, die das Leben auf der Insel unsicher macht?«, fragte er sensationslüstern. »Es soll ja im alten Bunker eingebrochen worden sein. Und in Muddis Bernsteinwinkel auch. Trotzdem sind Sie auf freiem Fuß. Erstaunlich.«

»Im Zweifel für den Angeklagten«, sagte Fipsi.

»Der Pilozist hat sich geirrt«, ergänzte Marius. »Und deshalb fährt er gleich zu seinem Gehause, da kommt dann ein anderer Pilozist, ein echter Kommassir, der löst den Fall.«

Mathilda wollte Marius gerade wieder verbessern, doch Suse schüttelte den Kopf.

»Jetzt nicht.« Sie wandte sich dem Herrn zu, der noch ein bisschen dichter an den Tisch herangetreten war. »Nun, wir würden gern in Ruhe weiteressen«, sagte sie höflich. »Ich hoffe, es stört Sie nicht, neben einer vermeintlichen Verbrecherbande zu sitzen. Danke für Ihre Aufmerksamkeit.« Sie wandte sich wieder dem belegten Brötchen zu und hoffte, der Mann würde möglichst rasch verschwinden, doch er blieb stur.

»Darf ich ein Foto machen? Ich meine, wann hat man mal das Glück, so vielen kriminellen Elementen gegenüberzustehen! Und das auf einer Nordseeinsel!«

Dirk war inzwischen kreidebleich geworden.

Suse kicherte. Hätte ich auf ihn, den Korinthenkacker gehört, säße ich jetzt in einer tristen Altenwohnanlage mit betreutem Wohnen in den Bergen und würde täglich darauf warten, dass mein Einäscherungssonderangebot nicht verfällt. Und hätte lange nicht solchen Spaß! In dem Augenblick gingen bei ihr die Pferde durch. Wenn der Tischnachbar es wollte, warum nicht? Sie lächelte ihm fröhlich zu. »Ich habe es mir überlegt. Selbstverständlich können Sie ein Foto machen! Dafür habe ich vollstes Verständnis. Ihr doch auch?« Sie blickte in die Runde und erkannte in den Gesichtern alles, nur kein Verständnis. Besonders Dirks Antlitz hob sich gespenstisch und leichenblass von den anderen ab. Suse kicherte wieder. Ein Foto von dieser Mimik wäre sicher ein wunderbares Mitbringsel für seine lackierte Minou, der Äußerlichkeiten und die Contenance über alles gingen.

Meine Mutter und ihre Gangsterfreunde!

Übereifrig holte der Gast seine Spiegelreflexkamera, hüpfte ein wenig hin und her, bis er die beste Perspektive gefunden hatte, und drückte schließlich ab. Zufrieden leckte er sich die Lippen und schoss »zur Sicherheit« noch ein paar Fotos mehr. »Ich bin nämlich vom Lokalboten, das wird der Aufhänger der nächsten Sonntagsausgabe!«

»Das verbitte ich mir!«, stieß Dirk gequält aus. »Wir sind nicht kriminell, und ich möchte auch nicht in diesem Zusammenhang in Ihrem Lokalblatt erscheinen. Das ist Rufmord, und dann sind Sie dran!«

»Ich werde Ihre Privatsphäre achten, junger Mann.« Der Reporter lächelte. Seine Story für den morgigen Tag war gerettet. »Selbstverständlich werde ich Sie nicht als Verbrecher titulieren, sondern nur als die Verdächtigen, denen man nichts nachweisen kann! Und man könnte Balken vor den Augen einfügen, nicht wahr?«

»Kommen wir jetzt in die Zeitung?«, fragte Mathilda ganz aufgeregt.

»Die Kinder nicht!«, stieß Paul entsetzt aus. »Das verzeiht mir Sophie niemals!« Er sprang auf und hechtete dem Reporter hinterher. Suse erkannte kurz darauf, dass Paul, seinem zufriedenen Gesichtsausdruck nach, aus der Debatte als Sieger hervorgegangen war.

Sie biss herzhaft in ihre Brötchenhälfte. Dass die drei bunten Gestalten bei ihr wohnen sollten, empfand sie mittlerweile als besonders spaßig. Ihre kleine Rache an Dirk und Minou nahm groteske Züge an, aber wer schon die Verbrennung der eigenen Mutter zu Lebzeiten organisierte, musste sich über gar nichts wundern. Da half auch sein Auftauchen auf der Insel nichts.

18. Kapitel

Suse verlangsamte ihren Schritt. Sie hatte es nicht eilig, zu ihrer Wohnung zu kommen. Paul und die Kinder waren zurück in die Ferienwohnung gegangen, Beeke wollte Onkel Hein im Garten helfen. Sein Kreuz machte ihm heute schwer zu schaffen.

Dirk schaute schon den ganzen Weg skeptisch drein. Dabei hatte Suse noch nicht einmal klargestellt, dass er beileibe nicht der einzige Schlafgast war. Nun stand ihr noch die schwierige Aufgabe bevor, ihm genau das zu beichten. Wenn er es erfuhr, suchte er sich vermutlich freiwillig ein Hotel. Wobei es um diese Zeit ein schwieriges Unterfangen sein durfte, spontan ein Quartier zu finden. Die Insel platzte aus allen Nähten.

Sie musste ohnehin noch eine Lösung finden, wo sie all ihre Gäste unterbrachte. Enna, Fipsi und BVB-Bert hatten Luftmatratzen und Schlafsäcke dabei, sodass für Dirk der Platz auf dem Sofa blieb. Sie hatte den dreien die Unterkunft nun mal zugesagt, und ihren eigenen Sohn konnte sie auch schlecht ausquartieren.

Suse nahm seine ständig zwischen ihr und Beekes Freunden hin- und herschweifenden Blicke wahr. Im nächsten Moment zog er Suse beiseite. »Warum kommen die mit? Sie sind satt, haben dich offenbar aus der Haft befreit ... Was wollen die noch von dir?«

»Das sind meine Freunde.«

»Deine Freunde? Diese bunten Chaoten? Mutter, ich zweifle an deinem Verstand.«

»Mein Lieber, ich habe in der kurzen Zeit tatsächlich Menschen kennengelernt, die hätte ich in Jever nicht einmal von hinten betrachtet.« Suse machte eine Pause, weil ihr erst jetzt deutlich wurde, welch hohen Stellenwert die neuen Freunde mittlerweile hatten. »Sie sind mir ungeheuer wichtig. Weil sie –«

»Weil sie was?«, unterbrach Dirk sie unwirsch.

»Weil sie unkompliziert sind. Das Leben einfach so hinnehmen. Und auch, weil es mir guttut, gebraucht zu werden. Immerhin plant keiner von ihnen, mich in ein Heim abzuschieben oder gar …«

»Das wollten Minou und ich auch nicht«, fuhr Dirk sie an. »Wir wollten dir eine schöne Wohnung in einer Seniorenwohnanlage besorgen und dich in unserer Nähe haben!«

»Wenn es nach Minou ginge, hätte sie mich längst entmündigt und mein Geld genommen, damit ihre Fingernägel bei der nächsten Maniküre noch drei Millimeter länger modelliert werden können. Mach mir doch nichts vor, Dirk! Aber ich habe mein Leben noch einmal selbst in die Hand genommen, da benötige ich dich nicht und erst recht keine Minou. Und solltest du wider Erwarten einen Platz in meinem Dasein haben wollen, rate ich dir, sämtliche Prospekte von günstigen Verbrennungsmethoden, die du für mein Ableben geplant hast, sofort zu vernichten!« Suse hatte sich so in Fahrt geredet, dass sie gar nicht bemerkte, wie Enna, Fipsi und BVB-Bert der Diskussion mit großem Interesse folgten.

»Mutter, ich wollte dich nie verbrennen lassen und habe auch keine Angebote eingeholt. Wirklich nicht!«

Suse blitzte ihn an. »Du hast diese Prospekte bei mir in der Wohnung vergessen, als du mir dein wunderbares München hast schmackhaft machen wollen. Schon vergessen?«

»*Was* soll ich getan haben?«

Suse schüttelte den Kopf. Dirk musste nicht so tun, als wäre er ein Unschuldslamm. Sicher war das Minous Idee gewesen, aber er hatte dem keinen Einhalt geboten.

»Du bist mein Sohn, ich habe dir das längst verziehen, aber bitte lass mich hier auf Wangerooge mein eigenes Leben führen. So wie ich es brauche.«

Dirk holte tief Luft, als wollte er etwas sagen, aber da konnte sich Fipsi nicht mehr beherrschen. »Du wolltest Oma Suse ins Altenheim stecken, so lange, bis sie da verfault und so stinkt, dass nur noch die Verbrennungsanlage bleibt? Krass, Alter! Voll krass.« Er hieb Dirk auf die Schulter. »Da gehört echt Mut zu. Wow!«

»Mega«, bestätigte Enna.

»Ultra«, nickte auch BVB-Bert. Die Mienen der drei hatten sich merklich verfinstert. »Ist aber scheiße.«

Ein Schweigen legte sich über die Gruppe.

»Nun, Dirk, da ist voll die Entschuldigung fällig«, durchbrach Fipsi es schließlich. »Wir warten. Haben ja Zeit, werden schließlich eine Weile bei Oma Suse wohnen.«

Dirks Mund klappte auf und zu. »Ihr wohnt hier tatsächlich?«

»Ja, das tun sie«, grinste Suse. Sie genoss ihre kleine Rache in vollen Zügen. »Ich habe sie eingeladen. Wir werden eben ein bisschen zusammenrücken.«

»Mutter, ich erkenne dich nicht wieder! Mit mir und meiner Frau« – Suse nahm befriedigt zur Kenntnis, dass er Minous Namen nicht aussprach – »wolltest du nicht nach München ziehen, aber hier lädst du *wildfremde,* ich sage noch einmal wildfremde Leute zu dir ein, betreust, wie ich im Lokal gehört habe, wildfremde kleine Rotznasen und kochst für einen ebenfalls wildfremden Mann?«

»Ja!« Suse lächelte. Es gefiel ihr, wie fassungslos Dirk war. Das geschah ihm nur recht! »So ist es, mein Sohn. Mit diesen *wild-*

fremden Menschen finde ich mein Glück. Du hast aber noch Beeke und Onkel Hein vergessen! Nur der Vollständigkeit halber.«

»Da bin ich ja wohl überflüssig«, stieß Dirk aus, und als Suse seine verzweifelten Augen sah, überkam sie doch eine Welle von Mitleid. Sie legte beschwichtigend ihre Hand auf seinen Unterarm.

»Bist du nicht. Du kannst hier natürlich auch unterschlüpfen. Ich würde mich freuen! Wirklich! Du bist doch mein Kind. Das Sofa im Wohnzimmer ist für dich noch frei.«

Dirk wischte die Hand ab. »Ich weiß nicht, Mutter. Weiß wirklich nicht, was ich davon halten soll.«

Mathilda löcherte Beeke fast ununterbrochen mit ihren Fragen, als sie auf dem Weg nach Hause waren. »Hast du diesen Dirk jetzt gefragt, ob er weiß, wo Lena wohnt?«

»Nein, Thilda, das ging doch gar nicht. Suse war dabei, und er wird auch gerade auf hundertachtzig sein, wenn er erfährt, dass meine Freunde jetzt bei Oma Suse wohnen.«

»Warum, das ist doch echt nett von ihr. Weil die obdachlos sind.«

»Woher kennst du denn das Wort?«

»Hat Opa gesagt. Leute, die kein Zuhause haben, nennt man so. Wusstest du das nicht?«

»Doch, mich wundert nur, dass du es weißt.«

»Aber es ist doch nett, dass Oma Suse sich um deine Freunde kümmert, oder nicht?«

»Ja, im Prinzip schon. Nur kennt Oma Suse die drei gar nicht, ihre Wohnung ist für so viele Leute nicht gedacht. Und ganz einfach sind meine Freunde auch nicht.«

Mathilda schob sich den Finger tief in die Nase. »Hat Oma Suse denn noch Zeit für uns, wenn sie auf deine Freunde aufpasst?«

Beeke lächelte. »Klar. Die sind ja schon groß, und sie brauchen nur ein Bett.«

Mathilda atmete erleichtert aus, und auch der Finger verschwand wieder aus dem Nasenloch. »Zum Glück! Aber nun müssen wir Dirk fragen! Sonst können wir Oma Suse doch gar nicht überraschen.«

Beeke nickte. »Dazu ist es nötig, ihn allein zu erwischen. Mal sehen, wie wir das hinbekommen.« Sie spurteten Paul nach, der mit dem Buggy ein ganzes Stück vor ihnen lief. »Kann ich mit Thilda noch ein bisschen draußen bleiben? Sie braucht ja keinen Mittagsschlaf wie die Jungs.«

Paul wirkte sehr erleichtert über das Angebot. Zwei Kinder waren für ihn einfacher zu bändigen, und Mathilda als Alternative vor dem Fernseher zu parken, war wirklich unglücklich.

Beeke winkte ihm zu und lief dann mit Mathilda augenblicklich in die andere Richtung.

»Wie gehen wir vor?«, fragte sie Mathilda und schüttelte sofort den Kopf. Wie sollte die Kleine das denn entscheiden? Sie war am Zug, sie war die Ältere. Trotzdem war es eine ungewohnte Rolle für Beeke. In der Clique hatte Fipsi das Sagen, zu Hause Mama. Beeke hatte zwar eine große Klappe und redete wie ein Wasserfall, aber wenn es um Entscheidungen ging, war sie eher zögerlich.

Ein Blick auf die Uhr verriet ihr, dass zwölf schon vorbei war. Am Abend fuhr noch ein Schiff zurück. Wenn Dirk über Oma Suses Besuch so aufgebracht war, wie sie vermutete, würde er keine Zeit verlieren, möglichst schnell aufs Festland und zurück nach Hause zu gelangen.

»Ist das da vorn nicht Dirk? Der da sieht doch so aus, oder?« Mathilda zeigte auf einen Mann, der mit ausgreifenden Schritten die Zedeliusstraße hinuntereilte, die Hände tief in den Taschen vergraben, den Kopf aufs Pflaster gesenkt.

»Stimmt.« Er hat keine Tasche dabei, dachte Beeke. Also ist er noch nicht auf der Flucht. Er muss sicher nur nachdenken. Das war ihre Chance! »Komm, Thilda! Den schnappen wir uns!«

Sie hasteten hinter Dirk her, der sich bei den trampelnden Schritten erstaunt umdrehte. »Was wollt ihr von mir? Weitere Ungeheuerlichkeiten kundtun, so wie meine Mutter?«

Beeke schüttelte den Kopf. »Warum sollten wir? Wir kennen Sie doch gar nicht.«

»Immerhin scheinen Sie Manieren zu haben, junge Frau. Im Gegensatz zu Ihren Freunden, die mich einfach duzen.«

»Ach, das können wir auch gern machen.« Beeke streckte ihm die Hand hin. »Ich bin Beeke. Beeke Bellinghorst. Ich wohne in Wilhelmshaven und helfe hier nur Mamas Onkel bei seiner Immobilie.« Beeke fand, das klang super. »Ich helfe ihm bei seiner Immobilie« hörte sich doch erheblich eleganter an als »Ich putze den Flur und mähe den Rasen.«

Dirk zögerte erst, lenkte aber dann ein und quetschte ein »Mein Name ist Dirk« heraus. »Was wollt ihr denn von mir? Euch stehen die Fragen ja förmlich ins Gesicht geschrieben.«

»Was wissen«, sagte Mathilda, »was ganz Wichtiges.«

»Und was soll das sein? Wann ich wieder von hier verschwinde, um euch nicht weiter zu stören?«

»So ein Quatsch.« Beeke grinste. »Es geht um etwas völlig anderes.«

Dirk zog fragend die Brauen hoch.

»Wir wollen Oma Suse überraschen, und dazu brauchen wir dich«, erklärte Mathilda.

Dirks Gesicht sah nun nicht mehr ganz so verkrampft aus. »*Mich* braucht ihr dafür?« Seine Stimme klang etwas ungläubig. »Okay, dann lasst uns mal ein ruhiges Plätzchen suchen. Im Park?« Er wies nach links zum Rosengarten. Dort war tatsächlich eine Bank im Schatten frei, auf die Dirk sich gleich fallen ließ. Er zog ein Stofftaschentuch aus der Hosentasche und tupfte sich damit die Stirn. »Womit wollt ihr meine Mutter denn überraschen?«

»Oma Suse geht es schlecht«, begann Beeke.

»Das sieht aber ganz anders aus!« Dirk lachte rau. »Sie hat doch alles bekommen, was sie wollte. Und auf mich wirkt sie eher völlig überdreht!«

Beeke schüttelte entschieden den Kopf. »Nein, das täuscht. Sie war nur froh, aus dem Gefängnis gekommen zu sein. Oma Suse ist in Wahrheit tief traurig. Merkst du das denn nicht? Du bist doch ihr Sohn.«

»Worauf wollt ihr hinaus?« Seine Stimme klang plötzlich spröde.

»Lena«, sagte Beeke. »Auf Lena wollen wir hinaus. Wir müssen wissen, wo sie steckt.«

»Genau«, bestätigte Mathilda.

Beeke sah Dirk tief in die Augen. Er musste sie jetzt ernst nehmen, sonst war alles verloren. »Wenn wir das herausgefunden haben, möchten wir sie nach Wangerooge holen. Als Überraschung für Oma Suse. Damit sie immer so gut drauf ist wie heute!«

»Dann ist sie auch nicht mehr so garstig«, fügte Mathilda altklug hinzu.

»Meine Mutter ist also schon mal garstig?« Jetzt wirkte Dirk belustigt. Er wusste offenbar genau, wovon sie sprachen.

»Ja, manchmal«, bestätigte Mathilda. »Und sie guckt traurig. Aber das kann man wegmachen. Ich bin auch manchmal garstig, wenn ich traurig bin.«

Dirk strich Mathilda übers Haar. »Du bist mir ja eine.« Er seufzte. »Aber ich fürchte, da kann ich euch nicht weiterhelfen. Weiß ja selbst nicht, wo meine Schwester sich aufhält. Sie ist vor vielen Jahren einfach aus unserem Leben verschwunden und hat nie den Versuch gestartet, mit mir oder meiner Mutter Kontakt aufzunehmen. Es ist einfach zu viel passiert.«

»Was denn?« Mathilda stellte sich vor Dirk.

»Das ist eine Familienangelegenheit, die keinen was angeht. Jedenfalls hat dieser Streit zum Zerbrechen unserer Familie geführt. Nachdem Papa tot war, ging alles den Bach runter.« Seine Stimme brach beim letzten Satz, und Beeke durchflutete großes Mitgefühl. Dirk litt genauso wie Oma Suse, nur tat keiner etwas, um diesen Zustand zu verändern.

»Wenn ihr alle so leidet, warum sucht ihr Lena dann nicht? Es gibt doch Einwohnermeldeämter und so was.«

Dirk lachte auf, aber es wirkte gequält. »Dazu müsste man erst einmal wissen, in welchem Einwohnermeldeamt ich beginnen soll. Ganz abgesehen davon, dass Lena damals ins Ausland gegangen ist und ich nicht weiß, ob sie jemals zurückgekommen ist.«

Beeke presste die Lippen aufeinander. »Aber wenn …«

Dirk hob abwehrend die Hand. »Wenn Lena mit uns nichts mehr zu tun haben möchte, müssen wir das akzeptieren. So sind Mutter und ich verblieben.« Er schaute zu Boden, und Beeke sah, dass er heftig schluckte, bevor er leise sagte: »Manchmal ist es einfach besser, mit Dingen abzuschließen. Man muss ja weiterleben.«

»Aber es macht euch unglücklich! Und wie wollt ihr denn wissen, ob Lena nicht genauso leidet?«, versuchte Beeke es weiter.

»Nun, das wissen wir tatsächlich nicht. Aber im Gegensatz zu uns weiß sie, wie sie uns erreichen kann. Und sie will es offensichtlich nicht.«

»So? Wie soll sie denn wissen, dass du jetzt in München lebst und Oma zu einer Inseloma geworden ist? Wie kann sie es herausfinden, wenn sie euch doch mal suchen will?«

»Sie sucht uns nicht mehr.« Dirk schüttelte den Kopf. »In all den Jahren wusste sie, wo wir leben. Und sie hat sich nicht gemeldet. Das sagt doch alles. Warum sollte sie das jetzt ändern wollen?«

Beeke nagte an ihrer Unterlippe. »Weil sich in ihrem Leben was geändert hat? Sie könnte ein Kind bekommen haben, was nun nach der Oma fragt. Oder sie könnte ganz schlimm krank geworden sein. So schlimm, dass sie die Familie an ihrer Seite braucht.«

»Ich möchte mich nicht wiederholen, aber in dem Fall hätte sie sich doch melden können! Bis vor einer Woche hätte sie uns problemlos erreichen können. Sie will aber nicht!«

Beeke war sich da nicht sicher. Wenn sie selbst einen Streit begann, fiel es ihr unglaublich schwer, ihr Unrecht einzugestehen. Was war, wenn es Lena ähnlich erging?

»Ich kann euch nicht weiterhelfen.« Dirk stand auf und zupfte sein Hosenbein zurecht. »Ich gehe jetzt zurück zu meiner Mutter. Ich danke euch, dass ihr euch so viele Sorgen um sie macht. Das hätte ich nicht erwartet. Ich hatte« – er räusperte sich – »eine völlig andere Meinung von euch. Vor allem von dir und deinen Freunden.« Er nickte Beeke zu und wollte gehen.

»Warte doch, Dirk!«

Er blieb erstaunt stehen.

»Eigentlich wollten Mathilda und ich ein Foto von Lena haben. Wir müssen ja sehen, wie sie aussieht, wenn wir sie suchen.«

»Und das wollt ihr dann rumreichen, so wie in den billigen Detektivfilmen?« Dirk lachte auf. »Das könnt ihr vergessen. Lena kann überall auf der Welt sein«, erklärte er. »Sie wollte die Welt sehen und hat mit Neuseeland begonnen. Ich kann euch nicht sagen, ob sie noch da ist.«

»Neuseeland? Wo ist denn das?« fragte Mathilda.

»Neben Australien, wo die Kängurus leben«, erklärte Beeke. »Oder so ungefähr.«

Mit Kängurus konnte Mathilda zumindest etwas anfangen, und so gab sie sich mit der Aussage zufrieden. »Trotzdem muss man ja wissen, wie sie aussieht, auch wenn Lena weggeflogen ist. Kann sogar sein, dass sie Neuseeland langweilig fand und direkt hier auf Wangerooge lebt, und ich kenne sie.« Mathilda gab einfach nicht auf.

»Ach Thilda, das wäre schon ein ziemlich großer Zufall, oder?«, sagte Dirk. Aber er lenkte ein. »Ich habe natürlich kein aktuelles Bild. Und auch keines von ihr, auf dem sie erwachsen ist.« Er brach ab und nestelte an seiner Hosentasche herum, bis er ein Portemonnaie in der Hand hielt, aus dem er ein Foto zog. Er lächelte Mathilda an. »Du ähnelst ihr«, murmelte er. »Ich glaube, deshalb ist auch meine Mutter so bemüht um euch.«

Beeke nahm ihm das Schwarz-Weiß-Bild aus der Hand und betrachtete es genau. Es zeigte zwei Kinder am Strand. Die Gesichter konnte man nicht eindeutig erkennen. Der pummelige Junge war ganz eindeutig Dirk, der Babyspeck ließ ihn niedlich wirken. Er sah fast aus wie Marius, nur kräftiger. Das dunkelhaarige Mädchen neben ihm hatte tatsächlich Ähnlichkeit mit Mathilda. Die gleichen dunklen Locken, der kecke Blick und die dünnen Beinchen, die ein wenig an Mogli aus dem Dschungelbuch-Zeichentrickfilm erinnerten.

»Mathilda und Lena sind wirklich ähnliche Typen. Genau wie du und Marius.«

»Nicht wahr?« Dirk lächelte und nahm Beeke das Foto aus der Hand. »Aber das hilft uns nicht weiter. Ich weiß nämlich nicht, ob Lena überhaupt noch lange Haare hat. Ob sie noch so dünn ist … keine Ahnung. Also lasst uns das Kapitel einfach abschließen.« Er steckte das vergilbte Foto zurück ins Portemonnaie.

Enttäuscht gingen Beeke und Mathilda zurück zu Paul. »Hoffentlich hat er wenigstens Eier gemacht«, sagte Mathilda. »Ich hab schon wieder Hunger.«

Maike Bellinghorst war froh, noch Urlaub zu haben und deshalb zu Beeke reisen zu können. Nun stieg sie auf Wangerooge aus dem Zug, der vom Hafen durch die Salzwiesen zum Bahnhof gefahren war, und sah sich um. Obwohl Onkel Hein schon immer auf Wangerooge lebte, war sie seit vielen Jahren nicht mehr hier gewesen. Auf jeden Fall war es richtig, diese Straße dort entlangzugehen, und irgendwann musste sie sich nach links halten, um zur Laubenkolonie zu gelangen.

Doch schon nach einigen Metern war Maike ratlos, ob sie wirklich auf dem richtigen Weg war. »Ich gehe erst mal zum Café Pudding«, sagte sie zu sich. Von dort aus würde sie den Weg eher finden. Kaum aber war sie in Höhe der Kneipe Kogge, entdeckte Maike Fipsi, der an einem Eingang lehnte und genüsslich eine Zigarette rauchte. Hatte sie es sich doch gedacht! Sofort steuerte sie auf ihn zu. »Hallo Fipsi, ihr seid also auch da?«, sprach sie ihn an. »Enna, Bert und du?«

»Jou. Inselurlaub. Bisschen frische Luft tanken.« Er pustete Maike den Rauch entgegen. »Stressabbau.«

Sie wedelte den Qualm weg. Jetzt nicht provozieren lassen! »Weißt du, wo Beeke steckt? Ist sie arbeiten oder bei Onkel Hein?«

»Weder noch.« Fipsi gähnte. »Sie ist bei Oma Suse, und ich glaube, Opa Paul kommt auch gleich da hin.«

»Oma Suse? Opa Paul?« Maike hatte diese Namen noch nie gehört.

»Sind das Kunden von Onkel Hein?«

»Nö, Friends von uns.«

Maike zuckte resigniert mit den Schultern. Fipsi war so stur wie immer. »Dann sag mir bitte wenigstens, wo diese Oma Suse wohnt.«

Fipsi deutete mit dem Kopf die Zedeliusstraße hinunter, dann zeigte er mit der Hand nach links. »Am Steingarten. Das schicke

Haus. Nummer weiß ich nicht. Aber erster Stock. Voll easy zu finden.«

Maike atmete erleichtert aus. Am Steingarten befand sich Onkel Heins Haus, dann arbeitete Beeke tatsächlich, und sie, Maike, hatte sich umsonst gesorgt. Wer Suse und Opa Paul waren, würde sich gleich bestimmt klären. Und wenn alles gut war, konnte sie die zwei Tage auf Wangerooge entspannt genießen.

»Ich geh da gleich hin, will mir nur in der Kurverwaltung noch rasch eine Unterkunft besorgen. Ich muss mich beeilen, damit sie nicht schließen.«

Fipsi griente. »Alles voll auf der Insel. Hat Dirk schon versucht. Hätte ich an deiner Stelle schon von zu Hause aus gemacht. Bist doch sonst so organisiert! Ich nehme an, du denkst, hier geht alles drunter und drüber?«

Wer Dirk war, fragte Maike jetzt lieber nicht. »Und tut es das? Drunter und drüber gehen?«

»Jou«, sagte Fipsi. »Soll ich dir trotzdem zeigen, wo Suse wohnt? Du siehst ziemlich fix und foxi aus. Ich muss dann noch mal los. Enna und BVB-Bert sollten was zum Kauen besorgen. Will mal sehen, wo die stecken.«

Dankbar sah Maike ihn an. Dass sie diesem Typen mal ein solches Gefühl entgegenbringen würde, hätte sie selbst in ihren kühnsten Träumen nicht für möglich gehalten.

Sie folgte Fipsi zum Steingarten. Um ein Zimmer würde sie sich später kümmern, wenn alles geklärt war. Fipsi wies mit dem Kopf zu einem modernisierten Haus, tippte sich mit Zeige- und Ringfinger an die Stirn und verschwand. Natürlich hatte Beekes Freund ihr nicht den Nachnamen dieser Oma gesagt, aber auf dem einen Klingelschild stand: S. Schadewald. Und Suse begann ja eindeutig mit einem S. Mit etwas Glück war das die richtige Wohnung.

Nachdem sie geklingelt hatte, ging der Summer, und die Tür sprang auf. Maike erklomm die Treppe bis zum ersten Stock und wurde dort von einer fülligen Dame erwartet. Sie trug lässige Kleidung, die Haare waren kurz geschnitten, aber flott frisiert. Ihre Augen blickten ein wenig spöttisch. »Was kann ich für Sie tun?«

»Ich bin Frau Bellinghorst.«

Ihr Gegenüber zog fragend die Stirn in Falten. »Und? Kenne ich Sie?«

»Ach so, ja!« Maike streckte Suse die Hand entgegen. »Ich bin Beekes Mama! Fipsi, den ich getroffen habe, hat mir Ihre Adresse genannt. Und gesagt, dass Sie hier sind. Zusammen mit einem Opa Paul.«

Über Suses Gesicht glitt plötzlich ein feines Lächeln. Sie trat einen Schritt zur Seite. »Kommen Sie doch rein! Beeke ist gerade mit Mathilda bei Paul. Und Fipsi und die anderen holen Kuchen. Wir wollen gleich Kaffee trinken.«

Maike folgte Frau Schadewald in ein geschmackvoll eingerichtetes Wohnzimmer. Alles wirkte neu, wie aus einem Möbelkatalog. Einzig die im Flur herumliegenden Reiserucksäcke und Schuhe störten das Gesamtbild.

»Setzen Sie sich doch«, forderte Frau Schadewald sie auf. »Ach, was sind wir so förmlich, wo Beeke und ich uns doch prima verstehen? Ich bin Suse!«

Maike ergriff die Hand, murmelte »Maike« und war erstaunt über den lockeren Ton, den sie der Frau nach dem ersten Aussehen gar nicht zugetraut hatte.

»Wir haben hier gerade eine kleine WG gegründet. Umständehalber.« Das erklärte das Vorhandensein der Rucksäcke, die Maike insgeheim Beekes drei Freunden zuordnete.

»Die drei schlafen bei dir?«, hakte sie vorsichtig nach.

»Ja, manchmal geht das Leben eigenartige Wege. Es gab einige Unstimmigkeiten, die es zu klären galt.«

»Fipsi hat erwähnt, dass hier nicht alles glatt läuft«, sagte Maike.

»So kann man es wohl nennen. Ich bin gerade erst aus der Arrestzelle entlassen worden. Dank Beekes Freunden, und da wollte ich mich erkenntlich zeigen. Eine Hand wäscht die andere.«

Maike zuckte zusammen. »Sie ... äh ... du warst in der Zelle?« Sie sah sich unwillkürlich um.

Suse machte eine wegwerfende Handbewegung. »Nur Peanuts! Eine Lappalie, die sie mir am Ende gar nicht nachweisen konnten. Und die jungen Leute, die sind schon klasse. Haben zu mir gehalten. Na ja, hab Fipsi gestern selbst erst aus der Zelle geholt, wo er eingesperrt war. Ich sag ja, eine Hand wäscht die andere.«

Maike wurde stocksteif. »Beekes Freunde waren also auch verhaftet?«

Suse lachte auf. »Nein, nur der eine. Fipsi. Lustiger Name, oder?«

Maike hatte definitiv einen anderen Humor als Suse Schadewald, die sich von Maikes pikiertem Schweigen nicht beeindrucken ließ und munter weiterplauderte. »Der Polizist auf der Insel hat zu wenig zu tun, glaube ich. Da sucht er sich halt ein paar vermeintliche Missetäter!«

Maikes Hals war so trocken, dass sie kaum schlucken konnte. »Beeke ist aber nicht mit dem Gesetz in Konflikt gekommen?« »Wir auch nicht. Aber Beeke hat er nicht festgenommen.«

Maike schickte ein kurzes Dankgebet Richtung Himmel. Dann sah sie Suse Schadewald wieder an. Es war wichtig für sie, die Zusammenhänge zu begreifen. »Nach den beiden Verhaftungen waren also alle bei der Polizei und haben sich gegenseitig wieder, wie sagst du so schön, rausgeboxt?«

Suse nickte. »So ähnlich. Es war ja nacheinander, nicht gleichzeitig.« Sie erzählte weiter, fast so, als sei sie unglaublich stolz auf das Gewesene. »Und das Beste ist, ich hätte nie geglaubt, dass die jungen Leute so nett sind. Von Paul und seinen drei Kleinen ganz zu schweigen.«

»Kinder sind auch noch beteiligt? Und wer ist Paul? Auch ein Krimineller?«

»Paul ist der Opa der Kinder.«

Maike war überfordert. Es war wohl besser, das Ganze nicht zu vertiefen, sondern gezielt nach dem Wohlergehen ihrer Tochter zu fragen, deshalb war sie schließlich hier. »Und wie geht es Beeke mit alledem?«

Suse strahlte sie an. »Super! Du hast eine tolle Tochter, sie hat uns alle zusammengebracht. Sie ist einfach klasse!«

Maike sackte in sich zusammen und legte den Kopf in die Hände. Es war schlimmer als gedacht. Es war sogar viel schlimmer!

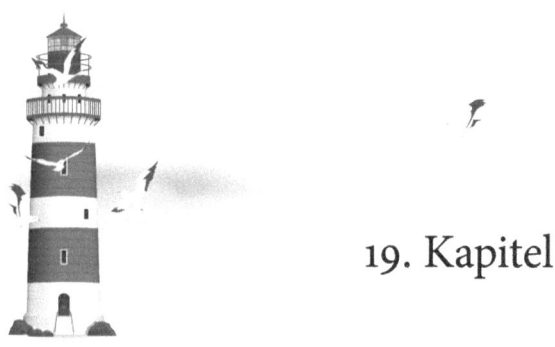

19. Kapitel

Suse betrachtete Maike Bellinghorst, der Beeke wie aus dem Gesicht geschnitten war. Die gleiche feine Nase, die gleichen schmalen Lippen, die sich bei Stress immer wieder leicht nach oben zogen und zuckten. Sie hatten zusammen Kaffee getrunken, danach war Maike noch kurz bei der Kurverwaltung gewesen und unverrichteter Dinge zurückgekommen. Es war unmöglich, mitten in der Saison am Wochenende ein Zimmer auf der Insel zu bekommen. Sie saß etwas unglücklich und sichtlich überfordert zwischen den jungen Leuten und dem überaus aufgekratzten Paul.

Suse fiel es schwer, ihn nicht zu beobachten. Seitdem er seine anfängliche Unsicherheit abgelegt hatte, hatte er sich in einen überaus attraktiven Mann verwandelt – sah man von der Anzugmanie mal ab. Immerhin hatte er jetzt sein Jackett abgelegt.

Suses Blick schweifte zu Dirk, der mit ähnlich verzweifelter Miene wie Maike dasaß. Die beiden warfen sich immer wieder verstohlene Blicke zu. Gemeinsamer Kummer verband, auch wenn sich der von Dirk auf seine Mutter und der von Maike auf ihre Tochter bezog.

Suse wunderte sich, wie wohl sie sich inmitten dieses Durcheinanders fühlte. Wie es ihr plötzlich gar nichts mehr ausmachte, dass sie über Rucksäcke steigen musste und dass überall Flaschen herumstanden und Schuhe den schmalen Durchgang im Flur blockierten. Wie sie das Lachen der anderen und das Geplapper liebte! Das hätte sie sich in Jever nicht träumen lassen. Und sie hätte nie geglaubt, dass sie sich in ihrer schönen neuen Wohnung erst richtig wohlfühlen würde, wenn sich so viele Menschen darin tummelten. Seit Jahren hatte sie endlich wieder das Gefühl zu leben. Da hatte sie immer geglaubt, viel Ruhe zu benötigen, nur um jetzt festzustellen, dass es viel, viel besser war, wenn ringsum Chaos herrschte. Eben jagte Mathilda hinter Marius her, dem BVB-Bert aus einem Stück Papier einen Flieger gebaut hatte. Max hingegen saß mit großen Augen auf Beekes Schoß und nuckelte versonnen an seinem Daumen.

Suse ertappte sich dabei, dass sie Lena genau heute sehr vermisste. Wie schön wäre es, diesen Spaß mit ihr zu teilen, denn genau das war einer ihrer ewigen Streitpunkte gewesen.

»Du lebst doch gar nicht mehr, Mama! Seit Papas Tod hast du dir ein Mausoleum gebaut, in dem du dich verkriechst. Ja, er hat Mist gemacht, aber vielleicht wollte er auch einfach mal richtig leben!« Das hatte gesessen, und wie. Aber hatte Lena womöglich nicht ganz unrecht gehabt?

Nein, dachte Suse. Mit ihrem Vater irrte sie, er hätte sich auch mit mir auseinandersetzen können, anstatt in die Arme von anderen Frauen zu fliehen. Aber was ihre Einschätzung von mir angeht, ja, da könnte sie recht haben! Ich habe mich zusammen mit ihm beerdigt.

Pauls Handy klingelte. »Es ist Sophie. Sie wollte früher zurückkommen«, raunte er Suse zu, bevor er im Nebenzimmer verschwand. »Wer weiß, vielleicht kommt sie heute schon! Aber pst!«

In dem Augenblick beneidete Suse ihn grenzenlos. Paul hatte einen Sohn, für den er sich gerade krummlegte. Er hatte eine

Schwiegertochter, die Wert auf seinen Rat legte und ihm sogar ihre Kinder anvertraute. Suse hingegen hatte nichts dergleichen. Nur einen Sohn, der zwar aus Pflichtgefühl hier war, sie aber am liebsten unter der Erde sehen würde. Mathilda hatte Marius das Flugzeug derweil erfolgreich abgejagt, und nun sah sie sich mit einem verschmitzten Grinsen um. Schaute von Dirk zu Suse, dann wieder zurück. Schließlich schlich sie zu ihm und zupfte an seinem Ärmel. Suse sah, dass sie ihm etwas ins Ohr flüsterte.

Er zuckte mit den Schultern, aber seine Gesichtszüge entspannten sich merklich. Er mochte Mathilda. Suse hatte durchaus die Sehnsucht in seinem Blick bemerkt, wenn er die beiden kleinen Jungs ansah. Sie verwünschte Minou in diesem Augenblick. Dirk wäre bestimmt ein toller Vater!

Paul kam zurück. Er wirkte arg erleichtert. »Ich soll alle herzlich von Sophie grüßen! Sie und mein Sohn sind aus Thailand zurück, wollen noch zwei Tage zu Hause verbringen und dann kommen sie nach Wangerooge!«

Mathilda sprang auf. »Mama und Papa kommen?«, rief sie. »Jippiejee!« Sie herzte Marius, der sich den Kuss mit dem Handrücken abwischte. Nur Max küsste zurück. Er küsste allerdings jeden gern.

Beeke schrumpfte ein wenig in sich zusammen. »Dann reist ihr ja bald ab«, sagte sie. Die Enttäuschung in der Stimme war unüberhörbar.

»Wir bleiben in Kontakt«, versicherte Paul. »Und vielleicht mache ich doch noch länger auf der Insel Urlaub. Gründe gibt es genug.« Er warf einen längeren Blick zu Suse.

»Nun, Beeke«, begann deren Mutter. »Dich nehme ich besser wieder mit. Es ist ganz nett hier, aber nicht das, was ich mir in Bezug auf deinen Inselaufenthalt vorgestellt habe. Du solltest Abstand von deiner Clique bekommen, du solltest arbeiten und nicht rumlümmeln. Stattdessen finde ich dich inmitten dieser

Leute vor. Und wie ich höre, stehen sie alle unter irgendeinem Tatverdacht!«

»Der sich nicht bestätigt hat«, fiel Paul ihr ins Wort. »Hier sind alle unschuldig.«

»Das sagen Sie!«

»Du«, verbesserte Paul sie. »Wir sind hier alle per Du.«

»Beeke kommt mit nach Hause.«

Beeke schüttelte den Kopf. »Nein Mama, ich muss doch Onkel Hein helfen. Der schafft das nicht mehr ohne mich!«

Maike kniff die Lippen zusammen.

»Wo schläfst du denn eigentlich heute Nacht? Ein Zimmer hast du schließlich nicht mehr bekommen.« Beeke wollte vermutlich das Thema wechseln. »Kommst du mit zu Onkel Hein? Der müsste übrigens auch gleich hier sein. Er wollte sich noch einen Flachmann kaufen. Sein Bier ist alle«, fügte sie erklärend hinzu.

»Das ist hier wirklich ein Tollhaus«, stieß Maike hervor. »Du sagst, du musst Onkel Hein helfen, und deinen Aussagen nach klingt es, als sei das notwendig, weil er ständig betrunken ist!«

Beeke schlug sich die Hand vor den Mund und beeilte sich zu sagen: »Ach nein, so ist das nicht.«

Suse spürte, wie die Luft zwischen Beeke und ihrer Mutter brannte. »Maike, magst du mir beim Abendbrot helfen? Ich wollte für alle ein paar Schnittchen machen. Trotz des Kuchens werden die Kinder gleich Hunger haben.«

Maike folgte Suse, und sie richteten gemeinsam die Brote. Am Ende hatten sich zwei ansehnliche Berge auf den Platten angehäuft. Gemeinsam trugen sie das Essen ins Wohnzimmer.

Beeke trat auf ihre Mutter zu. »Wo schläfst du denn nun?«

Maike zuckte mit den Schultern.

»Dann bleibst du auch hier«, hörte Suse sich sagen, während sie nach einem weiteren Salamibrot griff. »Platz ist in der kleinsten Hütte!«

»Ich hätte auch noch ein Sofa«, mischte Paul sich ein. »Ist ein wenig merkwürdig, dass ich das anbiete, ich weiß. Wir kennen uns ja kaum. Aber das ist ein Notfall. Du kannst ja nicht draußen übernachten. Und bei Onkel Hein ist nun wirklich wenig Platz. Außerdem gibt es da kein Bad. Das habe ich zumindest.« Er räusperte sich. »Bei mir musst du allerdings mit den Kindern vorliebnehmen.«

Es klingelte. Diesmal war es Onkel Hein.

Maike taute beim Anblick ihres Onkels merklich auf. Sie lächelte ihn freundlich an, und auch Dirk schüttelte nicht mehr ständig den Kopf. Maike beugte sich zu ihm und sagte leise: »Es ist hier ein Tollhaus.«

»Jou, Maike. Aber weißt du was? Ein liebevolles. Das hier« – Onkel Hein machte eine ausladende Handbewegung – »sind allesamt feine Menschen, sag ich dir.«

Suse lächelte sie an. »Wir sind wirklich nicht so schlimm, wie es scheint.«

Maike nickte. »Das glaube ich inzwischen. Es ist wohl einfach nur eine Menge durcheinandergelaufen. Sieht wirklich so aus.«

»So ist es, meine Lütte!« Onkel Hein drückte Maike einen Kuss auf die Wange.

»Wir sind voll nett«, sagte Mathilda. »Und du schläfst bei uns?«

»Mal sehen.«

»Du bist lieb, weil du Beekes Mama bist«, beschied Mathilda schließlich, und wenn die große Schwester das so sah, schlossen sich ihre Brüder an.

Maike sah zu Marius und Max, die beide herzhaft gähnten. »Die Kleinen sind müde. Es ist fast sechs. Wann müssen sie denn zu Bett?«

»Bald«, sagte Paul. »Ich mache mich in einer halben Stunde auf den Weg.«

»Nö, schlafen müssen wir noch lange nicht.« Mathilda kletterte auf Maikes Schoß. Marius und Max erklommen Dirks Beine. »Du bist auch nett, weil du Oma Suses Kind bist«, sagte Marius.

Maike fiel ein Fingerspiel ein, das sie früher mit Beeke gespielt hatte. »Kennt ihr das?«, fragte sie. Die drei Kinder stimmten sofort mit ein. Schließlich sangen alle wild durcheinander das Lied von den Fingerlein, die einmal Tierlein sein wollten.

Schließlich rieb Max sich mittlerweile ständig die Augen. »Weißt du was, Paul«, sagte Maike. »Ich bin hundemüde, und deine Enkel sind es auch. Ich würde dein Angebot wirklich gern annehmen und bei dir übernachten. Ich könnte die drei doch mitnehmen und schon mal zu Bett bringen. Du musst mir nur sagen, wo ich alles finde.«

»Ich weiß das!«, rief Mathilda. »Ich kenne mich aus!«

Paul nestelte nach dem Schlüssel. »Wenn es dir nichts ausmacht, gern. Ich komme auch gleich. Mathilda kennt den Weg. Bettwäsche und Decken mit Kissen sind noch im Schrank.«

Dirk druckste herum. »Sag mal Paul, wäre es möglich, dass du mich auch aufnimmst? Ich weiß, es ist etwas viel verlangt, aber hier ist es so eng, wenn sich die drei jungen Leute mit ihren Luftmatratzen verteilen. Ist bei dir zufällig mehr Platz?«

Paul nickte. »Ich hätte folgenden Plan: Die Kinder schlafen normalerweise bei mir mit im Schlafzimmer auf der Ausziehcouch, und im Wohnraum ist ein großes Sofa, ebenfalls zum Ausfahren. Wenn Maike mit zu den Kindern geht, sie kann mein Bett ja neu beziehen, können wir beiden Männer doch auf dem Sofa übernachten.«

»Das wäre super«, stimmte Dirk zu.

Maike aber winkte Beeke zu sich heran. »Du kommst auch besser mit, oder?«

Doch Beeke wehrte sich. »Lass mich bleiben! Ich passe doch

nicht auch noch in Pauls Wohnung. Ich habe mein Bett in der Gartenlaube, genau so, wie du es dir gewünscht hast.«

»Lassen Sie Beeke ruhig hier«, mischte Suse sich mit einem freundlichen Lächeln ein. »Sie schläft ab heute auch bei mir. Das Sofa ist ja nun frei, wenn Dirk mit zu Paul geht. Es wird eng, aber gemütlich. Die Laube ist ja nicht das Richtige für ein junges Mädchen.« Dann wandte sie sich an Dirk. »Geh ruhig, mit den Kindern ist es bestimmt ganz lustig! Wir sehen uns dann morgen früh.«

Dirk zögerte nicht länger, griff nach der Tasche und folgte Maike und den Kindern.

Mathilda wartete auf Dirk und schob ihre Hand in seine. »Weißt du was?«

Er sah sie fragend an.

»Du hast auf der gleichen Seite ein Loch in der Backe wie meine Mama.«

Bei Paul angekommen, versuchte Maike sich erst einmal zurechtzufinden. Die Kinder öffneten bereits die Schranktüren, um nach den versprochenen Decken und Bezügen zu forschen.

»Gut, dass es eine Wohnung für sechs Personen ist«, sagte Dirk, »sonst hätten wir heute Nacht ein Problem gehabt.«

»Wobei man sich zu sechst auf Dauer bestimmt sehr auf der Pelle hockt«, antwortete Maike. Aber obwohl es so war, störte es sie heute Abend merkwürdigerweise nicht die Bohne. Sie mochte Dirks Gesellschaft. Und die der Kinder sowieso.

Endlich hatten sie alles Gesuchte gefunden, und Maike bezog die Betten. Dirk half ihr dabei, scheiterte aber schließlich an der Bettdecke, die er einfach nicht in den Bezug hineinbekam.

Anschließend versuchten sie, gemeinsam das Sofa auszuziehen, doch es gelang ihnen erst nach etlichen Versuchen. »Ich bin, was das angeht, echt nicht der Geschickteste«, sagte Dirk lachend.

Nachdem alles aufgebaut und alle Betten neu bestimmt waren, sah sich Maike zufrieden um. »Und nun? Ich glaube, Max und Marius müssen dringend ins Bett.«

Sie brachte die beiden ins Schlafzimmer, und Mathilda schaute sich auf der ausgezogenen Couch ein Buch an. Sie sah allerdings immer wieder zu Dirk, als hätte sie etwas Wichtiges auf dem Herzen.

»So, das Einschlafen ging ja schnell, sagte Maike lächelnd, als sie kurze Zeit später zurück ins Wohnzimmer kam.

Mathilda sprang auf.

Dirk sah sie erstaunt an. »Fertig mit Buchgucken?«

»Ja. Ich möchte aber so gern noch einmal das Foto von Lena sehen! Bitte!«

»Wenn es weiter nichts ist.« Dirk holte es aus dem Portemonnaie, und Mathilda betrachtete es interessiert.

»Wer ist das?«, fragte Maike, die der Kleinen über die Schulter sah. Dirk erklärte es ihr.

»Wollt ihr auch eins von Beeke anschauen, als sie klein war?«, fragte Maike und musste unvermittelt lächeln. Bevor Beeke zu einem Blauschopf mutiert war, hatte sie hellblonde Haare gehabt.

»Hast *du* denn auch ein Foto von deinen Eltern? Das würde ich gern mal sehen«, sagte Maike an Mathilda gewandt und strich ihr übers Haar.

»Klaro.« Mathilda hüpfte vom Sofa, schlich ins Schlafzimmer und holte eine Fotografie aus ihrem Rucksack, die ihre Eltern zeigte. Dirk nahm es ihr aus der Hand – und erstarrte.

Er sah fassungslos auf zwei strahlende Menschen, die Hand in Hand am Nordseestrand standen und in die Kamera lächelten.

»Das gibt es doch gar nicht!«, stieß er aus. »*Das* ist deine Mutter?«

»Ja, mit Papsi!«, bestätigte Mathilda. »Warum?«

Maike sah Dirk an. Etwas hatte ihn verstört. »Was ist mit dem Bild?«, fragte sie.

»Ach nichts«, wehrte Dirk ab und ließ das Foto sinken. Doch gleich darauf nahm er es wieder hoch und schüttelte den Kopf. »Es kann ja gar nicht sein.« Er lächelte verlegen. »Ich hab sonst keine Halluzinationen.«

»Halluzinationen?«, hakte Maike nach. »Wovon sprichst du?«

Dirk lächelte Mathilda an und ging auf Maikes Bemerkung nicht ein. »Deine Mutter heißt Sophie, das ist ganz sicher?«

Mathilda wirkte entrüstet. »Meinst du etwa, ich weiß nicht, wie meine Mama heißt?«

»Sophie«, murmelte er. Verdammt, was passierte hier gerade?

Als auch endlich Mathilda schlief, setzten sich Maike und Dirk an den Esstisch. Von Paul hatten sie einen Anruf erhalten, dass es bei ihm doch etwas später würde, gepaart mit der Frage, ob das schlimm sei. Als sie ihm versicherten, dass alles in Ordnung war, versprach er, gegen elf in der Wohnung zu sein.

»Da läuft was zwischen deiner Mutter und ihm«, behauptete Maike. Sie sah sich um. »Ob Paul irgendwo eine Flasche Wein versteckt hat? Meinst du, wir dürften davon trinken?«

Dirk ging in die Küche und öffnete den Kühlschrank, aus dem er eine Flasche Weißwein zauberte. »Auf der Insel haben die Läden auch sonntags auf, wir kaufen ihm morgen eine neue.« Er war froh, dass Maike ihn von seinen Gedanken ablenkte.

»Mal sehen, ob es sich dann hier besser schläft. Ich hatte an ein kuscheliges Inselhotel gedacht und nicht, dass ich in einer fremden Wohnung strande.« Maike prostete Dirk zu, als er ihr eingeschenkt hatte.

»Besser als neben den bunten Gestalten, die sich Freunde von Beeke nennen, und besser als auf der Parkbank ist es hier allemal, was meinst du?« Dirks Augen ruhten auf Maike.

»Ich kann gut verstehen, dass du Beekes Freunde gewöhnungsbedürftig findest, mir geht es ähnlich. Ist aber insgesamt eine eigenartige Situation. Ich bin eigentlich aus Sorge um Beeke gekommen, aber ich glaube, sie braucht mich gar nicht. Ist manchmal für eine Mutter schwer einzusehen.«

»Sie wirkt tough, deine Tochter. Und weißt du, was ich glaube? Sie hat alles voll im Griff. Aber du wirst sehen, sie braucht dich noch!«

Sie ließen sich den Wein schmecken. Und ab dem zweiten Glas löste sich Dirks Zunge.

Und dann erzählte er Maike alles. Warum er auf Wangerooge war. Von Minou und ihrer eigenwilligen Art. Davon, dass sie seine Mutter nicht mochte. Von dem unsäglichen Streit, weil er wegen Suses Verhaftung nach Wangerooge gefahren war. Er erzählte Maike sogar, wie gern er Vater geworden wäre. »Wenn ich Pauls Enkel sehe, dann tut es weh.«

Maike hörte aufmerksam zu. Nickte hin und wieder und ließ ihn reden. Mit einem Mal aber wurde ihm klar, was er da tat, und er unterbrach sich. Es war ihm unangenehm, dass er sich ihr gegenüber so offenbarte, er kannte Maike schließlich erst wenige Stunden. Aber sie hatte eine so gewinnende Art, dass es ihm erschien, als wären sie schon ewig miteinander bekannt. »Ich rede und rede! Das interessiert dich sicher gar nicht, oder?«

Maike griff über den Tisch und drückte seine Hand. »Doch, Dirk. Das interessiert mich. Sehr sogar. Sprich weiter!«

Dirk nahm noch einen Schluck Wein. Maike hatte das nicht nur aus Höflichkeit gesagt, das würde er spüren.

Dirk sprach sich alles von der Seele. Er ließ nicht einmal aus, dass Suse seit dem Weggang von Lena verbittert und scharfzüngig geworden war. »Mein Vater war kurz vorher gestorben. Es stellte sich dann heraus, dass er etliche Affären hatte. Na ja, und Lena wollte das nicht glauben. Sie ist mit meiner Mutter derart aneinandergeraten! Am Ende ging es gar nicht mehr um Vater, sondern um die beiden selbst. Dann war Lena weg – und bis heute ist Funkstille.«

Dirk hatte seine Hand noch nicht weggezogen, auch wenn Minou ihm mit ihren langen Designernägeln längst das Gesicht zerkratzt hätte, wenn sie ihn hier erleben würde. Aber Minou war weit weg in München, und um diese Zeit trug sie meist eine Gurkenmaske.

Als Dirk fertig war, schwiegen sie für eine Weile, aber es war keine unangenehme Stille. Doch er wollte auch die letzte Last noch loswerden. Seit er das Foto gesehen hatte, ging es ihm nicht aus dem Kopf. Vielleicht hatte Maike eine Lösung.

Er stand auf und holte Mathildas Foto, das noch immer auf dem kleinen Couchtisch lag. »Das hier macht mich völlig fertig.«

»Was ist mit dem Foto?«, fragte Maike. »Ich habe vorhin schon bemerkt, dass etwas nicht stimmt. Kennst du ihre Mama?«

»Ich weiß es nicht, es ist merkwürdig«, sagte er. »Aber diese Sophie ist« – Dirk schluckte – »sie ist Lena wie aus dem Gesicht geschnitten! Wirklich eine frappierende Ähnlichkeit.«

»Du hast deine Schwester doch ewig nicht gesehen!«

Dirk schnaubte. »Das stimmt. Ich werde wohl langsam paranoid.«

»Du hast im ersten Moment tatsächlich geglaubt, es wäre deine Schwester?«

»Aber das kann nicht sein. Paul hätte doch bei dem Namen Schadewald reagiert! Da wäre doch bestimmt ein Kommentar gefallen, zum Beispiel: Hey, meine Schwiegertochter hieß mit Mädchennamen auch so!«

»Ganz sicher hätte er das. Und es gibt schließlich ähnliche Typen. Vielleicht wünschst du dir einfach zu sehr, dass sie zurückkommt, allein, weil deine Mutter dann wieder zugänglicher wäre.«

Dirk musste unwillkürlich lächeln und drückte dankbar ihre Hand. »Obwohl sie das Leben auf der Insel trotz des Durcheinanders offenbar glücklich macht. Sie hat sich verändert!«

»Genieße das.« Maikes Stimme war warm, streichelte ihn. »Wenn du Sophie übermorgen siehst, wird sich alles auflösen. Eine Zwillingsschwester gibt es ja wohl nicht.«

Dirk lächelte. »Dann hätten meine Eltern mich belogen, nein, das kann nicht sein.«

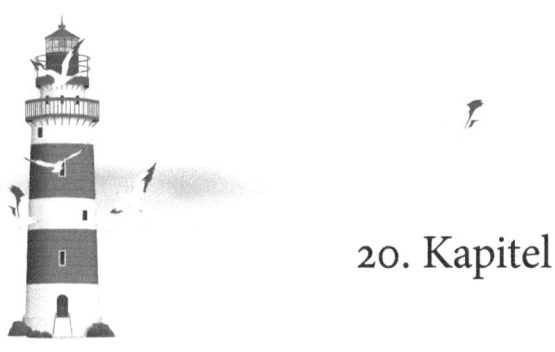

20. Kapitel

Der Sonntagmorgen präsentierte sich auf dem Festland in Wilhelmshaven so trüb, als müsse der Sommer eine Pause einlegen. Nach der feuchten Hitze in Thailand war das sehr gewöhnungsbedürftig. Sophie war Paul unendlich dankbar, dass er ihr und Timo die Reise ermöglicht hatte. Aber nun hatte sie solche Sehnsucht nach ihren Kindern, dass es kaum noch auszuhalten war.

Am liebsten hätte Sophie schon heute die Fähre nach Wangerooge genommen, so wie sie es Paul bei ihrem Telefonat gesagt hatte. Aber Timo wollte sie unbedingt noch einmal zum Essen ausführen. »Wir haben uns doch etwas versprochen, und es wäre schön, einen Abschluss der Reise zu feiern, der gleichzeitig unser Neuanfang ist!«, hatte er gesagt. Und ob wir nun heute oder morgen fahren, ist doch unerheblich. Wir sind immerhin schon eher aus Thailand zurückgekommen.« Die Zeit miteinander hatte ihnen tatsächlich gutgetan. Schon nach wenigen Stunden hatte sich die Vertrautheit wieder eingestellt. Und am Ende fühlte es sich tatsächlich an, als wären sie in den Flitterwochen gewesen.

Genüsslich langte Sophie nun nach einem der Brötchen, die Timo nach dem Joggen beim Bäcker besorgt hatte. Timo hatte recht! Sie sollten ihre letzten zweisamen Stunden auskosten. Den Kindern ging es schließlich gut bei Opa Paul.

»Fang schon mal an«, hatte Timo gesagt, als er die Brötchentüte auf dem Küchentisch ablegte, »ich dusche kurz, aber ich weiß, dass du nicht widerstehen kannst, wenn diese knusprigen Dinkelbrötchen vor dir stehen!« Jetzt rumorte er im Bad.

Sophie strich sich fingerdick Butter auf die obere Hälfte. Sie biss herzhaft hinein und schlug dann die Zeitung auf. Es handelte sich um eines der kostenlosen Sonntagsblätter. Sophie blätterte unkonzentriert darin herum. Sie griff zum zweiten Mal nach der Brötchenhälfte, doch noch bevor sie abbeißen konnte, fiel ihr das Brötchen aus der Hand.

Das konnte doch nicht wahr sein! Das war unmöglich!

Die Überschrift auf der Seite lautete: »Vermeintliche Gangster-Truppe feiert Sieg über die Inselpolizei!« Auf dem Bild waren drei Personen völlig schraffiert, der Rest mit einem Balken vor dem Gesicht versehen. Alle kannte Sophie nicht, aber bei dreien handelte es sich trotz Balken unverkennbar um Paul, Dirk und – ihre Mutter!

»Timo!«, schrie sie auf. »Timo!«

»Hey, du klingst, als hättest du dich verletzt!«, tönte die Stimme ihres Mannes aus dem Bad.

»Fast«, schrie sie. »Fast. Schau mal!«

Die Badezimmertür klackte, und Timo kam mit einem Handtuch um die Hüfte in die Küche. Er küsste Sophie in den Nacken. »Was ist denn los?«

Wortlos hielt sie ihrem Mann die Zeitung hin. Er las und schüttelte dabei stumm den Kopf.

»Was tun sie da alle zusammen auf der Insel, Timo?«

Ihr Mann verstand nicht recht. »Wer ist das alles?«

Sophie holte tief Luft. Nun war der Augenblick gekommen, vor dem sie sich immer gefürchtet hatte. Sie musste ihm sagen, dass sie ihn angelogen hatte. Jahrelang! Ob das ihre Ehe nach dieser großen Krise verkraftete?

Sie stotterte herum, begann immer wieder von vorn, bis sie die richtigen Worte gefunden hatte und wenigstens ansatzweise erklären konnte, dass sie eine Mutter und einen Bruder hatte.

Timo war wie erstarrt. »Wie kann das sein? Du hast doch gesagt, deine Mutter lebt nicht mehr!«, brach es schließlich aus ihm heraus. Er sah Sophie lange an. Dann sagte er: »Bevor ich jetzt an deinem Verstand zweifle, möchte ich die ganze Geschichte kennen. Jedes Detail! Und erst dann machen wir uns Gedanken darüber, was unsere Eltern zusammen und dann noch in diese missliche Lage gebracht hat. Eins nach dem anderen.« Er ließ sich auf den Küchenstuhl fallen. Sophie war dankbar, dass er so ruhig blieb.

»Ich erkläre es dir ja, Timo. Bitte versuche, mich zu verstehen. Ich hatte meine Gründe.«

Sophie hob das heruntergefallene Brötchen auf und goss sich eine neue Tasse Tee ein. Doch ihre Hände zitterten so sehr, dass Timo ihr die Kanne aus der Hand nehmen musste.

Endlich hatte sie die ersten Sätze sortiert und begann vorsichtig. »Ich habe meine Familie vor Jahren verlassen und den Kontakt abgebrochen. Es war zu viel passiert, was in meinen Augen nicht mehr zu kitten war.«

»Da bist du nach Neuseeland gegangen.«

»Genau. Aber mich hat rasch das Heimweh geplagt. Und je länger ich unterwegs war, desto schlimmer drängte sich mir auch die Frage auf, ob mein Verhalten wirklich das einzig richtige war.«

»Den Kontakt abzubrechen und die Familie für tot zu erklären, ist heftig«, bestätigte Timo.

»Aber nie hätte ich vor mir zugegeben, dass vielleicht auch *ich* einen Fehler begangen hatte. Also habe ich noch eins draufgesetzt und meinen Namen ändern lassen. Habe meinen Zweitvornamen angenommen und den Nachnamen geändert.« Sophie schlug die Hände vors Gesicht. »Es war schrecklich! Je mehr ich gegen meine Gefühle angekämpft habe, desto härter wurde ich. Ich konnte keinem mehr vertrauen, weil ich ja gar nicht mehr ich selbst war.« Sie ließ die Hände sinken und sah Timo an. »Bis ich dich gefunden habe. Und die Kinder kamen.«

»Die Mauer um dich herum gab es die ganze Zeit«, flüsterte Timo. »Langsam verstehe ich manches.«

»Ich sehne mich schon so lange nach der Familie als Ganzes«, sprach Sophie weiter. »Mit Onkel, mit Großmutter. Vor allem, als die Kinder da waren und es keine Oma gab, die für uns da war. Nur – wie hätte ich es anstellen sollen, den ersten Schritt zu machen? Wie auf meine Mutter und Dirk zugehen? Ich hatte Angst. War zu stolz!« Sophie schlug erneut die Hände vors Gesicht. »Ich dachte, sie würden mich hassen. Ich habe mich damals unmöglich benommen, bin so ungerecht gewesen.«

Timos Gesicht war weich, als er sagte: »Was genau ist passiert, dass es zu diesem Bruch kam, Liebes?«

Sophie erzählte von dem unsäglichen Streit, bei dem sie ihrer Mutter an den Kopf geworfen hatte, dass sie ihr kein Wort glaube, was diese über den Vater sagte. Er *konnte* die Familie, speziell ihre Mutter, gar nicht betrogen haben. Nicht mit anderen Frauen, nicht mit diesen hohen Summen, die er wer weiß wo gelassen hatte. Er war doch ihr Papa! Und dann noch tot. Einfach so.

Dann erzählte sie, wie sehr sich ihre Mutter nach dem Tod des Vaters verändert hatte. Wie hart und unnahbar sie geworden war. »Ich bin zu Hause erfroren«, flüsterte sie.

Timo war währenddessen aufgestanden und nahm sie nun fest in den Arm.

»Ich war so uneinsichtig, sicher, weil ich jung und ungestüm war. Dachte, nur ich verstehe die Welt. Habe geglaubt, es gebe nur Schwarz und Weiß.«

»Und dann hast du in all den Jahren sämtliche Zwischentöne kennengelernt. Und im letzten Jahr unserer Ehekrise sowieso.«

»So ist es. Nichts läuft immer glatt, so wie man es sich als Kind, aber auch als junger Mensch wünscht. Eben kein Ponyhof!«

Timo ließ Sophie nicht los. Sie war so froh, ihn an ihrer Seite zu haben! So froh, dass sie ihre Liebe retten konnten.

Nach einer Weile rückte Timo von ihr ab. »Trotzdem ist das, was du da abgezogen hast, ganz schön hart. Ich kannte ja nicht einmal deinen wirklichen Mädchennamen. Du weißt, dass dieses mangelnde Vertrauen einen erheblichen Anteil an unserer Krise hatte. Mir fehlte einfach ein Stück von dir.«

Sophie nickte. »Ich weiß. Ich glaube, das sollte ich jetzt dringend ändern.«

»Ja, das musst du. Wir fahren nach Wangerooge und klären alles auf. Und zwar heute noch!«

Minou war sauer. Sie taxierte das stumme Telefon und hätte es am liebsten quer durch die neue Wohnung geworfen. Was bildete sich Dirk eigentlich ein? Er hatte nur kurz seine irre Mutter aus dem Arrest holen und dann sofort zurückkommen wollen. Das hatte sie sich auch erbeten! Immerhin war er ihr Mann! Für wen machte sie sich denn in dieser Perfektion zurecht? Damit sie allein frühstücken oder allein durch München flanieren musste? Dirk hatte ihr gegenüber doch Verpflichtungen! Stattdessen hatte er sie heute Morgen angerufen und behauptet, er sei auf Wangerooge noch nicht abkömmlich. Er hatte den Rückflug vorerst storniert! Welche besonderen Vorkommnisse waren bitte schön wichtiger als sie?

»Ist deine Mutter frei? Also aus dem Knast entlassen?«, hatte sie ihn gefragt, nachdem er ihr umständlich eine Geschichte erzählt hatte, der sie so schnell gar nicht folgen konnte.

»Ja, das schon, aber ich kann noch nicht zurückreisen. Es gibt weitere Verwicklungen«, lautete seine Antwort.

»Was soll das heißen, weitere Verwicklungen? Ich bin deine Frau und allein in dieser fremden Stadt!«, rief sie erbost in den Hörer.

»Tut mir leid, aber es geht nicht anders. Ich beeile mich!« Das waren seine letzten Worte gewesen, weil sie das Gespräch danach zornig unterbrochen hatte.

Minou griff nach der Feile, der Nagel des kleinen Fingers konnte eine winzige Korrektur vertragen.

Nun, wenn der werte Herr sich lieber auf einer Insel in der Nordsee mit wem auch immer die Zeit vertrieb – da konnte sie gegenhalten! Ihr neuer Nagel-Designer, den sie gestern Abend in einer angesagten Szene-Kneipe kennengelernt hatte, wies einen knackigen Hintern auf und war einer kleinen Liaison nicht abgeneigt, obwohl sie bestimmt fünf Jährchen älter war als dieser Jüngling. Sie legte die Feile beiseite und stand auf. Der weiße Zobel wäre sicher passend für ihr Vorhaben. Mal sehen, wie der Nageldesigner auf ihr Erscheinen am frühen Morgen reagierte. »Ein kleiner Prosecco gefällig?«, würde sie fragen, und er würde ihr mit seinem unglaublich sexy bayrischen Dialekt antworten. Obwohl: Viel zu reden brauchte er gar nicht. Sie wollte ihn vernaschen. Das war alles. Damit Dirk mal sah, was er davon hatte, sie zu versetzen. Und das nur wegen seiner lebensuntüchtigen Mutter. Und war da nicht die Rede von einer Beeke gewesen, die Schlumpfinchen ähnelte? Und einem Paul? Einem altersschwachen Mittsiebziger, der seinen Anzug wie eine zweite Haut trug? Dirks Bericht hatte völlig zusammenhangslos geklungen. Er wirkte schon fast so durchgeknallt wie seine Mutter, vielleicht lag die Verrücktheit in den Genen?

Dirk war ein Vollidiot!

Minou prüfte ihr Äußeres ein letztes Mal im Spiegel, prägte sich die Adresse ihres Verehrers ein und machte sich auf den Weg zum Nagelstudio.

Dirk war lange vor den anderen aufgestanden. Er hatte auf dem Ausziehsofa neben Paul Herzog ohnehin kaum schlafen können. Das lag nicht nur daran, dass es zu zweit doch recht eng gewesen war. Paul hatte zudem mit seiner Säge mindestens drei Regenwälder vernichtet. Einmal hatte Dirk ihn sacht in die Seite gestoßen, aber lediglich einen Grunzer zur Antwort bekommen.

Aber Dirk wäre auch ohne Paul kaum zur Ruhe gekommen. Ihn beschäftigten zu viele andere Dinge. Da war seine Mutter, die sich in den paar Tagen völlig gewandelt hatte. Diese vermeintliche Diebstahlgeschichte, in die sie versehentlich hineingeraten war, fand er persönlich gar nicht so schlimm. Ehrlich gesagt, fand er gar nichts von dem, was Suse gerade machte, wirklich schlimm. Sie umgab ein Leuchten, ein Glanz. Sie lachte, war nicht mehr so zynisch. Und sie lud tatsächlich eine Horde junger Menschen zum Schlafen ein. Alles in allem war das positiv, und doch versetzte es Dirk einen Stich, weil es nicht ihm selbst vergönnt gewesen war, ein Strahlen in das Gesicht seiner Mutter zu zaubern. Und je länger er darüber nachdachte, desto sicherer war er, dass das wiederum mit Minou zusammenhing, denn sie war im Laufe der Zeit zu einer gefühllosen Puppe mutiert, die unablässig auf seiner Mutter rumhackte und sich mit ihr anlegte.

Dirk konnte sich schon denken, wie rasend sie nach seinem Anruf gerade eben geworden war. Er hatte sich zum Telefonieren nach draußen auf die Straße verdrückt, denn er hatte Paul nicht wecken wollen. Allein, wie beleidigt sie einfach aufgelegt hatte. Kinderkram! Dabei *musste* er einfach noch hierbleiben, bis er seinen Verdacht wegen des vermaledeiten Fotos aus dem Weg geräumt hatte. Vorher konnte er nicht fahren!

»Und wenn ich weiter ehrlich bin«, flüsterte Dirk zu sich selbst und stellte sich ans Fenster, um einen Blick in Richtung Dünen zu werfen, »mir tut der Abstand von Minou saugut. Ich bekomme hier Luft, ich habe das Gefühl, frei zu sein. Und ich will noch eine Weile bei meiner Mutter bleiben und diese Leichtigkeit mit ihr erleben. Das, was wir nie hatten.« Er drehte sich um und sah Maike aus dem Schlafzimmer kommen. Das Haar verwuschelt, die Augen noch verquollen. Sie hatte aber offenbar kein Problem damit und stellte sich neben Dirk ans Fenster. »Upps, heute ist aber kein schönes Wetter! Ist Paul im Bad?«

»Ja, er duscht«, sagte Dirk.

»Dann mach ich uns einen Kaffee und den Kindern Kakao. Holst du Brötchen?«

»Klar, und anschließend frühstücken wir richtig gemütlich.« Dirk wandte sich zur Tür, und dabei durchfuhr ihn der Gedanke, dass ihn außer seiner Mutter auch noch etwas anderes hier festhielt.

»Beeke!« Mathilda sprang erfreut auf sie zu. Beeke war früh aufgestanden, weil sie schon ein paar Arbeiten bei Onkel Hein erledigt hatte und unbedingt bei Paul und den Kindern vorbeischauen wollte. Nun war es doch schon elf geworden, bis sie in Pauls Flur stand. »Was gibt es? Da habt ihr ja viel Übernachtungsbesuch gehabt!« Immerhin waren die Betten schon wieder abgebaut. Ihre Mutter und Dirk hatten ganze Arbeit geleistet.

»Dirk und Maike haben uns vorhin Frühstück gemacht. Opa will uns aber jetzt noch Pfannkuchen machen. Er hat ein schlechtes Gewissen, weil er gestern so spät gekommen ist. Und Pfannkuchen sind immer lecker!«

»Aber warum bist du so aufgeregt?«, hakte Beeke nach.

»Na, weil wir nicht mehr viel Zeit haben! Mama und Papa haben eben bei Opa Paul angerufen und gesagt, dass sie heute schon kommen. Und wir haben es noch immer nicht geschafft,

Lena zu finden. Bestimmt muss ich bald nach Hause, und wir konnten Oma Suse gar nicht überraschen!«

Beeke hatte in der Nacht dasselbe gedacht, aber offenbar gab es keine Möglichkeit, Lena ausfindig zu machen. Sie zuckte mit den Schultern. »Manchmal geht eben nicht alles so, wie man es möchte.«

Maike trat von der Seite auf sie zu und drückte ihrer Tochter einen Kuss auf die Wange.

»Hallo Mama«, sagte Beeke lächelnd. »Hast du das Chaos überlebt?«

»Sieht man doch.« Maike lächelte zurück. Beeke fand, sie sah unglaublich zufrieden aus.

Sie ging zu Paul in die Küche, der eine Schürze um den Bauch gespannt hatte und sich abmühte, Pfannkuchen zu braten. Zwei schwarze Exemplare klebten auf einem Teller. Die Küche war komplett verqualmt.

»Ich gebe alles, damit das Essen ein bisschen abwechslungsreicher wird!« Er grinste. »Klappt aber nicht so, wie ich mir das denke.«

»Das sieht man!« Auch Maike eilte zu ihm, machte den Dunstabzug an und nahm Paul die Pfanne aus der Hand. »Das Öl ist viel zu heiß! Ich glaube, wir sollten auch das Fenster öffnen.«

Schuldbewusst zog Paul die Schultern hoch. »Dabei wollte ich beweisen, dass ich das Kochen beherrsche. Also nicht nur die Eiervariationen kann. Wobei Eier sind hier ja auch drin.« Paul grinste. »Egal, hat ja ohnehin nicht so gut geklappt.«

Maike lächelte wieder, und Beeke dachte, dass sie ihre Mutter lange nicht mehr so entspannt gesehen hatte. Als Dirk neben sie trat und sie sich kurz freundlich ansahen, zuckte Beeke zusammen. Hatte Suse nicht mal kurz fallen lassen, dass Dirk mit einer Minou, die Oma Suse gar nicht leiden konnte, verheiratet war? Der Blick eben aber war sehr innig gewesen. Oder sie hatte sich verguckt. Und selbst wenn: Es war nicht ihr Problem.

Mathilda hüpfte vor ihr auf und ab. »Komm, wir gehen zu Oma Suse! Hier ist es langweilig, und es stinkt! Ich will ihr mal das Bild von meiner Mama zeigen.«

»Warum denn das?«, fragte Beeke.

»Dirk hat so komisch ausgesehen, obwohl da nur meine Eltern drauf waren. Ich will mal sehen, ob Oma Suse auch so komisch guckt.«

»Gute Idee, Kleine«, sagte Beeke. »Aber erst werden die Pfannkuchen verspeist. Das kannst du Opa Paul nicht antun, jetzt einfach abzuhauen!«

Paul übergab den Pfannenwender an Maike und nahm die Schürze ab. »Übernimmst du?«

»Gern.«

Dirk war inzwischen auch in die Küche gekommen und bemühte sich, Maike zur Hand zu gehen. Binnen kürzester Zeit waren die Pfannkuchen fertig. Goldbraun und lecker.

Die Kinder aßen sie bis auf den letzten Krümel auf. »Kann ich jetzt los zu Oma Suse? Beeke kommt mit.«

»Ja, geht nur!«, sagte Dirk. Wieder fixierte er Beekes Mutter, die ebenso eifrig nickte. Trotzdem wirkte er ein bisschen fahrig. Hing das auch mit Maike zusammen, oder gab es noch einen anderen Grund? Was hatte es mit dem Bild auf sich, von dem Thilda eben gesprochen hatte? Nun, sie würde es gleich herausfinden.

Leise seufzend gab Beeke Mathilda die Jacke. »Na, dann los! Wo sind denn deine Brüder?«

Mathilda wies mit dem Kopf Richtung Schlafzimmer, aus dem jetzt ein lautes Tatütata drang.

»Dürfen Max und Marius hier bei uns bleiben?«, fragte Maike an Paul gewandt, der ebenfalls die Jacke von der Garderobe nahm. »Ich hatte ihnen vorhin versprochen, dass wir noch ›Piraten Pitt‹ und ›Tempo, kleine Schnecke‹ spielen. Das haben wir nämlich im Schrank gefunden.«

Paul überlegte kurz und stimmte dann zu, vor allem, als Marius und Max bestätigten, dass sie viel lieber bei Maike und Dirk bleiben würden als ausgerechnet jetzt zu gehen, wo sie den Verbrecher fast geschnappt hatten.

»Ich bin froh, nicht mehr am Herd stehen zu müssen«, sagte Paul, als sie auf die Straße traten. »Bin wirklich eine Niete im Kochen.«

»Hast echt viel Nebel gemacht«, bestätigte Mathilda. »Stinkigen Nebel!«

»Meinst du, da läuft was?«, fragte Beeke.

»Da läuft eine Ameise«, sagte Mathilda und zeigte begeistert aufs Pflaster. »Nein, sogar ganz viele. Warum interessiert dich das?«

Beeke strich der Kleinen über den Lockenkopf. »Schon gut.« Sie sah zu Paul, der sehr wohl wusste, wovon sie sprach.

Er wiegte den Kopf. »Weiß nicht. Dirk ist ein feiner Kerl. Und deine Mama scheint mir sehr patent. Aber er hat eine Frau. Eine schöne, aber nach Suses Meinung eine sehr schwierige Frau.«

Beeke überlegte kurz. »Warum verträgt sich Oma Suse nicht mit Dirk, wenn er ein so feiner Kerl ist? Liegt es nur an dessen Frau? Sie scheint tatsächlich etwas eigenartig zu sein.« Sie zog die Stirn kraus. »Und was ist passiert, dass Suses Tochter wie vom Erdboden verschluckt ist? Keiner redet wirklich darüber, alle drucksen nur herum. Kann denn ein Familienstreit solche Auswirkungen haben?«

»Es sieht so aus«, antwortete Paul. »Was ich am schlimmsten finde, ist, wie sehr alle darunter leiden.« Er blieb stehen und sah Beeke an. »Suse ist unglücklich deswegen, und das kann ich nicht gut vertragen. Suse ist für mich so wichtig geworden!«

Beeke grinste ihn an. »Opa Paul, du bist ja verliebt!«

»Ach was. Nein, natürlich nicht. Ich bin ein alter Mann, und außerdem ...«

»Lass gut sein«, sagte Beeke. »Ich glaub dir kein Wort. Musst dich nicht schämen. Aber« – sie zwinkerte Mathilda verschwörerisch zu – »du kannst uns helfen! Wir wollen nämlich diese Lena finden, damit Oma Suse glücklich ist!« Paul lächelte, wirkte allerdings skeptisch.

»Wie sollen wir das anstellen, Beeke? Suse redet nicht über sie, Dirk ist ebenso verschwiegen. Es ist, als wollten wir eine Tote zum Leben erwecken.«

»Dann erwecken wir sie!« Beeke lief weiter.

»Wir können einen Geisterjäger holen«, schlug Mathilda vor. »Die fangen Lena dann. Hab mal gelesen, dass das mit einem Staubsauger geht. Wenn sie tot ist und wir sie erwecken, ist sie doch ein Geist, oder?«

Suse betrachtete ihre drei Mitbewohner. »Sollten wir dem Dorfsheriff nicht bald den wahren Täter präsentieren? Der Mann wird es allein nicht hinbekommen. Womöglich legt er mir oder euch ganz schnell ein zweites Mal Handschellen an!«

»Damit musst du rechnen«, stimmte Fipsi ihr zu. »Der ist heiß wie ein Vulkan!«

Enna begann zu lachen. »Es gibt doch so einen Schlager, den hab ich mal bei meiner Oma gehört. Wie ging der nochmal?«

Suse musste nicht lange überlegen, und sie stimmte das Lied an. »Du bist so heiß wie ein Vulkan ... Das ist von Tony Holiday und heißt ›Tanze Samba mit mir‹!« Sie sang weiter.

Alle vier bekamen sich bald nicht mehr ein vor Lachen und wurden erst durch den Klingelton der Haustür unterbrochen. Suse lief in den Flur und öffnete. »Ach ihr seid es«, sagte sie, immer noch glucksend, als sie Beeke, Paul und Mathilda die Treppen heraufkommen sah.

»Na, du bist ja gut drauf«, sagte Beeke. »Dein Sohn und meine Mutter haben auch seit gestern ein seliges Grinsen im Gesicht. Was raucht ihr eigentlich?«

Suse grinste immer noch. »Verrat ich nicht, aber wir haben einen Entschluss gefasst!«

Beeke, Paul und Mathilda sahen sie fragend an.

»Wir müssen den Dieb finden, damit hier Ruhe einkehrt. Außerdem möchten deine Freunde rasch zurück aufs Festland.« Wieder brach sie in Gelächter aus. »Obwohl es gerade so schön war! Wir haben gesungen. Einen total alten Schlager!«

Beeke warf einen verständnislosen Blick zu Paul, der abermals mit den Schultern zuckte. Suse nahm Beeke in den Arm und wunderte sich, wie leicht ihr das fiel. »Kommt erst mal rein, wir müssen uns einen Schlachtplan zurechtlegen.« Sie lächelte Mathilda zu. »Und dann gehen wir auf Diebesjagd! Mir juckt es förmlich in den Fingern! Ich habe wohl zu viele Krimis mit Miss Marple gesehen.«

»Du, Oma Suse«, begann Mathilda, »bevor du losgehst: Ich will dir mal meine Mama zeigen. Du kennst sie gar nicht, und ich habe deswegen extra ein Foto mitgebracht!«

Suse hielt inne. Eigentlich verspürte sie keine große Lust auf Bildergucken, aber sie konnte Mathilda einfach nichts abschlagen. »Das Foto sehe ich mir gern an. Zeig her!«

Mathilda hielt das Bild hinter dem Rücken verborgen. »Kannst du mir dann auch mal deine Familienbilder zeigen?«

Suse nahm Mathilda in den Arm. Das führte nun wirklich zu weit. »Ach Kleine, du kennst Dirk doch, mehr gibt es nicht zu sehen«, sagte sie. »Von meiner Tochter habe ich nur Kinderfotos, und da kannst du auch in den Spiegel gucken. Lena sah früher so ähnlich aus wie du.«

Sie hatte kaum zu Ende gesprochen, da klingelte es erneut. Suse vertröstete Mathilda und öffnete die Wohnungstür. Dieses

Mal stand Onkel Hein davor, und dieses Mal hatte er keine Fahne. Er drehte seine Schiffermütze in den Händen.

»Onkel Hein, was tust du hier?«, fragte Suse und sah auf die Uhr. Es war noch recht früh. Normalerweise schipperte er um diese Zeit mit seinem kleinen Kutter auf der Nordsee herum, oder er machte das Schiff sauber. Außerdem wirkte er für seine Verhältnisse regelrecht aufgeregt.

»Ich weiß jetzt, wer der Dieb ist«, begann er sofort, und Suse zog ihn rasch in die Wohnung. Nicht, dass die Nachbarn von alldem etwas mitbekamen! Mittlerweile war es so eng, dass sich alle aneinander vorbeischieben mussten.

Suse bugsierte Onkel Hein aufs Sofa, nachdem sie zuvor Fipsi und BVB-Bert genötigt hatte, von dort aufzustehen, und erhob die Stimme. »So, alle mal zuhören! Onkel Hein hat Neuigkeiten.«

Es dauerte eine Weile, bis sich alle irgendwo platziert hatten. Onkel Hein wurde von Minute zu Minute nervöser. »Ich glaube nicht, dass es alle hören wollen.« Er warf einen Blick zu Beekes Freunden. »Ich wollte es eigentlich für mich behalten, dachte, das verläuft im Sand, wenn man nur lang genug wartet. Aber das wird nix. Hab gestern mit meinen Stammtischkumpels geredet, und Udo, also Herr Wilken-Meents, war auch dabei. Der will den Täter überführen. Also muss ich reden.« Für Onkel Hein war das schon eine verdammt lange Ansage gewesen.

»Weiter, Hein. Wir wollen endlich wissen, was los ist, damit Ruhe einkehrt.« Suse sah ihn ruhig an.

»Also gut ...«, druckste Onkel Hein herum, sah erst zu BVB-Bert und dann zu Fipsi, der unter seinem Blick merklich erblasste. »Du weißt, was ich sagen will, oder?«

Fipsi hob abwehrend die Hände. »Ich hab es gelassen! Ehrlich!«

»Was hast du gelassen?« Suses Stimme war scharf. Sie ahnte, was Onkel Hein sagen wollte. »Fipsi, du bist doch nicht etwa in diesen Laden eingestiegen?«, hakte sie nach.

»Doch«, gab er zu. »Bin ich. Aber ich hab nichts geklaut!«

»Ja, ist er«, bestätigte Onkel Hein. »Ich hab gesehen, wie er da rausgerannt ist.«

Beeke schoss auf den Jungen zu und schüttelte ihn. »Fipsi, du Idiot! *Du* hast den Bruch begangen?«

Jetzt mischte sich BVB-Bert ein. »Fipsi wollte doch nur mal gucken.«

»Wie, nur mal gucken?«, blaffte Suse ihn an. »Wie kann man einbrechen und nur mal gucken?«

BVB-Bert zuckte mit den Schultern. »Na, wie in der Bier-Werbung: Bloß gucken, nicht anfassen!«

Suse griff sich an den Kopf. Wie konnte man bloß so blöd sein? »Was zum Teufel wolltest du denn dort gucken?« Ihre Stimme klang gefährlich ruhig. Auch wer sie nicht kannte, bemerkte, dass sie innerlich kochte.

Fipsi presste die Lippen aufeinander. »Oma Suse, ich bin nicht kriminell. Aber die Hintertür stand auf. Sperrangelweit. Und es roch super. Nach Hähnchen. Und Gemüse!« Er leckte sich die Lippen.

»Das beantwortet meine Frage keineswegs«, sagte Suse, noch immer ruhig.

»Manno, Suse, weißt du, wie lange ich ein solches Essen nicht mehr hatte? Es roch *verdammt* super!«

»*Was* hast du in Muddis Bernsteinwinkel gemacht?« Suse erfasste die Zusammenhänge noch nicht ganz. »Keine Bernsteinketten mitgehen lassen, sondern …?«

Fipsi wirkte kleinlaut. »Ein Hühnerbein. Ich hab mir ein Hühnerbein vom Teller geklaut, als die Frau kurz ans Telefon musste. Und dann bin ich weggerannt.«

Suse überlegte kurz. »Hast *du* mich beim Fortlaufen angerempelt?«

Fipsi schaute Suse erstaunt an. »Kann sein. War vom Hunger wie von Sinnen! Da kann man alte Leute mal übersehen.«

Das mit den alten Leuten überhörte Suse geflissentlich. »Aber es soll doch etwas geklaut worden sein.«

Fipsi schüttelte vehement den Kopf. »Ich habe nur das Hühnerbein mitgenommen! Echt jetzt! Ich schwöre! Dann lügt die Frau! Oder es war noch ein anderer Einbrecher dort.«

»Das werden wir herausbekommen«, beschloss Suse. »Wir gehen gleich zur Polizei und sagen aus, dass du zumindest in dem Haus warst.« Sie wandte sich an Onkel Hein. »Aber warum hast du das nicht vorher erzählt? Dass du Fipsi gesehen hast?«

»Wollte nicht petzen. Und Beeke wegen ihres Freundes nicht reinreiten. Ist doch so eine nette söte Deern.« Er senkte den Blick. »Konnte doch nicht ahnen, dass *du* gleich verhaftet wirst. Und da wollte ich helfen, frag Beeke.«

Die kicherte bloß. Da würde Suse später aber nachfragen, was das für eine Hilfe hätte sein sollen!

»Nun, ich war erst einmal nur vorläufig festgenommen, das ist ein großer Unterschied«, sagte Suse. »Ich habe das vorhin mal gegoogelt.« Sie seufzte, als Mathilda sie anstieß. Die Kleine gab einfach nicht auf.

»Ich zeig dir trotzdem das Foto. Bestimmt möchtest du mir dann auch welche zeigen.«

Die Fotos, Herrgott, konnte Mathilda nicht damit aufhören? Hier brach gerade die Welt zusammen, und die Lütte wollte sich Familienfotos ansehen! Doch sie war einfach zu klein, um zu verstehen, welche Dimension die Geschehnisse gerade annahmen.

»Später, Thilda. Wir müssen noch was klären«, vertröstete Suse die Kleine. »Ist was für Erwachsene!«

»Blöde Erwachsene«, stampfte Mathilda auf. »Blöde, blöde Erwachsene!«

Es klingelte schon wieder, und Dirk stand mit Maike und den beiden Kleinen im Flur.

»Es ist hier wie beim Sommerschlussverkauf, wenn gerade die Türen geöffnet wurden«, murmelte Suse. Sie wandte sich an Dirk. »Wir wollten gerade zur Polizei gehen. Fipsi war zwar im Laden, aber er hat nichts geklaut. Außer einem Hühnerbein. Das müssen wir kundtun, bevor der Inselsheriff wieder zuschlägt.«

»Erst müssen wir reden, Mutter«, begann Dirk, dessen Haar heute leicht zerzaust vom Kopf abstand, so wie es bei ihm als kleiner Junge immer gewesen war. Er zog Suse sofort ins Wohnzimmer. Sie hatte ihn seit Jahren nicht ungekämmt erlebt. Seinem Auftreten nach hatte ihn etwas arg aus der Bahn geworfen. Suse wurde neugierig, aber wieder funkte Mathilda dazwischen. »Nein, Oma Suse«, beharrte sie und stampfte mit dem Fuß auf. »Du guckst jetzt sofort mein Foto an!« Suse zog bedauernd die Schultern hoch und ließ sich vom Wohnzimmer ins Schlafzimmer zerren. Dort war wenigstens mehr Platz.

Suse setzte sich mit Mathilda auf die Bettkante. Schnell das Fotogucken hinter sich bringen, dann konnte sie sich um den Diebstahl und das Gespräch mit Dirk kümmern. So turbulent war es in ihrem ganzen Leben noch nie zugegangen.

Mathilda hielt Suse ein zerknittertes Foto hin, das aussah, als wäre es verdammt oft angesehen worden. Und es war auch nicht ausgeschlossen, dass der Betrachter so manche Träne vergossen hatte, denn an ein paar Stellen war definitiv Feuchtigkeit draufgetropft. Es handelte sich zwar um ein Farbfoto, aber die Farben waren merklich verblasst.

»Hier!«, sagte Mathilda und schob es auf Suses Schoß.

Suse griff danach – und erstarrte beim Anblick der Frau, die ihr von dort entgegenlächelte. »Wer ist das?«, fragte sie fast tonlos.

»Meine Mama!«

Suse ließ das Foto fallen.

21. Kapitel

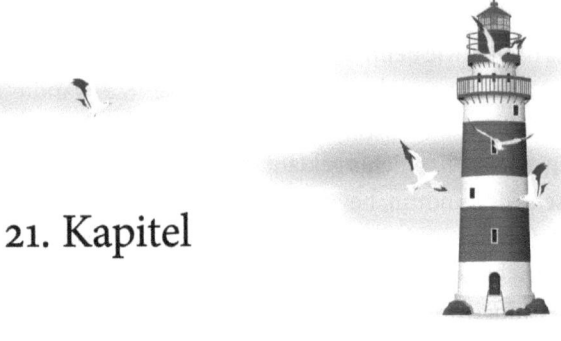

Sophie sah immer wieder auf die Uhr, sie hatte eben am Tablet gecheckt, wann das nächste Schiff von Harlesiel aus nach Wangerooge ablegte.

»Du wirst sehen«, versuchte Timo, sie zu beruhigen. »Es klärt sich alles auf. Bestimmt ist es nicht deine Mutter auf dem Foto, sondern nur eine, die ihr sehr ähnlich sieht!« Sie hatten einen langen Spaziergang gemacht. Jetzt sah Sophie langsam klarer. »Es ist meine Mutter, ohne Zweifel!«

Timo hatte die Kaffeemaschine erneut angestellt und goss ihnen etwas in die Tassen. Dann nahm er sich die Zeitung ein weiteres Mal vor. »Bleib ganz ruhig, Liebes. Wir fahren nachher rüber und schauen, wie alles zusammenhängt.«

Sophie war hinter Timo getreten und sah ihm über die Schulter. »Ich fasse es dennoch nicht. Was hat es, neben dem merkwürdigen Zufall, dass ausgerechnet meine Mutter und mein Bruder auf deinen Vater gestoßen sind, mit dieser Diebstahlsache auf sich? Es beunruhigt mich sehr. Ach, alles beunruhigt mich! Ich weiß gar nicht, ob ich dem gewachsen bin.« Sophie raufte sich das Haar.

»Sophie, komm runter!« Timo strich ihr über den Arm. »Es wird bestimmt alles gut!«

»Ich bin so zwiegespalten! Einerseits ist es wie ein Wink des Schicksals, dass ich nun gar nicht darum herumkomme, mich mit meiner Mutter auszusprechen. Dass ich gezwungen bin, über meinen eigenen Schatten zu springen. Andererseits fürchte ich mich davor, wie ich mich kaum zuvor in meinem Leben gefürchtet habe.«

»Sophie«, begann Timo wieder, »das ist alles verständlich. Aber sieh es doch einfach positiv und vergiss die Zweifel. Ehrlich gesagt, glaube ich, dass es für uns beide gut ist, wenn du dich mit deiner Familie aussöhnst. Es hat, auch wenn ich nichts von alldem wusste, immer zwischen uns gestanden. Wie oft habe ich gespürt, dass du eine Mauer um dich herum aufgebaut hast. Du kannst sie jetzt einreißen!«

Sophie lächelte zum ersten Mal an diesem Tag. »Und ich bekomme vermutlich endlich wieder Luft.«

»Genau.«

»Und was ist, wenn Mutter mich rauswirft?«

Timo sah seine Frau lange an. »Das Risiko besteht durchaus. Aber weißt du was? Ich glaube nicht, dass sie es tut.«

»Du kennst sie nicht.«

»Das stimmt«, gab Timo zu. »Aber mein Vater tut das. Und offensichtlich hat er ja mit ihr zu tun. Er besitzt eine super Menschenkenntnis, glaube mir!«

Sophie seufzte. »Dann müsste sie sich ganz schön geändert haben.«

»Du fürchtest sie?«, fragte Timo.

»Schon. Manchmal. Sie war vor Papas Tod eine so liebe Frau. Es war gemütlich bei uns. Heimelig. Aber dann …«

»Sie wird genauso mit dem Schicksal hadern wie du. Sie ist deine Mutter, und sie hat eine tolle Tochter großgezogen. Du hast vorhin nur gesagt, dass du deinen Nachnamen hast ändern lassen«, hakte Timo nach. »Ging das so einfach?«

Sophie schüttelte den Kopf. »Ich musste mir ein Attest von der Psychologin holen. Familiäre Belastung und so. Ich habe mich so schäbig gefühlt. Und tue es noch«, fügte sie leise hinzu. »Aber danach war es zu spät, und es führte kein Weg zurück.«

»Komm, wir packen jetzt alles Notwendige zusammen und fahren los. Es wird nicht besser, wenn wir hier weiter lamentieren.«

Sophie sah Timo dankbar an. Sie würden einen Tag früher reisen als geplant, auch wenn er es viel lieber gehabt hätte, sie hätten diese kurze Zeit noch für sich gehabt. Das hier war ihm ebenso wichtig wie ihr.

Timo hatte in den letzten Wochen tatsächlich verstanden, worum es ging. Er war nicht nur ihr Ehemann und Liebhaber. Er war auch ihr Partner und ihr Freund, der sie nicht im Stich ließ, bei allem, was jetzt kam. Denn es würde für die Kinder ein regelrechter Schock werden. Immerhin hatte sie ihnen erzählt, dass ihre Oma auch tot war. Sie glaubten, es gäbe nur Paul als Großvater.

Timo erkannte offenbar, wie fertig Sophie all das machte. Er stellte ihr ein Glas Wasser hin. »Ich packe alles zusammen, trink du in Ruhe deinen Kaffee aus«, sagte Timo. »Gemeinsam schaffen wir das!«

Dieses »Gemeinsam« klang neu, aber es fühlte sich verdammt super an. Zum ersten Mal seit vielen Jahren verspürte Sophie keine Angst mehr, egal, was sie nun auf Wangerooge erwartete.

»Oma Suse, du bist so blass«, wisperte Mathilda. Sie streichelte Suses Hand, und die kam sich plötzlich uralt vor. Sie war froh, dass alle anderen in den Nebenräumen waren und sie keiner sah. Je länger sie realisierte, was sie da eben gesehen hatte, desto mehr begann sie zu zittern.

»Das ist doch nur meine Mama auf dem Foto. Die ist ganz lieb und nett, muss doch jetzt Papa flicken, und dann ist alles wieder gut. Sie kommt morgen. Dann wirst du das sehen.« Mathildas Stimme schien von ganz weit her zu kommen.

Suse nickte und strich dem Mädchen über den Kopf. Sie musste erst ihre Gedanken ordnen.

»Und Fipsi hat doch gar nicht geklaut. Der hatte nur Hunger, und Beeke hat gesagt, das nennt man Mundraub.«

Fipsi war an diesem Tag wahrlich das geringere Problem. Mathildas Mutter war ihre Lena. Ihre Lena-Sophie. Sie hatte drei entzückende Kinder und einen liebevollen Schwiegervater, der sich um sie und seinen Sohn kümmerte. Dinge tat, die sie hätte für ihr Kind tun sollen. Und auch wollen, doch all das war ihr verwehrt geblieben. Wegen eines unsäglichen Streits. Und sie war seitdem nicht einmal mehr in der Lage, sich Dirk gegenüber wie eine liebevolle Mutter zu verhalten. Die Gedanken tanzten in Suses Kopf Polka. Sie bekam sie gar nicht mehr richtig geordnet.

Mathilda war noch immer voller Mitleid. »Du, Oma Suse«, begann sie erneut. »Wir wollten dich überraschen. Beeke und ich.«

»Mich überraschen? Womit denn?« Suse drückte Thilda einen Kuss auf den Scheitel.

»Beeke und ich wollten Lena für dich finden. Deshalb dachte ich, ich zeig dir meine Mama, und dann hast du Lust, mir Bilder von Lena zu zeigen. Auch, wenn sie weit weg ist. Deswegen hat man sein Kind doch lieb. Meine Mama war sogar in Thailand und hat mich noch lieb. Hat sie gesagt. Ich habe, bevor sie weggeflogen ist, einen Teller von ihr bekommen. Darauf steht: *Auch in der Ferne hab ich dich gerne ...*« Mathilda redete ohne Unterlass, aber Suse konnte gar nicht mehr richtig hinhören. Nur hatte sie die Rechnung ohne das Mädchen gemacht. »Du hast Lena doch noch lieb, oder? Beeke sagt, du vermisst sie. Und deshalb wollten wir sie wiederfinden. Und dachten, mit einem Foto weiß man doch wenigstens, nach wem man sucht. Dirk hat übrigens ganz eigenartig geguckt, als ich ihm meine Mama gezeigt habe. Komisch, oder?« Mathilda unterbrach ihren Redefluss und sah Suse an, die noch immer wie erstarrt vor sich hinblickte. Nur das Zittern hatte ein wenig nachgelassen.

»Dirk hat auch nur ein Kinderfoto von Lena. Keins, wo sie groß ist.« Sie kicherte plötzlich los. »Er sagt, ich sehe aus wie seine Schwester als Kind. Ist das nicht lustig? Du sollst auch wieder lachen, weißt du?«

Suse sah Mathilda zärtlich an. »Ja, du siehst aus wie Lena früher. Genauso!« Sie nahm die Kleine in den Arm und küsste die wilden Locken. Mathilda sah Lena nicht nur ähnlich, sie roch auch so. Hatte sie bis eben noch kleine Zweifel gehabt, ob sie sich all das nur einbildete, so wurde es Suse in dem Augenblick zur Gewissheit, dass sie gerade ihre eigene Enkelin im Arm hielt.

»Ich sollte also wieder lachen?« Sie wusste gerade selbst nicht, ob ihr nach Lachen oder Weinen zumute war. Das Gefühl, alles sei zu viel, hatte im Augenblick die Oberhand.

Mathilda nickte. »Ja, du sollst richtig fröhlich sein, Oma Suse! Aber nun hab ich dich traurig gemacht, das wollte ich nicht.«

Es klopfte sacht, und Beeke betrat das Schlafzimmer.

»Ihr wolltet mir also helfen und meine Tochter wiederfinden?«, fragte Suse sie, um überhaupt etwas zu sagen.

»Ja, wir wollten uns bei dir erkenntlich zeigen. Du hast meine Freunde rausgehauen, du bist saucool mit allem umgegangen. Und du erinnerst dich, dass ich immer gesagt habe, du hättest noch ein Geheimnis, was dich unglücklich macht.« Beeke warf einen Blick auf das Foto. Dann erhellte sich ihr Gesicht. »Ich ahne es. Dirk hat draußen so eine seltsame Bemerkung fallen gelassen. Das ist echt der Hit!« Ihr Grinsen wurde noch breiter. »Das ist deine verschwundene Tochter, stimmt's?«

Suse nickte. Schüttelte den Kopf. Konnte es noch immer nicht fassen. »Und diese Tochter ist offenbar wie aus dem Nichts einfach so wieder aufgetaucht. Wie cool ist das denn! Der Hammer! Da wollten wir so richtig was reißen und – schwupps – zaubert sich dein Kind von selbst in die Projektionsfläche!«

Beeke erkannte, wie gerührt Suse war, und nahm sie spontan in den Arm. Sie zwinkerte Mathilda zu, die das Geschehen offenbar noch nicht einordnen konnte.

»Aber es wird nichts nützen«, sagte Suse, »dass ich nun weiß, wo sie steckt und was sie macht. Lena will mit mir nichts mehr zu tun haben. Das ist vorbei.« Sie löste sich aus Beekes Umarmung und drückte Mathilda noch einmal. »Aber wenigstens durfte ich meine Enkel kennenlernen. Einmal in den Arm nehmen. Niemals wird Lena mich als Oma akzeptieren!«

Langsam schien Mathilda zu begreifen, worüber die Erwachsenen die ganze Zeit debattierten. »Oma Suse ist meine echte Oma?«, stieß sie schließlich hervor.

Sie wirkte verstört. Immerhin hatte ihre Mutter ihr zeit ihres Lebens erzählt, dass ihre Großmütter tot seien. Mit großen Augen schaute sie von Beeke zu Suse, dann auf den Boden.

Beeke nahm Mathilda vorsichtig in den Arm. »Ja, Thilda, es ist, wie du es sagst. Deine Mama wusste nicht, dass es Oma Suse noch gibt. Oma Suse ist die Mama von deiner Mama, weißt du?«

Mathildas Wangen begannen zu glühen, und ihre Augen strahlten, als sie sagte: »Ich hab doch eine Oma? Und so eine tolle?« Sie umschlang Oma Suses Hals mit ihren dünnen Armen. »Dann warst du ein Geist, und wir haben dich zum Leben erweckt! Und ohne Staubsauger! Nur mit unserem starken Willen! Cool!« Sie tanzte im Zimmer herum.

Na gut, so konnte man das auch ausdrücken, dachte Suse. So ein bisschen untot war sie schließlich gewesen! Die Staubsaugerbemerkung verstand sie nicht, aber das würde Mathilda bestimmt noch aufklären. Blieb nur zu hoffen, dass sie ihre Enkelin nun nicht gnadenlos enttäuschen mussten, weil Lena Suse nicht sehen wollte und sie fortan von den Enkeln fernhielt. Es gab schließlich keinen Grund, weshalb sich die Situation geändert haben sollte.

Dirk sah seine Mutter prüfend an, als sie ins Wohnzimmer trat, und stellte dann fest: »Du weißt es.«

Suse nickte. Doch bevor sie etwas sagen konnte, mischte sich Mathilda ein. »Oma Suse ist meine Oma. Die richtige!«, verkündigte sie stolz. Dann grinste sie Dirk an, stürmte auf ihn zu und küsste ihn auf die Wange. »Und du bist mein Onkel!«

Dirk schaute zum Foto, dann zu seiner Mutter. Sie wirkte schockiert und gleichzeitig sehr verängstigt. So, als könne sie gar nicht glauben, was da gerade geschah. Langsam näherte sie sich Paul, der ebenfalls Schwierigkeiten hatte, die Dinge zu verdauen. Zumindest leitete Dirk dies aus der plötzlich verrutschten und schief sitzenden Krawatte her.

»Ich wusste von nichts, Suse! Woher sollte ich wissen, dass unsere Sophie deine Lena ist? Sie hieß nicht Schadewald, sondern Mennen. Sie hat nie gesagt, dass sie einen Zweitnamen hat.«

Suse hob die rechte Hand. In der linken hielt sie noch immer das Foto, so, als wäre es besser, es nie wieder loszulassen, weil es die einzige und vielleicht letzte Möglichkeit war, ihrer verlorenen Tochter nahezukommen.

»Gibst du es mir?«, fragte Dirk.

Suse zögerte, reichte Dirk dann aber die zerknitterte Fotografie. Er strich fast zärtlich über Lenas Gesicht, und dann kamen ihm die Tränen.

»Versteh ich nicht«, sagte Mathilda. »Da haben wir meine Oma gefunden, und anstatt, dass sich alle freuen, heulen sie rum! Oma Suse ist kein Geist mehr!«

Nun horchte auch Marius auf, der zusammen mit Max bisher außergewöhnlich still gewesen war. »Oma Suse war ein Geist?

Cool! Das muss sie uns erzählen, wie sie das gemacht hat.« Beeindruckt taxierte er seine Großmutter, näherte sich und prüfte, ob er sie anfassen konnte. Als das zu seiner Zufriedenheit gelöst war, strahlte er Suse an. »Du bist echt! Aber ich konnte dich schon vorher antippen. Bei Geistern kann man das doch nicht, oder?« Er zog die Nase kraus. Max stupste Suse ebenfalls an und krabbelte seinem großen Bruder hinterher.

Eine merkwürdige Ruhe hatte sich über den zuvor so quirligen Haufen gelegt. So lange, bis Dirk sich räusperte. Suse lächelte. Ihr Sohn war es nun mal gewohnt, das Regiment zu übernehmen, auch wenn es schwierig wurde. »Also, wir haben nun folgende Situation«, begann er. »Offenbar hat das Schicksal entschieden, dass meine Schwester wieder auftauchen soll, und wir haben durch einen Zufall eine Familienzusammenführung erwirkt.« Er ließ seinen Blick schweifen. »Nun bleibt abzuwarten, wie Lena oder Sophie, wie sie sich nun nennt, mit der Sache umgeht. Ob sie das überhaupt möchte. Auf jeden Fall habe ich nun Nichten und Neffen und meine Mutter Enkel. Außerdem sind wir übers Eck auch mit Paul verwandt.« Er kratzte sich am Kopf und wirkte für einen Augenblick verunsichert. »Ist ein ganz schönes Durcheinander.«

»Das hast du alles super zusammengefasst«, freute sich Beeke. »Wie ein richtiger Boss. Cool. Aber, was soll Lena oder Sophie denn dagegen haben, wenn jetzt alles in Butter ist? Sie würde Thilda und den Jungs das Herz brechen, wenn sie ihnen die Oma wieder wegnimmt!«

Dirk warf einen Blick zu Maike. Sie nickte ihm unmerklich zu und hob den Daumen. Dadurch fühlte er sich stark genug weiterzureden. Maike war so unkompliziert, sie gab ihm das Gefühl, er mache endlich einmal alles richtig. Das kannte er gar nicht mehr. »Wir könnten das Problem folgendermaßen angehen: Ich schlage vor, dass Paul, der Sophies engster Vertrauter in der Runde ist, mit seiner Schwiegertochter spricht, und ihr alles schonend beibringt. Dann können wir einschätzen, wie das hier alles weitergehen soll. Ob Happy End oder Cut.« Dirk atmete tief ein.

Während seiner Rede hatten sich BVB-Bert, Fipsi und Enna step by step in Richtung Wohnungstür bewegt. Dirk sah das, doch er war noch lange nicht mit seiner Ansprache fertig. Ungeschoren konnten ihm die drei schließlich nicht entkommen. »Moment!«, erhob er die Stimme. Sie war ungewohnt dröhnend.

Die drei Freunde blieben wie ertappt stehen. »Sorry, fühlten uns gerade überflüssig«, sagte Fipsi. »So mit diesem Familienkram. Das ist nichts für uns. Wir sind eher frei.«

»Es ist noch immer nicht geklärt, wie wir mit dem Diebstahl umgehen«, sagte Dirk.

»Den ich ja nun gar nicht begangen habe«, entgegnete Fipsi. »Diese Tatsache hat sich auch in den letzten Minuten nicht verändert. Also kann ich die Biege machen. Und tschüss und weg!«

»Moment«, wiederholte Dirk und hob die Hand. »Trotzdem ist auch das Teil unseres Problems. Paul kümmert sich jetzt also um Sophie, informiert sie, versucht, in diesen Teil der Situation Ruhe zu bekommen. Und ich gehe mit euch zur Polizeiwache. Meine Mutter ruht sich derweil aus, sie wirkt doch arg blass. Beeke kümmert sich in der Zeit um die drei Kleinen. Onkel Hein kann seinen Gang zum Boot machen.« Er sah zu Maike und war schon wieder erstaunt, was für weiche Knie er beim Anblick ihrer braunen Augen und den unzähligen Sommersprossen bekam. Vor allem, wenn Maike ihn so bewundernd anlächelte wie jetzt und ihre kleinen orangefarbigen Tupfer auf dem Gesicht zu tanzen schienen, als wäre das Leben einfach, leicht und unbeschwert. »Was kann denn ich tun?«, fragte sie.

»Ich würde mich unglaublich freuen, wenn du mich begleitest.«

»Gern!« Sie strahlten einander an.

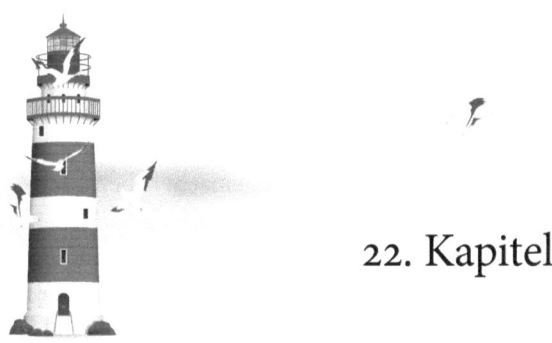

22. Kapitel

Dirk und Maike folgten dem bunten Trio zur Polizeistation. Sie trafen auf einen völlig übernächtigt aussehenden und sehr böse wirkenden Herrn Wilken-Meents.

»Nun, wir sind hier, weil wir Neuigkeiten zum Einbruch haben«, begann Dirk, und noch immer gelang es ihm, den festen Tonfall durchzuhalten, den er schon bei Suse angeschlagen hatte. »Der ist nämlich bei Weitem noch nicht aufgeklärt!« Mit Maike an seiner Seite war er in seinem Element und fühlte sich sicher.

»Was haben Sie denn für Neuigkeiten? Die Bande haben Sie gleich mitgebracht, was? Haben Sie gestanden?«, reihte der Polizist seine Fragen hintereinander.

»Wir haben nichts zu gestehen«, sagte Fipsi. »Nur zu berichten.«

Maike legte ihre Hand auf seinen Arm. »Lass mich mal«, formte sie mit den Lippen, und wider Erwarten gab Fipsi sofort nach.

»Der junge Mann hier gibt zu, dass er im Bernsteinlädchen war«, begann Maike und schlüsselte dem Beamten auf, was genau sich zugetragen hatte. Der unterbrach sie eigenartigerweise nicht, sondern hörte gebannt zu. Sie zog aber auch alle Register und wickelte ihn um den kleinen Finger.

Herr Wilken-Meents machte sich während Maikes Aussage Notizen auf einen Zettel, die aber eher wie kleine Kringel wirkten und wohl mehr seiner aufgesetzten Wichtigkeit geschuldet waren. »Gut, dass Sie diese Aussage gemacht haben«, sagte er, als Maike ihren Bericht beendet hatte. »*Genau deshalb* bin ich auch nicht aufs Festland gefahren und habe eine private Einladung abgesagt. Ich musste wegen meiner Amtsgeschäfte« – er betonte das »Amts« ganz besonders – »länger auf diesem Eiland bleiben. Kurz gesagt« – er sah auf und taxierte jeden einzeln mit festem Blick – »ich habe die ganze Nacht ermittelt! Ein Kreuz, wenn man allein auf der Insel Dienst hat!« Herr Wilken-Meents seufzte schwer.

»Was haben Sie denn ermittelt? Kann mir wirklich vorstellen, wie schwer das hier so allein ist«, schmeichelte Maike ihm. Man merkte ihr an, wie sie innerlich vor Lachen schrie, aber sie hatte ein Pokerface aufgesetzt und strahlte Herrn Wilken-Meents weiter freundlich an.

Der fühlte sich sehr ernst genommen. »Das ist gut, dass Sie das erkennen. Nicht alle nehmen die Polizeiarbeit ernst!« Er strafte die drei jungen Leute mit einem vernichtenden Blick, bevor er seine Aufmerksamkeit wieder Maike widmete. »Aber Sie scheinen ja aus anderem Holz geschnitzt zu sein, wenngleich es mich wundert, dass Sie sich mit solchen Menschen überhaupt abgeben.«

»Ich kenne die Geschichte mit dem Bunker, Herr Wilken-Meents, das war wirklich nicht in Ordnung, aber eher ein Streich. Sind ja junge Leute, nicht wahr?« Sie zwinkerte ihm zu, aber der Polizist schien in seiner Jugend keine unlauteren Dinge getan zu haben. Man merkte deutlich, dass er das Vergehen nicht als Streich, sondern als schwere Tat ansah.

Maike ließ sich nicht beirren. »Nichts für ungut, Herr Wilken-Meents. Aber nun sind wir ja ein Stück weiter. Keine historischen Spaziergänge in alte Vergehen! Das führt uns nicht weiter.«

»Ja, das stimmt.« Herr Wilken-Meents wiegte den Kopf.

Maike lächelte gewinnend weiter. »Diese drei jungen Leute sind die Freunde meiner Tochter, da muss ich mich schließlich kümmern. Sie wissen doch, wie gern Jugendliche über die Stränge schlagen. Das haben wir ja selbst alle hinter uns!« Sie machte eine wegwerfende Handbewegung, und dieses Mal nickte der Polizist unmerklich. So ganz wollte er doch nicht als Spießer dastehen. »Wenn ich da an meine wilden Zeiten denke! Was haben wir alles angestellt.« Maike beugte sich zu ihm hinüber. »Ich kann mir gut vorstellen, dass Sie auch keine ganz weiße Weste aus der Zeit haben, oder?« Sie zwinkerte ihm verschwörerisch zu.

»Ach, nicht der Rede wert«, winkte Herr Wilken-Meents ab. »Aber mal im Ernst: Zu Ihnen gehört der Schlumpf?«

»Ja, Beeke ist meine Tochter. Sie jobbt hier auf der Insel, sie mag das Herumlungern in den Ferien nicht!«

Fipsi, Enna und BVB-Bert sahen Maike erstaunt an, aber Dirk bedeutete ihnen, den Mund zu halten. Zum Glück hatte Herr Wilken-Meents die leichte Unruhe nicht bemerkt, hing er doch zu sehr an Maikes Lippen. Die sprach rasch weiter, um ihn bei Laune zu halten. »Aber nun haben Sie mir gar nicht erzählt, was genau Sie denn ermittelt haben. Sie sind ja ungeheuer fleißig, wenn Sie die ganze Nacht über arbeiten und nun schon wieder in der Wache sitzen. Das schafft nicht jeder, dazu gehört viel Disziplin!«

»Ja, so ist das«, bestätigte Herr Wilken-Meents, sichtlich froh über Maikes Anteilnahme, die ihm vermutlich sonst meist verwehrt blieb.

»Im Augenblick gibt es tatsächlich viel Kriminalität auf Wangerooge! Ist das immer so?«

Herr Wilken-Meents hörte gar nicht mehr auf zu nicken. »Endlich nimmt jemand wahr, was ich hier leiste«, vertraute er sich Maike an. »Die Kollegen auf dem Festland machen sich sogar über meine Arbeit lustig. Sie wissen gar nicht, was für ein Stress das hier ist!«

»Doch, das ahne ich.« Maike lächelte noch immer, aber Dirk hätte den Polizisten am liebsten geschüttelt, damit er ihnen endlich die Ermittlungsergebnisse mitteilte und sie diesen Ort verlassen konnten. Es warteten zu Hause wahrlich größere Dinge als dieses leidliche Hin und Her. »Können Sie nicht doch mal zur Sache kommen?«, rutschte es Dirk schließlich heraus. Er konnte seine Ungeduld einfach nicht mehr zähmen.

Herr Wilken-Meents lehnte sich zurück und kaute am Kugelschreiberende. »Junger Mann! Ich bin hier ganz allein, und da braucht es seine Zeit, das müssen Sie verstehen. Wir sind hier in Friesland!«

Dirk biss sich auf die Zunge. Es war besser, wenn das Gespräch jetzt nicht kippte.

»Wir haben Zeit, Herr Wilken-Meents. Wir sind nur so schrecklich neugierig!«, rettete Maike die Situation.

Das waren offenbar die richtigen Worte. »Also, die Frau aus Muddis Bernsteinwinkel hat jetzt ausgesagt, dass gar nichts fehlt im Laden. Sie hatte sich nur so erschrocken, weil jemand in ihrer Wohnung war, dass sie das geglaubt hat. Und weil Frau Schadewald gerade am Laden vorbeigelaufen und von einem jungen Mann angerempelt worden war, ist sie von einem Diebstahl ausgegangen. Sie hat geglaubt, dass dabei die Beute übergeben wurde. Und sie hat Frau Schadewald erkannt, weil sie sie gleich am ersten Tag beim Bäcker getroffen hat. Die junge Verkäuferin hatte Frau Schadewald dabei sogar den Namen aus der Nase gezogen. Man ist ja neugierig, wenn hier jemand neu hergezogen ist. Und so war es für mich ein Kinderspiel, Frau Schadewald ausfindig zu machen!« Er tippte sich an die Nase. »Die ist so gut wie bei einem Spürhund!«

»Ja, das haben Sie wirklich toll ermittelt«, begann Maike wieder.

»Nicht wahr?«

»Aber, wie Sie nun selbst sagen, gab es gar keine Beute, die der Mann an meine Mutter hätte übergeben können! Er hatte es wohl nur sehr eilig, als er sie angerempelt hat«, sagte Dirk. Er hatte sich Maikes therapeutischem Tonfall angeglichen, darauf schien Herr Wilken-Meents abzufahren.

»Fipsi war nur in der Küche, weil er Hunger hatte. Deshalb hat er sich ein Hühnerbein stibitzt. Mehr war da nicht.«

Herr Wilken-Meents wandte sich wieder Maike zu, die anderen ignorierte er. »Das müsste man tatsächlich neu aufrollen, denn das ergibt einen völlig neuen Tatbestand!« Er machte sich wieder ein paar Notizen. »Ich werde wohl gar nicht mehr dazu kommen, aufs Festland zu fahren. Bei all dem Stress hier!«

Dirk beugte sich vor. »Herr Wilken-Meents, wo kein Kläger ist, ist auch kein Richter! Nutzen Sie es, und legen Sie den Fall zu den Akten. Sie haben ihn doch grandios gelöst!«

Herr Wilken-Meents nagte wieder am Kuli und dachte kurz nach. »Ja, Sie haben recht. Ich habe das wunderbar gedeichselt. Dann wünsche ich Ihnen einen schönen Tag!« Er sprang auf und öffnete mit einer großen Geste die Tür.

Sie konnten gar nicht so schnell gucken, wie das Schloss hinter ihnen knackte.

Maike umarmte Dirk draußen kurz, und er japste nach Luft. Er sollte so nicht fühlen. Dieses Herzklopfen brachte ihn völlig aus der Fassung, und auch Maike schien entsetzt über sich zu sein, so rasch, wie sie ihn wieder losließ und rückwärts taumelte, als habe sie einen elektrischen Schlag erhalten.

Dann piepte Dirks Handy. Es war aber keine WhatsApp. Sondern eine SMS von Minou. Dirk öffnete die Nachricht mit einem überaus schlechten Gewissen.

Hallo mein Süßer. Waren das eben wieder heiße Stunden! Da kann sich mein Gatte aber was von abschneiden. Ich komme gleich wieder. Muss noch den linken Nagel nachmodellieren. Minou.

»Was ist?«, fragte Maike. »Was Schlimmes, das sehe ich. Was mit Lena oder deiner Mutter?«

»Minou«, sagte er nur. »Aber die Nachricht war wohl kaum für mich.« Er reichte Maike das Handy, und es war das normalste der Welt, dass sie diese intime Nachricht, die ihn völlig demontierte, las.

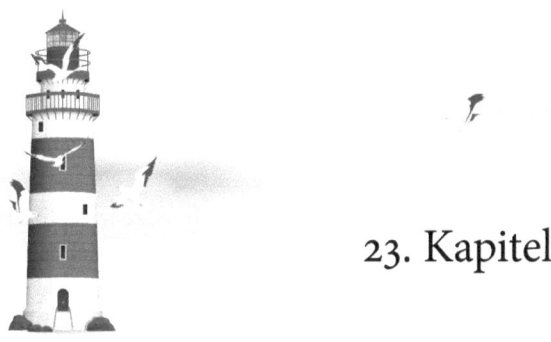

23. Kapitel

Sophie saß auf dem Schiff eng an Timo gekuschelt. Sie zitterte ein wenig.

»Alles klar?«, fragte er.

»Weiß nicht. Ich fürchte mich! Hast du deinem Vater gesagt, dass wir kommen?«

»Ja, ich habe ihm vorhin auf die Mailbox gesprochen, dass wir einen Tag eher anreisen als abgesprochen. Mehr aber nicht.«

»Gut.« Sophie sah den Möwen zu, die kreischend ihre Bahnen zogen. Sie packte Timo am Arm, als sie auf der Sandbank zwei Seehunde entdeckte.

Als sie kurz vor Wangerooge waren, klingelte Sophies Handy. »Es ist dein Vater!«, hauchte sie. »Ja, was gibt es, Paul?«

Ein wirrer Redeschwall ging auf sie nieder, den sie zunächst unkommentiert über sich ergehen ließ. Sie verstand ohnehin kaum, was Paul ihr sagen wollte, denn er klang ziemlich aufgeregt.

Schließlich unterbrach Sophie ihren Schwiegervater. »Paul, alles gut. Es ist nicht wichtig. Wir sind schon auf dem Weg nach Wangerooge. Und ehrlich gesagt, weiß ich längst alles, du brauchst nicht so drum herum zu reden.«

»Du weißt alles? Deshalb also kommt ihr früher?«, tönte es aus dem Handy.

»Ja, genau deswegen.«

»Woher wisst ihr es denn?«

»Ich habe euer Foto im Sonntagsblatt gesehen. Mit Dirk. Und Mutter.«

»Ich erkläre euch alles, wenn ihr da seid. Es ist zu kompliziert so.«

Sophie sog die Luft scharf ein. Das war tatsächlich kein Thema für ein Telefonat. Aber eines musste sie dennoch wissen. »Wie haben die Kinder es aufgenommen? Waren sie sehr schockiert?«

Paul verneinte. »Mittlerweile tanzen sie vor Freude.«

»Und ...« Sophie unterbrach sich. Sie wagte es einfach nicht, die Frage auszusprechen.

»Du willst wissen, was deine Mutter sagt?«, fragte Paul.

»Ja.«

»Sie hat große Furcht, dass du ihr die Kinder wegnehmen könntest. Und sie vermisst dich.«

Sophie rollte eine Träne übers Gesicht. »Sie ist mir nicht mehr böse?«

»Nein, Sophie, das ist sie nicht.«

»Ich ... ich ...« Sophie schluckte. »Du, Paul«, begann sie dann wieder zögernd und überlegte für eine Weile, ob sie diese Frage stellen sollte, »wie und wo lebt meine Mutter denn jetzt?«

»Deine Mutter wohnt hier auf der Insel, aber gerade in einer WG.«

»Meine Mutter lebt in einer WG?« Sophie musste bei der Vorstellung wider Erwarten lachen. »Mit wem denn das?«

»Mit Fipsi, Enna und BVB-Bert. Das sind die gestrandeten Typen, mit denen das Durcheinander wegen der Polizei überhaupt losging. Eigentlich lag das aber an Beeke, die putzt bei Onkel Hein, der wiederum hat die Wohnung an Suse vermietet. Na und dann sind wir uns alle begegnet.« Er stoppte seine Ausführungen. »Klingt alles ein bisschen wirr, oder?«

»Allerdings. Ich glaube, ich bin etwas überfordert, Paul. Außerdem sind wir gleich da. Lass uns später reden. Wo genau sollen wir hinkommen?«

Paul gab die Adresse durch, und sie drückte das Gespräch weg.

Suse schaute Paul an, nachdem er das Gespräch beendet hatte. »Sie ist auf dem Weg.« Er sah mitleidig zu ihr. »Sie wird mit dir reden, sei sicher! Sie fürchtet sich genauso wie du.«

»Es ist so viel passiert, Paul!«

»Ich kann es mir denken.« Er setzte sich zu Suse. »Du hast viel angedeutet. Erzähl mir den Rest!«

Und das tat Suse. Sie erzählte davon, wie ihr Mann bei einem Unfall ums Leben gekommen war und sie seine Sachen aus der Polizeistation geholt hatte. Von ihrem Versuch, die Kinder zu schonen, als sie herausbekommen hatte, dass ihr Mann fast keine seiner Dienstreisen allein unternommen und einen großen Teil ihres Vermögens durchgebracht hatte.

»Ich habe nichts geahnt in der Zeit«, sagte sie fast tonlos. Es fiel Suse schwer, darüber zu sprechen. »Aber nach seinem Tod fand ich ein Indiz nach dem anderen. Ich wollte es vor den Kindern verheimlichen, sie sollten ihren Papa in guter Erinnerung behalten. Nur dann kam der Tag, an dem Lena es mitbekommen hat, weil ich es meiner besten Freundin anvertraut habe. Sie ist fuchsteufelswild geworden. Ich würde das Ansehen ihres Vaters beschmutzen. Dass ich eine Langweilerin und engstirnige Frau bin. All so was.«

»Und dann ist sie gleich weg, auf Nimmerwiedersehen? Das kann ich mir von Sophie gar nicht vorstellen.«

»Nein, wir haben etliche Wochen gestritten. Wieder und wieder. Sie ist mit dem Tod ihres Vaters nicht klargekommen. Als sie dann entdeckt hatte, dass ich vor dem Tod meines Mannes vergessen hatte, das Auto zum TÜV zu bringen und dort vielleicht bemerkt worden wäre, dass die Bremsen defekt sind, war es das Ende! Sie hat mir die Schuld an seinem Tod gegeben.«

»Aber das hätte dein Mann doch auch merken können«, entgegnete Paul.

»Hätte er. Hat er aber nicht. Außerdem war es wohl nur der Tupfen auf dem I.«

Suse umfasste Pauls Gesicht mit beiden Händen. »Ich brauche dich, Paul. Ohne dich stehe ich das nicht durch!« Dann senkte sie den Kopf. »Ich habe in meinem ganzen Leben noch niemanden um Hilfe gebeten. Noch nie!«

»Das kann ich mir vorstellen.« Paul strich Suse lächelnd übers Haar. »Wir reden gemeinsam mit Dirk und dann mit Sophie. Du wirst sehen, es wird alles gut!« Er nahm Suse fest in den Arm. Paul roch nach seinem leicht herben Rasierwasser. Und er roch verdammt gut.

Beeke war am Strand, als ihre Freunde dort aufkreuzten. Ohne Dirk und Maike. Auf Beekes Frage, wo die beiden waren, erhielt sie nur ein vielsagendes Grinsen als Antwort.

Fipsi und Enna wollten sofort mit den drei Kleinen zum Wasser toben. »Kommt, wir sammeln Muscheln als Andenken!«, rief Enna. »Zur Erinnerung an eine verdammt coole Zeit auf Wangerooge!«

»Na ja, aber ein Nimmerwiedersehen ist für mich gesetzt«, murrte Fipsi. »Oma Suse und Opa Paul sind ja ganz entspannte Zeitgenossen, aber der Bulle! Hier darf man ja nicht einmal im Bunker pennen.«

»Egal, aber hier sind Meer und Dünen und so!« Enna strahlte so sehr, dass Beeke sie kaum wiedererkannte.

Enna und Fipsi trollten sich mit den drei Kindern zum Spülsaum, wo die meisten Muscheln angespült waren. Nur BVB-Bert blieb bei Beeke stehen und hielt sie zurück, als sie den anderen hinterherlaufen wollte. »Warte!«

»Warum?«

BVB-Bert sah Beeke ohne ein Wort zu sagen an. So kannte sie ihn, so war er. »Los, spuck es aus! Bald ist der Spuk für euch auf der Insel vorbei, das Festland ruft! Ich bleibe noch ein bisschen und gehe Onkel Hein und Oma Suse zur Hand. Auch wenn Paul mit den Kindern den Abgang macht, ist es ganz nett hier!«

»Will was sagen«, begann BVB-Bert.

Erfahrungsgemäß dauerte seine Ansage eine Zeitlang, weil er seine Worte nicht nur vorsortierte, sondern auch auf ein wortkarges Niveau herunterbrechen musste. Also wartete Beeke geduldig, hatte aber die Arme vor der Brust verschränkt und trommelte mit dem rechten Zeigefinger auf dem Oberarm herum.

»Jou, da ist noch was, Beeke!«

»Das sagtest du bereits«, nickte sie ihm zu, in der Hoffnung, die Geschwindigkeit seiner Ansage minimal zu beschleunigen. Es passierte allerdings etwas Unvorhergesehenes! BVB-Bert sprach zwei vollständige Sätze! Subjekt, Prädikat, Objekt. Mit Konjunktion und alles korrekt. »Nun ist das alles bald vorbei, und wir fahren zurück. Du bleibst noch ein bisschen bei Onkel Hein, und Suse wohnt ja hier.« Hatte BVB-Bert was geraucht?

Beeke sah ihn kopfschüttelnd an. »Das habe ich auch schon eben gesagt!«

»Jou.«

Sie sog die Luft scharf ein, während ihr Freund an seiner Hosentasche nestelte. »Hab eine Mission«, bekundete er nun wieder gewohnt wortkarg.

»Eine Mission? Nun sag schon, was los ist!«, forderte Beeke ihn ungeduldig auf.

»Hier, verfasst für Oma Suse. So als Dankeschön!« Er reichte ihr einen Zettel, der in drei verschiedenen Farben beschrieben war. »Wollte wissen, was du sagst. – Die Alte hat uns einfach so bei sich wohnen lassen! Voll krass! Die Oma hat uns vor der Polizei verteidigt und zusammen mit Paul Fipsi rausgeholt. Die ist echt gut drauf. Und ich wollte ihr eine Freude machen.« BVB-Bert hielt Beeke den Zettel hin. »Mit dem da und ein paar gepflückten Blumen.«

»Gepflückte Blumen?«, hakte Beeke nach. »Kannst du machen, aber bitte nicht in den Vorgärten hier und nicht im Blumenladen.« Sie fixierte ihn, der sofort einen roten Kopf bekam. »Versprochen?« Beeke stupste BVB-Bert an. Dann griff sie nach dem Zettel.

BVB-Bert hatte ihr noch nicht geantwortet.

»Versprochen? Sonst lese ich das hier nicht, sondern schenke alles, was draufsteht, dem Wind und dem Meer!«

»Kannst nicht tun. Hab mir Mühe gegeben!«

»Nicht in Vorgärten, nicht im Blumenladen!« Beeke hielt den Zettel nur noch zwischen Zeige- und Ringfinger. Obwohl sie vor Neugierde fast platzte, weil sie zu gern wissen wollte, was BVB-Bert geschrieben hatte, war es notwendig, ihm dieses Versprechen abzunehmen, denn allein sein Zögern machte deutlich, dass er genau das vorgehabt hatte. Es wäre ein gefundenes Fressen, die drei wieder einzukassieren, wenn sie in den Vorgärten randalierten oder Blumen im Blumenladen abpflückten.

»Ja, doch! Versprochen!«

Beeke nahm sich das Blatt Papier vor und studierte das Geschriebene. Ihre Gesichtszüge entspannten sich merklich, als sie begriff, was ihr Freund da verfasst hatte. »BVB-Bert, das ist süß, das ist … zauberhaft!« Sie wischte sich eine Träne weg. »Das muss man laut lesen. Wie kommst du darauf?«

Er zuckte mit den Schultern. »Keine Kohle. Wollte aber *thanks* sagen.«

Beekes Augen hefteten sich ein weiteres Mal an den Text, und dann begann sie laut vorzulesen: »*Niemand Keiner …*«

Maike hatte Dirk an der Hand und zog ihn durch die Zedeliusstraße zum Strand. Er wirkte nach der SMS wie ein Roboter. Es war viel los, aber es gelang Maike, eine freie Bank mit Blick auf die See zu ergattern. Die Leute hier waren so sehr mit sich selbst beschäftigt, dass sie nicht beachtet wurden. Dirk starrte vor sich hin.

Maike hatte seine Hand noch nicht losgelassen, aber plötzlich bemerkte sie, dass er sie sacht zurückdrückte. »Danke«, flüsterte er. »Danke!«

»Was wirst du tun?«

Dirk nagte an der Unterlippe. »Ich werde sie verlassen.«

»Sicher?«, hakte Maike nach. »Man sollte nichts überstürzen. Es gibt bestimmt einen Weg zurück!«

Dirk schüttelte heftig den Kopf. »Mir ist in der kurzen Zeit auf der Insel so viel klar geworden! Ich bin an Minous Seite gar nicht mehr ich selbst. Und sie scheint ebenfalls nicht besonders glücklich zu sein.«

»Rede mit ihr!«, schlug Maike vor. »Meine Ehe ist gescheitert, weil wir das viel zu wenig getan haben.«

Dirk verzog verkrampft sein Gesicht. »Mit Minou kann man aber nicht reden. Klingt blöd, ist aber so. Man kann wohl die Farbe ihres nächsten Nageldesigns diskutieren. Oder welchen Lippenstift sie bevorzugt. Manchmal auch, ob Gurken- oder Quarkmaske. Das sind für sie echte Probleme! Daneben gibt es ... nichts!«

»Sie ist schön, oder?«

»Aber vor lauter Schönheit hat sie vergessen zu leben«, sagte Dirk verbittert. »Oder drücken wir es korrekt aus: mit mir zu leben. Was sie mit dem Neuen da tut, weiß ich ja nicht.«

»War sie schon immer so?«, fragte Maike behutsam nach.

»Ja«, gab Dirk zu. »Allerdings ist es schlimmer geworden. Also, es gibt immer mehr Masken. Neben der Quark- und Gurkenmaske noch die mit Avocado, dann die mit Salz aus dem Toten Meer und so weiter. Das letzte Jahr gab es nur noch das. Na, und die

Frage, wie sie dieses Luxusleben finanzieren kann. Da kam uns das Angebot aus München ganz recht.« Er sah Maike nun zum ersten Mal an. »Ich war total baff, als du heute Morgen ungeschminkt neben mir gestanden hast und das *normal* fandest.«

Maike schüttelte den Kopf. »Ich war doch eben erst aufgestanden.«

»Minou sehe ich immer erst, wenn sie restauriert ist«, sagte Dirk bitter. »Und ich bin ihr Ehemann.«

»Getrennte Schlafräume?«

»Und getrennte Bäder. Minou ist so perfekt, ich weiß nicht mal, ob sie so normale Dinge tut, wie auf die Toilette zu gehen.« Dirk schüttelte über sich selbst den Kopf. »Es mag seltsam klingen, dass ich dir all das anvertraue. Habe wirklich noch nie mit jemandem über meine Ehe gesprochen.«

»Du musst es loswerden. Ich höre gern zu«, sagte Maike.

»Ich weiß.« Dirk holte tief Luft. »Minou ist die attraktivste Frau, die mir je begegnet ist. Aber sie ist in all der Zeit so leblos geworden.«

»Deine Mutter hat sie nie gemocht, oder?«

»Nein. Du hast meine Mutter hier allerdings von einer ganz anderen Seite kennengelernt. Was sie auf der Insel mit ihr gemacht haben, dass sie so anders geworden ist: Ich weiß es nicht.«

»Beekes Einfluss. Sie hat die Gabe, alle Menschen umzudrehen, so chaotisch sie auch ist. Mein Kind ist ein Phänomen«, sagte Maike und spürte eine Welle von Liebe und Stolz. Das hatte sie lange nicht gedacht, aber es war so! Sie hatte die Augen zu lange davor verschlossen und Beeke nur nach den Äußerlichkeiten wie ihren blauen Haaren und ihren Freunden beurteilt. Ein Fehler! Aber noch war Zeit, es wiedergutzumachen.

»Vielleicht hätte ich sie Minou vorstellen sollen«, versuchte es Dirk mit Galgenhumor. »Auf jeden Fall ist unsere Ehe schon lange ein Desaster. Minou ist kühl und berechnend. Das jetzt ist ein guter Anlass, den Tatsachen ins Auge zu sehen. Auch wenn es ganz schön schmerzt!«

»Das glaube ich.« Maike strich ihm über den Arm. »Komisch, wir kennen uns kaum, und doch vertraust du mir all diese Dinge an. Du weißt ja gar nichts von mir!«

Jetzt lächelte Dirk zum ersten Mal richtig. »Ich weiß, wie du ungeschminkt aussiehst. Ich weiß, wie du lachst. Ich kenne deine Sommersprossen. Deine Tochter. Und ich weiß, dass du extra herübergekommen bist, um zu sehen, ob es ihr gut geht. Das reicht mir fürs Erste. Für alles andere kann man sich ja Zeit nehmen.« Er machte eine Pause. »Wenn du magst.«

»Du kennst aber mein Geheimnis noch gar nicht«, sagte Maike.

»Dein Geheimnis?«

Maike presste die Lippen aufeinander und grinste Dirk an.

»Los, sag es! Besser jetzt als später!«, forderte er sie auf.

»Ja, ich weiß nur nicht, ob du danach noch andere Dinge von mir wissen möchtest.«

»Bitte!«

»Ich sammle Kaffeebecher. Mit abgefahrenen Sprüchen. Also solche, die echt hässlich sind und ...«

Dirk fing an zu lachen und nahm Maike einfach in den Arm.

Sophie und Timo standen vor dem Wangerooger Bahnhof. Sie zeigte auf den Leuchtturm zur Rechten. »Da oben war ich mit meiner Mutter als Kind immer. Wir haben die Aussicht übers Meer und übers Land geliebt.«

»Daher hat Mathilda diese Vorliebe, was?« Timo nahm Sophies Hand. »Ich hoffe für dich, dass das Zusammentreffen mit deiner Mutter gut verläuft. Wenigstens ohne Stress.«

Sophie lächelte verzagt.

Sie hatten den Steingarten bald erreicht. Sophie steuerte mit zitternden Knien auf das Haus zu. Ihr war nach Flucht zumute.

Besser umkehren. Was, wenn es nicht gut ging? Sie hätte es nicht ertragen können. Timo bemerkte ihr Zögern und lenkte sie behutsam auf die Haustür zu. »Wir kneifen nicht. Du schaffst das. Ich bin bei dir!«

Sophie starrte lange auf den Klingelknopf. S. Schadewald. Hier lebte sie also. In wenigen Sekunden würde sie nach so vielen Jahren ihrer Mutter gegenüberstehen.

Suse hatte ihre Wohnung wieder aufgeräumt. Es hatte ihr gutgetan, etwas zu machen. Paul war ihr so gut es ging zur Hand gegangen, aber mit seinem Anzug hatte er als Putzmann eine eher gewöhnungsbedürftige Person abgegeben. Mittlerweile sahen die Zimmer wieder ganz manierlich aus. Zwar wollten Beekes Freunde heute ein letztes Mal hier übernachten, aber da sich Lena angekündigt hatte, wollte Suse ihr nicht im völligen Chaos entgegentreten.

Es klingelte. Einmal kurz, Suse ahnte, wer es war. In ihren Ohren klang es zögerlich, aber das bildete sie sich nur ein. Wie bitte schön sollte ein Klingeln zögerlich klingen?

Suse sah zu Paul. Paul sah zu Suse. Sie knetete ihre Finger, bis sie schmerzten. Paul trommelte auf der Sofalehne herum. Suse konnte nicht ausmachen, wen die Situation gerade stärker belastete.

»Ich gehe«, sagte Paul schließlich. »Ich mach auf. Jemand muss es ja tun.«

Suse ließ sich aufs Sofa fallen. Sie konnte Lena nicht im Stehen begegnen, zu groß war die Angst, ihr könnten die Beine wegknicken. Ihr Herz schlug sprichwörtlich bis zum Hals. Die Hände zitterten, ihr Atem glich dem einer schnaufenden Dampflok.

»Hallo Paul!« Eindeutig Lenas Stimme, die von einer männlichen, die Pauls überaus ähnlich war, flankiert wurde. »Ist alles okay? Wo sind die Kinder?«, fragte die.

»Die sind mit Beeke und den anderen am Strand. Ich dachte,

wir begegnen uns alle erst einmal allein. Also du, Timo und deine … Mutter.«

Suse sah unauffällig auf und erkannte, dass Paul mit dem Kopf ins Wohnzimmer wies. Lena hatte sie noch nicht gesehen. Erst schob sich ein junger, gut aussehender Mann an Paul vorbei. Die Ähnlichkeit der beiden war frappierend. Lenas Mann war definitiv eine jüngere Ausgabe seines Vaters. Er bemerkte Suse und lief mit einem gewinnenden Lächeln auf sie zu. Suse hörte Paul und Lena im Flur flüstern.

»Ich bin Timo, Sophies Mann.«

»Suse Schadewald. Lenas Mutter. An den Namen Sophie muss ich mich erst gewöhnen.«

Er streckte Suse die Hand hin und sah sie mit seinen blauen Augen an. Suse mochte ihren Schwiegersohn sofort. »Wir nehmen das Du, oder?«

»Mutter?« Lena war ins Zimmer getreten.

Suse zuckte zusammen und wandte sich langsam um.

»Lena.« Ihr versagte die Stimme. »Meine Lena.« Sie stand unsicher auf und näherte sich ihrer Tochter, bis sie voreinander standen. Keine der beiden rührte sich. Keine sagte ein Wort. Schließlich reichte Suse ihrer Tochter vorsichtig die Hand. »Du heißt jetzt Sophie?«

Diese nickte und drückte die Hand ihrer Mutter.

»Meine Kleine!«

Plötzlich warf sich Sophie in ihre Arme. »Mama!«

Paul und Timo hatten längst das Zimmer verlassen, als die beiden voneinander ließen. »Du siehst gut aus«, sagte Suse und schob Lena ein Stück von sich weg.

»Und du hast dich arg verändert. Jedenfalls nach dem, was Paul erzählt hat. Du lebst jetzt in einer WG?«

Suse schüttelte den Kopf. »Ach, das ist nur vorübergehend, Lena. Es passt vieles nicht mehr zu deiner Version der alten Mutter.«

»Zu der deiner Tochter leider auch nicht. Es gibt keine Lena mehr. Nur noch Sophie. Ich hoffe, du magst sie.«

»Und wie! Und wie ich sie mag!« Suse nahm ihre Tochter in den Arm, und zum ersten Mal seit zehn Jahren fühlte sie Frieden.

»Nun müssen wir aber mal zurück«, bestimmte Beeke. »Die Kinder sehen aus wie kleine Dreckschweine. Und ich denke, dass ihre Eltern mittlerweile auch da sind.«

BVB-Bert hatte sich entschlossen, dem Geschenk keine Blumen hinzuzufügen, weil er zum Pflücken in den Vorgärten oder aus den Blumenkübeln des Blumenladens keine Alternative gefunden hatte. Fipsi und Enna wussten noch nichts von seinem Plan, vermutlich kannten sie das Wort schenken auch gar nicht.

»Guck mal, da vorn läuft deine Mutter mit Dirk.« Enna zeigte auf die beiden, die in einem recht vertrauten Gespräch zu sein schienen, aber der Richtung nach auch auf dem Weg zu Suse waren.

»Mama!«, rief Beeke. Ihre Mutter zuckte zusammen und wirkte ein wenig ertappt. »Da läuft doch was«, murmelte Beeke. »Aber es gibt wohl Schlimmeres, als mit den Schadewalds verwandt zu sein.«

Maike Bellinghorst und Dirk steuerten auf sie zu.

»Wir müssen jetzt zu Oma Suse!«, rief Mathilda. Ihre Brüder antworteten mit einem Echo.

»Ja, das sollten wir«, bestätigte Dirk. »Ich habe eben eine WhatsApp von ihr bekommen. Meine Schwester ist da!«

»Upps«, entfuhr es Beeke. »Schon da! Oma Suse hat ihr von unserem Durcheinander aber bestimmt noch nichts erzählt. Das wird voll die Überraschung!«

»Sie weiß es«, sagte Dirk. »Paul hat mich eben angerufen. Lena und sie haben sich vertragen.«

»Jippieh!«, jubelte Beeke. »Was für ein Tag! Ich habe es mir gewünscht und – schwupps – erfüllt von dem da oben, wer auch immer es ist.«

»Lass uns lieber hingehen und nicht so viel quatschen«, unterbrach Dirk Beekes Redefluss.

»Sind Mama und Papa schon da?«, fragte Mathilda.

»Ja!«, jubelte Beeke. »Kommt schnell zu Oma Suse!«

Sie liefen gemeinsam zum Steingarten und sammelten unterwegs noch Onkel Hein ein, der gerade aus der Kogge kam und das eine oder andere Bierchen geschlürft hatte.

»So, eure Oma wird nicht mehr behelligt«, sagte er. Er verlor ungewöhnlich viele Worte, was vermutlich dem Alkohol geschuldet war. »Hab ich mit dem Wachtmeister endgültig geklärt! Der hat jetzt auch keen tied mehr zu ermitteln. Seine Mutter kommt mit dem letzten Schiff. Weil sie so viel Essen für ihn hat. Er ist ja nicht hingefahren, da muss der Knochen zum Hund. Hätte er ja sagen können, dass sein Privattermin der bei Muddern war.« Onkel Hein hickste. »Und das Jungvolk da«, er wies auf Beekes Freunde, »die sind auch auf freiem Fuß. Hab ich geklärt.«

»Gut gemacht, Onkel«, lobte Beeke ihn. Er sollte sich einfach freuen. Dass sie all die Dinge längst aus der Welt geschafft hatten, war hier Nebensache. Es war lieb von ihm, dass er sich darum gekümmert hatte.

»Sollen wir klingeln; oder soll ich aufschließen?«, fragte Beeke, als sie vor der Tür standen. Sie sah sich unauffällig um. Es war schon eine merkwürdige Truppe, die sie Suses Tochter und Pauls Sohn gleich präsentierten.

»Klingeln!«, war die einhellige Meinung. Beeke drückte auf den Knopf.

Suse löste sich von Sophie. »Das sind bestimmt die anderen«, sagte sie.

»Ich bin gespannt.«

»Mama! Papa!« Mathilda warf sich in Sophies Arme, und ihre Brüder stürzten hinterher.

»Was für ein Durcheinander.« Paul strahlte. »Was für ein Durcheinander!«

Es dauerte eine Weile, bis die Kinder sich von ihren Eltern lösten. Dann endlich war Dirk dran. Er näherte sich seiner Schwester unbeholfen. Ein bisschen steif, so wie es seine Art war. Sophie aber nahm ihn einfach in den Arm.

»Ich glaube, wir sollten zunächst alle vorstellen«, schlug Paul vor.

»Das können wir machen, aber erst einmal gibt es Tee.«

Suse wurde das alles ein wenig zu rührselig, dafür war sie trotz allem nicht geschaffen. Sie holte die Kanne und Tassen.

»Mit Rum?«, fragte Onkel Hein.

»Von mir aus auch das.« Suse nickte Paul zu, der eine Flasche aus der Bar zauberte.

Dann stellte Paul alle vor, was sich eine Weile hinzog.

»Habt ihr Hunger?«, fragte Suse am Ende. »Wir könnten Pizza bestellen! Ich gebe eine Runde aus!«

»Au fein, Pizza, keine Eier!«, freute Mathilda sich.

Suse bemerkte die erstaunten Blicke von Sophie und Dirk. Fastfood! Das hätte es früher bei ihnen nicht gegeben. Suse zuckte mit den Schultern. »Geht schnell und schmeckt. Ab und zu.«

Dirk holte Stift und Zettel und nahm die verschiedenen Wünsche auf. Dann rief er den Bestellservice an. »So, das hätten wir. Nun können wir in Ruhe erfahren, was hier in den letzten Tagen los war. Einen Teil habe ich ja schon mitbekommen, aber Sophie und Timo sind völlig ahnungslos. So oft kommt es schließlich nicht vor, dass die eigene Mutter eingesperrt wird.«

Marius begann zu kichern. »Aber das war langweilig. Nicht mal Gitter vor den Fenstern.«

Dann erzählten Paul und Suse im Wechsel mit Beeke, was alles passiert war. Am Ende stand Mathilda auf. »Und das Beste ist, dass wir jetzt keine Eier mehr essen müssen.« Sie sah in die Runde. »Ach nein, das Beste ist, dass wir jetzt doch eine Oma haben und sogar eine, die wir leiden mögen.«

Suse nahm Mathilda auf den Schoß. »Ich bin froh, meine Kinder wieder zu haben und noch Enkel dazu.«

»Beeke und ich haben das alles gerettet«, prahlte Mathilda. »Wir wollten Oma Suses Kind finden, damit sie nicht mehr so traurig guckt. Das haben wir geschafft, was Beeke? Gib mir fünf!« Sie schlugen ein.

»Dann sind wir wohl über«, sagte Fipsi. »So viel Family überfordert mich. Morgen früh dampfen wir zurück nach Wilhelmshaven.«

BVB-Bert erhob sich. »Ich hab da noch was, Oma Suse. So als Dankeschön.«

Suse sah ihn erstaunt an. Wollte er ihr eine BVB-Karte schenken? Immerhin zupfte er an seiner Hosentasche herum, aus der er dann aber einen zusammengefalteten Zettel zog. »Hab da was gedichtet.«

BVB-Bert und Worte? Das war wie das Schüren eines Feuers mit Wasser. Neugierig griff Suse danach und las.

Niemand Keiner

Wird bei uns mal was zerstört:
Hat *Keiner* was gesehen
Und *Niemand* was gehört.

Das Gemälde da, auf Mamas Bett,
Niemand findet das adrett.
Und *Keiner* kann so Herzen malen
Oder auch so tolle Zahlen.

Niemand haut sich, das ist klar,
»Wir versteh'n uns wunderbar.«
Und wer den kleinen Bruder knufft,
Das ist *Keiner*, dieser Schuft.

Die Blume mit dem Ball zerschossen
Und Wasser auf den Tisch gegossen.
Das Buch zerrissen, angemalt,
Keiner grinst und *Niemand* strahlt.

»Wo ist schon wieder meine Schere?«
Ich greif mal wieder voll ins Leere.
Niemand hat sie fortgenommen,
Keiner in die Näh gekommen.

So komme ich zu dem Entschluss,
Dass hier noch wer wohnen muss.
Mit dem Namen *Niemand Keiner*.
Mann, was ist das bloß für einer?

Suse musste schmunzeln bei den Worten. »Das hast *du* gedichtet?«

BVB-Bert nickte. »Ja, hab ich. Weil hier ja auch immer keiner was getan hat.«

Suse zog den verdutzten jungen Mann an sich. »Danke!«

Dirks Handy klingelte, und er verzog sich ins Schlafzimmer. Als er zurückkam, wirkte er einerseits erleichtert und andererseits entsetzt. Er räusperte sich. »Ich muss euch was sagen. Schlechte Nachrichten. Leider.« Er druckste herum. »Nun, es hilft ja nichts, aber leider haben Minou und ich uns gerade getrennt.«

Suse stand auf und nahm seine Hand. Er zitterte.

»Es war abzusehen, aber es ist, wie es ist. Minou steht jetzt auf ihren Nageldesigner.« Er lachte kurz auf, aber Suse spürte, dass ihm nicht nach Lachen war. Aber als er sich jetzt an Maike wandte, die ihn mit mitleidigem Blick ansah, wurde sein Gesicht sofort weicher. »Vermutlich komme ich nun nach Friesland zurück. Was soll ich noch in München? Ich werde gleich morgen mit der Firma telefonieren, dass ich an den alten Standort zurückkehre. Die Option hatte ich mir offengehalten. Für den Fall der Fälle.«

»Ich würde mich sehr freuen, wenn das so wäre«, sagte Maike. Ihr Lächeln schien den ganzen Raum zu füllen.

»Dann brauchst du vielleicht auch das Sonderangebot nicht mehr«, flüsterte Suse. »Das war doch bestimmt ihre Idee.«

»Ich glaube, ich muss das endlich mal richtigstellen! Diese Prospekte waren für meine Kunden gedacht. Für sie sollte ich die Werbeaufträge gestalten. Ich wollte dich nicht an den Bestatter verschachern, Mutter! Das hast du in den falschen Hals bekommen!«

»Genau, deshalb bin ich hier und nicht in München«, sagte Suse. »Blödes Missverständnis! Aber gut, sonst wäre jetzt schon wieder ein Umzug fällig, und außerdem hätten wir Sophie mit den Kindern nicht gefunden.« Sie schaute in die Runde. »Ich hätte es nie für möglich gehalten, aber wisst ihr was?«

Sophie und Dirk nickten ihr aufmunternd zu.

»Ich bin vermutlich gerade der glücklichste Mensch auf Erden.«

Paul stellte sich neben sie und griff ihre Hand. Er flüsterte ihr ins Ohr: »Und ich wäre es auch, wenn ich bleiben dürfte.«

Der Pizzabote klingelte, die Kinder stürzten zur Tür, und so bemerkte kaum einer, wie Suse ihm zuraunte: »Das wäre das Größte, Paul. Das Allergrößte!« Und den heimlichen Kuss, den bemerkte auch keiner.

Danksagung

Puh, wieder ein Roman geschafft. Und wieder spielt er auf einer wunderschönen Insel, an die ich schon von meinen vorangegangenen Recherchen für einen Kriminalroman sehr gute Erinnerungen hatte. Aber auch jetzt gilt es wieder, Danke zu sagen.

~ Danke an meine Lektorin Sabine Ley, dass auch dieser Roman entstehen durfte.
~ Danke an Gisela Klemt für den letzten Feinschliff.
~ Danke an meine Agentur Lesen & Hören mit Anna Mechler, die immer an mich glaubt.
~ Danke an mein Gitarrenduo »Rostfrei« für die immerwährende Unterstützung.
~ Danke mal wieder an Perry (Perikles) vom Athen Sande, dass du uns nie verhungern lässt, egal, wie spät wir kommen!
~ Danke an Gitta Edelmann und Anna Schneider, ihr wisst schon, wofür!
~ Danke an Marion Dieling für die unschätzbar wichtige Info!
~ Danke an Inga, meine Tochter, die mich ständig kreativ und mit ihren Anmerkungen am Text großartig unterstützt!
~ Danke an Lea, die nun schon mehrfach meine Romane gegen-

gelesen und mit ihren Anmerkungen in die richtige Richtung geschubst hat.
- ~ Danke an meine Eltern!
- ~ Und wie immer das größte Danke an meine Familie mit den fünf Kindern, den Enkeln,
- ~ allen voran meinem Mann Frank. Du bist der Beste!

Wenn Oma nicht Geburtstag feiern will …

Regine Kölpin

Oma zeigt Flagge

Roman

Verschwindet ein Geburtstag, wenn man nur fest genug nicht an ihn denkt? Oma Jette genießt ihr postfamiliäres Dasein auf der Insel Langeoog – sagt sie jedenfalls – und beschließt, ihren Sechzigsten einfach zu ignorieren. Enkelin Marie plant derweil eine Geheimoperation. Und was Jettes Jugendliebe Günther vorhat, als er sich samt Scheidungshamster Emma bei ihr einquartiert, ist ungewiss. Sicher ist nur, dass Jettes Leben plötzlich gehörig kopfsteht.

Wenn Oma Seeluft schnuppern will …

Regine Kölpin
Oma geht campen
Roman

Bille Rubens ist 73 und eigentlich sehr patent. Trotzdem ist sie einem Betrüger aufgesessen, dem sie jetzt eine horrende Summe schuldet. Als wäre das nicht genug, verfolgt Fleischermeister Häwelmann sie mit Heiratsanträgen. Da kommt ihr das Angebot ihrer Nachbarn gerade recht: Für deren Kinder ist Bille so was wie die Ersatz-Oma und soll daher mit an die Nordsee, zum Campen. Leider verfolgen Billes Probleme sie bis auf den Campingplatz. Ein Glück, dass Billes »Enkelkinder« ihr beistehen, tatkräftig unterstützt von Biker Franz.
Der nervt nicht mit Anträgen, dafür hat er eine Harley …

»Regine Kölpin versteht es, Bilder im Kopf entstehen zu lassen, die mich verzaubern. Ich mag ihre Schreibe.«
Bestsellerautor Klaus-Peter Wolf